백제 무사 1

백제 무사 1

초판1쇄 인쇄 | 2016년 12월 21일
초판1쇄 발행 | 2016년 12월 27일

지은이 | 이원호
펴낸이 | 박연
펴낸곳 | 한결미디어

등록일자 | 2006년 7월 24일
등록번호 | 제313-2006-000152호
주소 | 서울시 마포구 모래내로 83 한올빌딩 6층
전화번호 | 02 · 704 · 3331
팩스번호 | 02 · 704 · 3330

ISBN 979-11-5916-031-8 979-11-5916-030-1(set) 04810

百濟武士

백제무사 1 백제의 혼

한결미디어
HANGYEOL MEDIA

저자의 말

백제, 신라, 고구려의 6백년간에 이르는 전쟁(戰爭)에서 기적 같은 승리, 괴력의 장군, 장렬한 죽음, 우국충정의 백성과 관료, 눈부신 전술(戰術)과 무술(武術)을 펼치는 수많은 무장(武將)이 출현했습니다.

우리에게 파란만장한 역사가 있음에도, 대륙으로 뻗어나간 장쾌한 전투 전쟁의 기록이 있음에도 그것들을 빛내줄 이야기가 거의 남아 있지 않는 것이 안타까웠습니다. 우리 것의 부족 또는 부재로 우리의 독자들은 중국의 유비, 장비, 관우에 빠지고 일본의 오다 노부나가, 도쿠가와 이에야스, 또는 미야모도 무사시에 감동합니다.

백제무사는 그런 맥락에서 쓴 소설의 하나입니다. 서기 660년 7월, 황산벌 싸움에서부터 시작되는 이야기입니다. 황산벌의 네 번째 돌격 직전에 계백의 명을 받고 대열에서 이탈한 계백의 위사장 나솔(拏率) 사청의 이야기를 썼습니다.

계백은 사청에게 백제 무사(百濟武士)의 혼(魂)을 이으라는 유언을 하고 돌격대에서 제외시킨 것입니다. 황산벌에서 혼자 빠져나온 사청은 적귀대(赤鬼隊)를 이끌고 백제 부흥 운동에 나섭니다. 그리고 당으로 건너가 연금되어 있는 의자왕을 만납니다. 의자왕은 사청에게 왜국으로 건너갈 것을 유언하고 자결합니다.

왜국으로 건너간 사청은 천왕가(天王家)의 부탁을 받고 사분오열되어 있는 일본 열도를 정벌합니다. 영지를 하나씩 토벌하는 과정에서 사청은 왜국 무장들에게 백제 무사의 진면목을 보여주고, 무사 정신을 심어준 것입니다. 백제 무사는 곧 왜국 사무라이의 원조(元祖)입니다. 당시의 문화가 그것을 증명하고 있습니다.

백제 무사 이야기는 계속 됩니다, 재미있게 읽으시기를 기대합니다.

2016년 12월 20일 이원호

내용

1장 멸망(滅亡)

7월의 한낮 태양, 황무지를 질주하는 11기의 기마대. 선두에 선 기마인은 검정 가죽 갑옷에 붉은색 허리띠를 매었다. 달솔(達率) 계백(階白). 눈을 치켜뜬 얼굴. 구름 같은 먼지가 기마대 뒤로 뿜어져 나온다.

"나솔(奈率)!"

달리면서 계백이 소리쳐 부르자 바로 뒤를 따르던 기마인이 박차를 넣어 곁에 붙는다. 계백의 호위장 나솔 사청(沙靑), 22세. 백제의 귀족 가문인 사씨(沙氏) 일족으로 6품 관등, 얼굴이 먼지로 덮였지만 짙은 눈썹, 맑은 눈, 굳게 다문 입, 장신의 무장(武將)이다.

"예, 장군."

"너, 백제의 명운을 어떻게 보느냐!"

계백이 앞쪽을 향한 채 후려치듯 묻는다. 사청은 입을 꾹 다문 채 박차만 넣었고 계백의 외침이 이어졌다.

"말하라!"

그때 사청이 소리쳤다.

"곧 죽을 몸, 알 필요가 없소이다!"

"비겁한 놈!"

앞쪽에 토성이 나타났다. 강가의 토성, 갈대숲이 주변을 성벽처럼 둘렀고 그 뒤쪽은 낮은 언덕, 계백의 본가(本家)다. 토성을 향해 기마대는 속력을 낸다. 다시 계백의 외침.

"이놈, 죽음으로 모면하지 말라!"

"예, 장군!"

"백제의 명운은?"

"천세, 만세로 이어질 것이오!"

"망(亡)한다!"

이제 황무지 비탈을 내달리면서 계백이 말을 이었다.

"660년 사직이 곧 망한다!"

"장군!"

사청이 불렀지만 계백은 대답하지 않았다. 계백은 45세, 2품 관등인 달솔로 지금 5천 기마군을 이끌고 있다. 이곳은 백제 사비도성 동쪽 20여 리 지점, 30여 리 떨어진 황산벌로 김유신의 대군이 다가오고 있다. 김유신의 병력은 기마군 5만, 계백의 백제군보다 10배가 많다. 지금 계백은 황산벌에 5천 기마군을 배치시켜 놓은 채 뒤쪽 본가로 향하고 있다. 작별 인사를 하려는 것이다. 사청도 사비도성을 떠나올 때 모친과 작별했다. 무장(武將)의 작별은 항상 마지막 인사다. 사청도 10여 번 전장에 출장한 터라 작별에 익숙하다. 계백이 더 이상 말을 잇지 않았으므로 사청도 입을 다물었다. 이제 토성과의 거리는 1리(500m) 정도가 되었다.

"나리가 오십니다!"

마당에 서 있던 집사 백이가 소리쳤으므로 청으로 시진과 계백선이 나왔다. 계백의 부인 시진은 40세, 환족이었으나 아비가 담로의 태수로 봉해졌다가 반란을 일으켜 멸문된 가문, 계백에 의해 가문이 토벌되었지만 사랑으로 결합한 부부다. 눈을 가늘게 뜨고 다가오는 기마대를 바라보는 시진의 모습이 처연하다. 작별 인사를 하려고 오시는가?

"어머니."

계백선이 다가와 시진의 소맷자락을 잡는다. 18세, 꽃이 이보다 더 고울까? 비단이 이 피부보다 더 매끄러울까? 청에 선 둘의 눈에 이슬이 차오르고 있다. 둘은 이것이 계백과 마지막 작별이 될 것을 짐작하고 있기 때문이다. 그동안 전장(戰場)으로 떠나는 계백과 수백 번 작별했던 시진과 계백선이다. 그러나 지금은 다르다. 나당 연합군 20만에 의해 백제국은 이미 사비도성 근처만 유지하고 있다. 그리고 계백이 5천 기마군으로 최후의 결전을 앞두고 있는 것이다. 그때 토성의 젖혀진 문으로 기마대가 몰려 들어왔다. 먼지가 마당에서 소용돌이를 쳤다가 가라앉더니 말에서 내린 계백의 다가오는 모습이 보였다.

"아버지!"

계백선이 계백을 불렀지만 시진은 시선만 준다.

"오오."

청을 올려다보면서 다가오는 계백의 얼굴에 웃음이 떠올랐다. 그 뒤를 낯익은 호위장 사청이 따르고 있다. 사청의 얼굴은 굳어 있다. 먼지가 가라앉은 마당에 말과 기마군이 듬성듬성 서 있다. 청으로 오른 계백이 아내 시진과 딸 계백선을 번갈아 보았다. 이제는 눈동자의 초점이 흐려져 있고 입술은 꾹 다물렸다. 그때 시진이 말했다.

"준비되었습니다, 나리."

"신라군이 곧 올 것이오."

계백이 시진을 보았다. 목소리가 마른 동굴에서 나오는 것 같다.

"그래서 작별하려고 왔소."

"나리의 모습을 가슴에 담고 가지요."

시진이 계백의 시선을 받으며 말을 이었다.

"계백의 아내로 죽겠습니다."

"아버지."

마침내 계백선이 울먹였으므로 다가선 계백이 어깨를 감싸 안았다. 그러고는 한손으로 시진의 손을 쥔다.

"아가, 어머니와 함께 먼저 가거라."

"아버지."

계백선이 계백의 가슴에 얼굴을 묻었다.

"그럴게요."

그때 시진이 계백에게 말했다.

"안아주세요."

계백이 시진의 허리를 한손으로 감아 안았다.

"고맙소."

"행복했습니다."

계백의 가슴에 얼굴을 묻은 시진이 웃음 띤 얼굴로 말을 잇는다.

"이렇게 죽는 것이 소원이었습니다."

그 순간 계백선이 짧은 신음을 뱉었다. 시진이 어느새 손에 쥐고 있던 단검으로 계백선의 가슴을 찌른 것이다.

"어머니."

계백선이 신음처럼 부르자 시진이 얼굴을 마주 붙이며 대답했다.

"오냐, 같이 가자."

다음 순간 시진이 피에 젖은 단검으로 제 가슴을 찌르면서 말했다.

"나리, 이제 저희들을 보내 주시지요."

"오오!"

계백이 상반신을 떼면서 허리에 찬 칼을 뽑는다. 그러고는 계백선의 가슴을, 이어서 시진의 가슴을 차례로 찌르고는 장검을 내던졌다.

"잘 가거라!"

계백의 외침이 청을 울렸다.

"나도 곧 따라 가겠소!"

이것은 시진에 대한 외침이다. 계백은 숨이 끊어진 두 처자를 부둥켜안은 채 청에 주저앉아 있다. 셋의 몸은 어느덧 피범벅이 되어 있다. 주위는 조용하다. 마당에는 20여 명의 기마군, 하인들이 몰려서 있었지만 모두 석상처럼 굳어서 숨소리도 내지 않는다. 청에 가장 가깝게 다가와 서 있는 호위장 사청, 사청은 셋의 말을 다 들었다. 숨소리까지 다 듣고 있었다. 이제는 한 사람의 숨소리만 들린다. 계백의 숨소리다. 사청도 숨을 죽이고 계백을 응시하고 있다.

이윽고 계백이 머리를 들어 사청을 보았다. 시선이 똑바로 사청과 부딪쳤다.

"나솔."

"예, 장군."

"시신을 매장할 여유가 없으니 이 청을 불사른다."

"예, 장군."

"잘 보아라, 나솔."

"예, 장군."

"이것이 백제 무사의 일생이다."

"예, 장군."

"백제혼(百濟魂)은 멸망하지 않을 것이다."

몸을 일으킨 계백이 시진과 계백선의 시신을 나란히 눕혔다. 사청은 청 위에 올랐지만 거들지 않았다. 계백이 손수 가족을 눕히도록 놔둔 것이다. 그때 계백이 다시 머리를 돌려 청 아래 마당에 서 있는 집사 백이를 불렀다.

"백이!"

"예, 나리."

50대 중반의 백이는 계백이 어렸을 때부터 모셔왔다. 백이의 두 눈은 어느새 충혈 되었으며 얼굴은 눈물범벅이 되어 있다. 백이의 치켜뜬 두 눈을 본 계백이 잇새로 말했다.

"집안 재물은 모두 하인들에게 나눠주고 떠나라고 해라."

"예, 나리."

"청은 불을 지른다."

"소인께 맡겨 주시지요."

서둘러 몸을 돌린 백이가 마당에 선 하인들에게 소리쳐 지시를 내렸다. 그러고는 곧 횃불을 만들어 왔다.

"나리, 여기 있습니다."

잠자코 횃불을 받아든 계백이 청에 불을 붙인다.

"나리, 나리를 45년 모셨습니다."

불을 지르는 계백의 뒤를 따르며 백이가 열심히 말했다.

"마님이 이곳에 오신 지도 20년이 되었습니다. 마님은 20년 모셨군요."

불씨가 처음에는 잘 일어나지 않더니 조금씩 타오르기 시작했다. 뒤쪽의 하인들이 술렁대고 있다. 떠날 준비를 하지도 않고 울고 있다.

"나리, 나리께서도 곧 마님을 따라가시겠지요?"

계백의 뒤에 대고 백이가 말을 이었다.

"아가씨도 기다리고 계실 텐데요."

이제 불씨는 마루에도 옮겨 붙었다. 그때 주춤거리던 백이가 멈춰서서 말했다.

"나리, 마님과 아가씨 심부름을 해야 될 것 같습니다."

계백이 주춤 멈춰 섰다. 청의 기둥 옆에 서 있던 사청은 어느덧 백이가 바닥에 떨어진 단검을 집어 들고 있는 것을 보았다. 계백이 몸을 돌렸을 때 백이가 주름진 얼굴을 펴고 웃었다.

"나리, 마님과 아가씨를 모시러 갑니다."

계백이 눈만 부릅떴을 때 백이가 어깨를 부풀리며 말했다.

"마님과 아가씨 발치에서 태워 주시지요."

그 순간 백이가 단검으로 목을 후려쳤고 피가 뿜어졌다. 머리가 꺾인 백이의 몸이 시진의 발밑에 엎어졌다.

청이 불타오르고 있다. 화염이 지붕 위로 솟아오르더니 천장 쪽부터 무너지기 시작한다. 검은 연기가 처음에는 많이 올랐다가 지금은 불길이 덮였다. 계백과 사청, 그리고 기마대가 이제는 말에 오른 채로 청을 바라보며 서 있다. 청 안에 눕혀진 3구의 시신은 이제 보이지 않는다. 뒤쪽으로 하인들이 몰려서 있었는데 이제는 서로 부둥켜안고 울거나 땅바닥에 앉아 우는 중이다. 계백은 입을 꾹 다문 채 청을 바라보기만 한다. 사청도 계백 옆에 바짝 붙어 있었으므로 미세한 움직임도 감지할 수 있다. 그때 지붕이 무너지면서 불길이 더 크게 일어났다. 사청에게는 무덤이 불길로 싸인 것 같다. 뒤쪽 하인들의 흐느낌 소리가 더 높아졌다. 그때 계백이 말고삐를 채더니 하인들에게 돌아섰다.

"재물을 나눠 들고 떠나거라."

하인들에게 말한 계백이 다시 한 번 불타는 청을 보더니 말에 박차를 넣었다.

"나리!"

뒤쪽에서 하인들의 외침 소리가 들렸지만 계백이 다시 박차를 넣었고 말이 뛰기 시작했다. 사청이 뒤를 따르고 기마대가 바짝 붙는다. 계백이 속력을 내자 뒤쪽에서 부르는 하인들의 외침이 말굽 소리에 묻힌다. 사청이 말을 몰아 계백의 옆으로 바짝 붙었다.

"장군."

계백이 시선을 주었을 때 사청이 눈을 치켜뜨고 소리쳤다.

"왜 그리 급하게 가십니까?"

"왜 그러느냐?"

"청의 불길이 꺼질 때까지만이라도 지켜보시지요!"

"부질없다!"

계백이 힐끗 사청을 보더니 얼굴을 일그러뜨리며 웃었다.

"혼(魂)은 이미 내 가슴에 박혀 있다."

말에 박차를 넣은 계백이 1마신(馬身)쯤 앞장서 나가면서 다시 소리쳤다.

"내 손으로 내 처자를 죽여 태우다니, 그것만으로도 행운이다."

사청이 잠자코 뒤를 따른다.

계백은 5천 기마군을 황산벌의 장동석성(壯洞石城)과 웅치산성(熊峙山城), 황령토성(黃嶺土城)의 3성을 연결하여 삼영(三營)의 전법으로 신라군에 대항하기로 했다. 웅치산성 중턱의 진막 안, 오전 진시(8시) 무렵, 계백이 장수들을 불러들여 마지막 전략 회의를 한다.

"김유신, 품일, 흠춘은 모두 대장군 휘하에 수십 명의 장수를 거느리고 있다."

장수들을 둘러본 계백의 얼굴에 웃음이 떠올랐다. 구석에 서 있는 사청의 시선은 계백을 따르다가 멈춘다. 계백 휘하의 장수는 모두 14명, 그중에는 1품 좌평(佐平) 직위의 사비담도 끼어 있었지만 계백을 주장(主將)으로 받들고 있다. 마지막 결전이라는 의식으로 모두의 얼굴이 굳어져 있다. 계백의 손끝이 탁자 위에 펴 놓은 지도를 짚었다.

"신라군은 재빠르게 우리들의 삼영 전법을 삼도(三道)의 전술로 맞았다. 좌측이 품일, 우측이 흠춘, 중군(中軍)은 김유신이다."

머리를 든 계백의 두 눈이 번들거렸다.

"죽기를 각오한 자는 살 것이며 살려고 마음먹은 육신은 죽는다. 아는가?"

"예엣!"

말이 떨어지기가 무섭게 장수들이 대답했다. 4품 덕솔(德率) 선고, 5품 한솔(扞率) 각대상의 목소리가 두드러졌다. 그들은 10여 년간 계백을 따라 전장을 누빈 심복들이다. 계백이 손을 들어 천막 천장을 가리켰다.

"백제혼(百濟魂)이 너희들을 내려다보고 있다. 너희들의 조상, 부모,

처자가…….”

사청은 번들거리는 계백의 눈을 보고는 외면했다. 시진과 계백선을 화장한 것이 바로 어제다. 사청의 시선이 저절로 진막 천장으로 옮겨졌다. 마님, 계백선, 내려다보고 계시오? 잠깐 무거운 정적이 덮였고 그것을 선고가 깨었다.

“장군, 제가 신라 좌군대장 품일을 맞게 되었습니다.”

선고는 장동석성에서 1천5백 기마군을 지휘하게 되었는데 품일의 병력은 1만5천이다. 딱 10배다. 계백의 시선을 받은 선고가 무성한 수염 사이의 입을 벌리고 웃었다.

“그런데 사비성에 소정방이란 돼지가 25리(125km) 거리로 다가왔다고 하지 않습니까?”

“덕솔, 말 길게 늘어놓지 마라.”

선고의 성품을 아는 계백이 눈을 가늘게 떴다. 38세의 선고는 용장이다. 힘이 장사여서 반나절을 싸워도 지치지 않는다. 그때 선고가 말을 이었다.

“제가 장동석성에서 얼마나 버티기를 바라십니까?”

“무슨 말이냐?”

“1천5백으로 품일의 1만5천을 닷새는 막을 수 있습니다.”

좌중의 시선을 받으면서 선고가 심각한 표정으로 손가락을 꼽았다.

“우물도 두 곳이나 있으니 필요 없는 말을 잡아먹으면서 버틴다면 사흘은 더 버티겠습니다.”

“덕솔, 모두 진(陣)으로 돌아가야 한다.”

“잠깐만 기다리시오.”

어깨를 부풀린 선고가 계백을 보았다.

"제가 1천5백으로 품일의 1만5천을 다 죽이지요."

"장하다."

"그럴 테니 1천5백을 내 마음대로 지휘하게 해줍시오."

"결국 그 말을 하려고 이렇게 긴 말을 했군."

쓴웃음을 지은 계백이 주위를 둘러보았다. 계백의 시선을 받은 장수들의 얼굴에도 웃음이 떠올랐다.

"좋다. 3명은 각개 전투를 한다."

정색한 계백이 말을 이었다.

"그리고 나중에는 3명 군사가 다 모여야 한다."

각대상은 황령토성에서 신라 대장군 흠춘의 1만5천 병력을 맡게 되었는데 역시 휘하에 1천5백 기마군을 거느렸다. 웅치산성의 본진에서 나온 각대상이 황령토성으로 달리면서 부장(副將) 여천에게 말했다.

"마음 놓고 싸우게 되겠다."

"적이 많을수록 좋지요."

여천은 8품 시덕(施德)으로 손에 긴 창을 들었다.

"죽기에 좋은 날이오, 한솔."

"달솔이 어제 토성에 가서 처자를 화장하고 오셨다고 한다."

앞쪽을 향한 채로 각대상이 소리쳐 말했다. 놀란 여천이 말을 몰아 옆에 붙었고 각대상이 말을 달리면서 소리쳤다.

"달솔이 부모처자가 너희들을 내려다본다고 하실 때……."

각대상이 이를 악물었다가 풀었다.

"나는 가슴이 미어졌다, 시덕."

"베신 것입니까?"

"마님이 먼저 딸과 본인의 가슴을 찔렀고 달솔께서 마무리를 하셨다고 했다."

이제 둘은 말없이 말을 달린다. 황산벌, 황무지가 펼쳐진 동쪽으로 김유신의 5만 대군이 드러나 있다.

김유신, 66세. 흰 수염이 가슴까지 늘어졌지만 눈빛은 강하다. 진막 안, 김유신이 품일과 흠춘을 차례로 보았다.

"계백은 결사의 진을 치고 대응할 거야. 방심하지 말고 밀어붙여라."

"예."

둘이 동시에 대답했지만 긴장감은 보이지 않는다. 둘 다 40대의 장년. 백제와 여러 번 전쟁을 치른 터라 새삼스럽게 긴장할 것도 없다. 김유신은 흠춘과 품일에게 각각 1만5천의 병력을 맡겼으니 백제군의 딱 10배다. 김유신은 2만을 거느리고 웅치산성에 진을 친 계백의 중군 2천을 친다. 김유신이 말을 이었다.

"한쪽이 무너지면 3영(三營)의 진은 한꺼번에 무너진다. 그것으로 백제의 기동군은 전멸하게 되는 거다."

김유신의 얼굴은 어느덧 상기되었고 목소리가 열기를 띠었다.

"백제의 600년 사직이 이제 풍전등화가 되었다. 내가 그 마지막 불을 밟아 끄게 되다니 실로 감개가 무량하다."

숨을 들이켜 품일과 흠춘을 김유신이 똑바로 보았다.

"쳐라. 서쪽의 당군이 기다리고 있다."

"나솔, 넌 부모와 작별했느냐?"

문득 계백이 물었으므로 사청이 머리를 들었다. 진막 안, 전략 회의를 마치고 진막 밖으로 나가려는 참이다.

"아닙니다, 달솔."

계백에게 다가간 사청이 장검을 건네주었다. 진막 안에는 둘뿐이다.

"집에는 어머니 한 분뿐입니다."

"그렇구나."

장검을 허리에 찬 계백이 진막을 나왔고 사청이 뒤를 따른다. 계백이 혼잣소리처럼 말했다.

"어제 선이가 고통을 길게 느끼지 않았는지 모르겠다."

"길게 느끼지 않으셨습니다."

바짝 붙어 선 사청이 열심히 말했다.

"제가 다 보았습니다, 달솔."

"그렇지. 네가 바로 옆에 있었지."

"마님께서 찌르실 때 조금 놀란 것 같으셨지요."

"그렇지. 갑자기 찔렸으니 우선 놀랐지. 나도 칼을 맞아봐서 안다."

걸음을 멈춘 계백이 사청을 보았다. 절실한 표정이다. 눈은 크게 떴고 입은 조금 벌렸는데 입술 끝이 희미하게 떨린다. 그래서 수염도 흔들리고 있다. 계백의 시선을 받으면서 사청이 말을 이었다.

"바로 그 순간 달솔께서 가슴을 찌르셨지요. 그때 절명하신 겁니다. 고통을 느끼실 겨를이 없었지요."

"내 말은 들었겠지?"

"물론입니다."

"잘 가라는 말도?"

"예, 달솔."

"나도 곧 따라가겠다는 말도?"

사청은 계백의 눈이 번들거리고 있는 것을 보았다. 이제 어금니를 물어서 볼의 근육이 튀어나왔다. 계백의 이글거리는 시선을 맞받으며 사청이 크게 머리를 끄덕였다.

"예, 달솔. 그때……."

"그때 무엇이냐?"

"아가씨가 웃는 것 같았습니다."

"오오."

계백의 눈에서 주르르 눈물이 흘러내렸다. 어깨를 부풀렸다가 내린 계백이 머리를 돌리더니 발을 떼며 말했다.

"고맙다, 나솔. 이제 여한이 없다."

"한숨에 깔아뭉개라."

신라 무군대장 대장군 흠춘이 선봉장 배용에게 명했다.

"싸움은 기세다. 네가 이끈 선봉군 5천으로 짓밟아버려라."

"예, 대장군."

배용은 6품 관등인 아찬(阿飡)으로 이미 수많은 전장에서 용맹을 떨쳐왔다. 거구에 12자(3.6m) 장창을 젓가락처럼 가볍게 휘두르며 선두에 서면 그 위용만으로 적의 사기는 꺾인다. 말에 오른 배용이 부하가 건네준 장창을 치켜들고 흠춘에게 출정을 고(告)했다.

"적장 각대상의 머리를 가져오겠소."

"장하다."

흠춘이 머리를 끄덕이자 배용이 말고삐를 거칠게 낚아채더니 박차를 넣었다.

사시(오전 10시) 무렵이다. 배용의 뒤를 1백여 기의 호위군이, 그 뒤를 여왕벌을 에워싼 벌떼처럼 5천 기마군이 한 덩이가 되어서 능선을 내려간다. 장관이다. 마치 거대한 산이 굴러 떨어지는 것 같다. 말굽 소리가 맑은 하늘로 울려 퍼지면서 땅이 흔들렸다. 부연 먼지가 안개처럼 일어나 산야를 뒤덮고 있다.

"좌군(左軍)은?"

흠춘이 문득 묻자 옆에 서 있던 아들 화랑 반굴이 대답했다.

"아직 움직이지 않습니다."

좌군 품일의 동향을 묻는 것이다.

"잘 보아라."

흠춘이 산처럼 밀려 내려가는 배용의 기마군을 손으로 가리키며 말했다. 이곳은 구릉의 윗부분이라 건너편의 황령토성도 보인다.

"먼 훗날 이 전장(戰場)이 백제를 멸망시킨 마지막 전투가 벌어졌던 곳이라고 기록될 것이다."

"황산벌입니다."

반굴이 대답했다.

"와앗!"

배용이 장창을 휘두르자 그것을 신호로 5천 기마군이 일제히 함성을 질렀다. 말굽 소리를 누르는 함성이다. 장창 끝에 붉은색 작은 깃발이 달려 있기 때문에 뒤쪽에서도 다 보인다. 이제 기마군은 황산벌을 세로로 직진, 황령토성으로 돌진하고 있다. 거리는 3리(1.5km), 토성이 빤히 뵌다. 이곳은 완만한 경사지여서 말이 달리는 데 전혀 지장이 없다. 오히려 가속이 붙은 말 떼는 속력을 높이고 있다.

"이겼다!"

배용의 부장 정덕이 소리쳤다. 목청이 커서 종이 울리는 것 같다.

"와아앗!"

기세가 오른 기마군의 함성.

"짓밟아라!"

"와아앗!"

거리는 2리(1km)로 가까워졌다. 성이라고 하지만 성벽 높이가 5자(1.5m) 정도인 데다 군데군데 허물어져서 방어할 곳도 못 된다. 기마군이 성벽을 뛰어넘을 수 있는 것이다.

"놈들은 이미 전의(戰意)를 잃었다!"

정덕이 다시 소리쳤고 배용의 장창이 더 크게 흔들렸다.

"우와와앗!"

함성이 천지를 진동했고 기마군은 풍우처럼 돌진하고 있다. 그때였다. 맨 앞장을 선 척후장 요반은 토성 성벽 위에 덮인 물체를 보았다. 검은 물체, 성벽이 갑자기 높아진 것 같다. 그러더니 성벽이 허물어져 밀려 내려오는 것처럼 보인다. 이쪽은 맹렬하게 달려가는 중이어서 곧 물체가 드러났다. 기마군, 기마군이다. 모두 검은 갑옷을 걸친 기마군, 그런데 아무 소리가 없다. 소리 없는 검은 기마군, 검은 갑옷, 검은 얼굴, 검은 유령 같다. 앞장을 선 한솔 각대상, 42세. 백제의 해외 22개 담로(영지) 중 하나인 중국 산둥(山東)의 덕산군 출신, 손에 장검을 쥐었다. 굳은 얼굴, 입을 꾹 다물고 장검을 어깨에 걸친 채 말을 달린다. 말굽 소리만 땅을 울릴 뿐 인간의 소리는 없다. 그렇다, 말에 채운 쇠장식의 부딪는 소리, 말의 콧김, 울음소리, 땅을 찍는 말굽, 진동음뿐이다. 1천5백 기마군이 한 덩이가 되어서 돌진한다. 마치 검은 유령 같다. 이제 거리는 1리(500m), 뒤 열에 끼었던 기마 궁사들은 지금쯤 활에 살을 먹였을 터.

소리쳐 지시하지 않아도 안다. 말굽 소리, 앞쪽 신라군의 함성이 더 가까워졌다. 모두 이쪽을 본 터라 악을 쓰듯 외친다. 그러나 이쪽은 기침 소리 한 번 내지 않는다. 말굽 소리, 땅이 울린다. 침묵, 침묵, 침묵.

"와앗!"

다시 함성이 울렸을 때는 3백여 보 거리. 정덕은 아군의 함성이 와락 줄어든 것을 느끼고는 숨을 들이켰다. 그 순간 온몸에 소름이 끼쳤으므로 장검을 휘두르며 고함을 질렀다.

"죽여라!"

그 순간이다. 앞쪽 하늘에 검은 기운이 덮이는 것 같더니 목에 격렬한 통증이 왔다. 그 순간 함성이 터졌다.

"와앗!"

함성 절반, 놀란 외침이 절반. 화살이다. 목에 화살이 박힌 정덕이 고삐를 쥔 채 앞으로 넘어졌다. 그 순간 말이 함께 뒹굴었고 뒤에 붙어 오던 기마군 셋이 걸려 뒹굴었다. 기마 군사 5백이 쏜 화살이 집단 복판에 쏟아졌으니 거의 다 적중했다. 그러나 5천 기마군의 전열은 잠시 흐트러졌을 뿐, 그때 1천5백 기마군이 덮쳤다. 검은 유령, 아직도 외침 한 번 뱉지 않는다.

"와앗!"

이 외침은 신라군이다. 그러나 당혹하고 기를 쓰는 것 같은 외침, 말들이 부딪치면서 이제는 칼날 부딪는 소리와 비명, 외침이 황산벌을 덮는다.

각대상은 장검을 휘두르며 앞으로 나아갔다. 뒤를 호위군 30여 기가 따른다. 잡초를 제치는 것처럼 베고 또 베면서 각대상이 나아가는 앞쪽에 깃발이 있다. 장창 끝에 매달린 붉은 깃발, 그것이 목표다. 장창이 눕혀졌다가 올라갈 때마다 백제군이 꿰어졌겠지만 거리는 점점 좁혀졌다.

"아앗!"

신라군 하나가 맹렬히 다가와 칼을 뿌리면서 지르는 기합이다. 각대상이 철망을 감은 팔목을 방패처럼 들이대어 칼날을 받고는 신라군의 머리를 장검으로 찍었다.

"꽝!"

투구를 썼지만 한쪽 모퉁이가 찌그러지면서 머리가 터졌다. 말 등에 엎어진 신라군을 그냥 스치고 지나갔을 때 이제 장창과의 거리는 30여 보, 난전이다. 거의 정지한 상태에서 양군이 엉켜 있다. 그때 앞쪽에 공간이 일어났다. 부장 여천이 옆쪽에서 치고 들어갔기 때문이다. 이제 배용과의 거리는 10여 보. 각대상이 말에 박차를 넣고는 손에 쥐고 있던 장검을 왼손으로 바꿔 쥐면서 허리에 찬 단검을 빼 들었다. 배용의 상반신이 눈앞에 드러났다. 장창이 휘둘러지면서 백제군 하나가 배를 꿰여 번쩍 들리더니 땅바닥으로 내동댕이쳐졌다. 실로 가공할 만한 완력, 그래서 배용 주위에 공간이 많다. 장창의 유효 거리 안에 들어왔다가 다 당했기 때문이다. 그리고 주변에 호위군이 20여 기나 모여 있다. 그 순간 각대상이 말을 한두 발짝 전진시키면서 10보 거리에서 후려치듯이 단검을 던졌다.

"아악!"

비명 같은 함성.

"우왁!"

함성 같은 비명을 거의 동시에 양군이 뱉었다. 보라, 단검이 신라군 선봉장 배용의 이마에 깊숙이 박혔다. 장창을 쥔 채 배용이 상반신을 뒤로 젖혔다가 그대로 넘어졌을 때 각대상이 말을 몰아 덮쳤다.

"선봉장을 죽였다!"

백제군의 함성이 처음으로 울렸다. 그때 각대상이 배용의 손에서 장창을 빼앗아 쥐더니 흔들었다.

"배용의 장창을 빼앗았다!"

백제군의 함성이 더 높아졌다.

"으음."

흠춘의 입에서 옅은 신음이 터졌다. 전장에 익숙한 흠춘은 근소한 기미를 보아도 전세를 안다. 황산벌에 뭉쳐 있던 양군이 정지 상태에서 움직였다. 동쪽으로 움직였으니 이쪽은 아니다. 그러나 검은 덩어리가 뭉치고 있다. 검은 덩어리의 상대는 넓게 흩어진다. 흩어지는 것이 배용의 선봉군이다. 함성과 외침은 더 격렬해졌다. 양군이 부딪친 지 한 식경(30분)밖에 지나지 않았다.

"장군!"

옆으로 대아찬(大阿飡) 우소가 달려왔다. 우소는 중군을 맡고 있었는데 배영의 선봉군을 본 것이다.

"배영이 장창을 빼앗겼습니다!"

"알고 있다."

흠춘이 신음하듯 말했다. 숨 몇 번 쉬었을 뿐인데도 이제 검은 덩어리는 더 단단하게 뭉쳤고 그 상대는 더 넓게 흩어졌다. 그리고 그 속도가 점점 빨라진다. 패퇴다, 신라군이 흩어지고 있다.

"장군!"

다시 우소가 불렀지만 뒷말을 잇지 못한다. 많은 전쟁을 겪었기에 우소도, 이때 대군을 투입한다 해도 오히려 쫓겨 오는 아군에 밀려 함께 흩어질 가능성이 많다는 것을 안다.

"뒤에서 수습해라!"

흠춘이 앓는 것 같은 목소리로 지시했다.

"먼저 몇 놈을 베어라!"

아군의 목을 베어서 정신을 차리게 하려는 수단이다.

"날씨가 덥군."

황산벌 중심, 낮은 구릉에 본진을 친 김유신이 우측의 먼지 구름이 가시기 시작할 때 눈을 가늘게 뜨고 말했다. 이미 네 번째 전령이 다가와 옆에 한쪽 무릎을 꿇고 앉아 있다. 우군대장 대장군 흠춘의 선봉군이 패퇴했다. 선봉대장 배용은 머리를 잘렸으며 자신의 장창 끝에 머리통이 꿰인 채 황령토성으로 옮겨지는 중이다. 김유신이 머리를 돌려 전령을 보았다. 흠춘이 보낸 전령은 방금 보고를 마치고 김유신의 명령을 기다리고 있다.

"그렇게 전해라."

"예?"

전령은 노련한 무장으로 임용된다. 40대의 전령이 눈썹을 모으고 김유신을 보았다. 김유신은 신라국 1품 벼슬인 이벌찬(伊伐飡)이다.

"뭐라고 하셨습니까?"

"날씨가 덥다고 했다."

"예, 이벌찬."

무릎을 세운 전령이 커다랗게 머리를 끄덕였다.

"예, 날씨가 덥다고 하셨습니다. 그렇게 전하지요."

계백이 각대상의 전령에게 웃음 띤 얼굴로 말했다.

"이 땅이 어떤 땅이냐? 수만 명 조상이 묻혔다가 흙이 되고 풀이 되어서 피어나는 곳이다."

전령은 온몸이 피투성이다. 다리에는 상처를 입어서 헝겊으로 동여매고 있다. 계백의 목소리에 열기가 띠어졌다.

"한솔에게 오늘 백제 무사를 보았다고 전해라."

"예, 달솔."

비틀거리며 일어난 전령이 복창했다.

"이 땅은 수만 명 조상이 묻혀 흙과 풀로 피어나는 땅이며 달솔께서 백제 무사를 보았다고 하셨습니다."

"그렇다."

전령이 몸을 돌렸을 때 계백이 등에 대고 물었다.

"낯이 익다. 너는 누구냐?"

전령이 다시 돌아서서 계백을 보았다. 사청이 계백 옆으로 한 걸음 다가섰고 전령의 목소리가 주위를 울렸다.

"11품 대덕(對德) 고천이올시다."

"고천."

"6년 전, 바다 건너 광릉군에서 달솔께서 이끄신 기마군의 궁수대장을 했지요. 그때 14품 좌군(佐軍)이었습니다."

"오오."

계백의 얼굴에 웃음이 떠올랐다.

"네가 당의 호위군대장을 쏘아 죽였지 않느냐?"

"기억하고 계실 줄 알았습니다."

전령이 입을 벌리고 웃자 피로 범벅된 입안이 드러났다. 입안도 상처를 입은 모양이다. 계백이 다가서서 전령을 보았다.

"대덕."

"예, 달솔."

"너는 나무가 되어라."

"예, 달솔."

사청은 대덕 고천의 눈에 금방 눈물이 차오르는 것을 보았다. 40대쯤의 고천은 이미 중상을 입은 것 같다. 그때 고천이 계백을 똑바로 보았다.

"예, 달솔의 흙을 감싸 안는 나무가 됩지요."

4품 덕솔 선고는 용장이며 반나절을 싸워도 지치지 않는 괴력을 지녔지만 그것이 출신(出身)의 이유가 아니다. 계백의 가장 신임하는 부장(副將)이 된 것은 전장에서의 임기응변력이다.

"옳지."

좌측에서 각대상의 전과를 들은 선고가 수염투성이의 얼굴을 펴고 웃었다. 장동석성 안, 진시 끝(9시) 무렵, 햇살이 뜨겁기 시작한다.

"품일이 흠춘의 전철을 밟지 않으려고 할 것이다."

선고가 둘러선 장수들에게 말했다.

"대군을 이용, 압박하는 정공법을 쓸 것이다."

품일은 신라의 대장군으로 흠춘, 김유신과 함께 백제군 장수들에게는 그 전술과 성품까지 알려져 있다. 신라 측도 마찬가지일 것이다. 머리를 든 선고가 어깨를 부풀렸다가 내렸다.

"기다린다."

"예엣?"

서너 명의 장수가 놀란 외침을 뱉었다. 기다리다가 압사(壓死)를 당하라는 말인가? 그때 머리를 든 선고가 눈을 가늘게 뜨고 태양을 보았다. 태양빛이 눈이 부시기는 했다.

"덕솔."

장수 하나가 부른다.

"언제까지 기다린단 말씀이오?"

"놈들이 다 내려올 때까지."

시선을 내린 선고가 정색했다.

"그때 치고 나간다."

선고의 얼굴에 다시 웃음이 떠올랐다.

"이것은 전술은 아니다. 다 모이기를 기다렸다가 나가는 것뿐이야."

이곳은 진막이 없어 땅바닥에 둘러서 있을 뿐이다. 나무 그늘도 없는 석성 안, 군사들은 바위틈, 맨땅, 비탈진 산기슭에 말을 매놓고 앉거나 서 있다. 선고의 말이 이어졌다.

"1만5천이 다 내려오기를 기다렸다가 한쪽을 뚫고 나간다."

"신라 좌군이 내려옵니다."

사청이 보고하자 계백이 머리를 들었다.

"좌군도 진형을 벌린 채 천천히 진군하고 있습니다."

"품일도 지장(智將)이야."

계백이 손바닥을 눈썹 끝에 붙이고 좌측을 보았지만 이곳에서는 보이지 않는다. 모퉁이로 돌아가야 한다. 손을 내린 계백이 사청을 보았다.

"장동석성은 움직이지 않느냐?"

"예, 달솔."

"선고는 급할 때 느긋해지는 품성이야."

"그렇게 되면 포위되지 않겠습니까?"

"품일이 그렇게 하겠지."

계백이 풀어놓은 장검을 허리에 차면서 말을 이었다.

"선고는 1만5천을 황산벌에 풀어놓고 있는 거야."

사청은 계백의 얼굴에 떠오르는 웃음을 보았다. 선고하고 전략을 짰는가?

"선고 저놈은 성안에 박혀 있지 않을 것이다."

말을 천천히 걸리면서 품일이 옆을 따르는 아들 관창에게 말했다.

"우리 군(軍)을 모두 장동석성 주위로 끌어 모은 후에 뚫고 나올 작정이야."

"아버님, 그러면."

화랑 관창이 눈썹을 모으고 품일을 보았다. 열일곱, 앳된 얼굴, 맑은 눈과 흰 피부, 체격은 컸지만 아직 코밑에 솜털이 있다.

"적의 계략에 끌려드는 흉내를 내시는 겁니까?"

"끌려드는 것이지."

품일이 웃음 띤 얼굴로 관창을 보았다. 늦게 낳은 외아들이다. 그러나 이를 악물고 강하게 키웠다. 진골(眞骨) 왕족의 혈통을 이어갈 적자(嫡子)다. 품일이 말을 이었다.

"우리가 석성을 포위하면 선고는 뚫고 나올 것이다."

이제 좌군은 넓은 황산벌로 들어섰다. 앞은 선봉군 6천이 삼중으로 3리(1.5km) 넓이에 횡대로 벌렸으며 그 뒤를 중군과 후군이 5리(2.5km)에 걸쳐서 진형을 넓혀 따른다. 석성의 폭은 고작 1리(500m), 대군은 석성을 그대로 둔 채 뒤쪽까지 진군할 예정이다. 마치 범람하는 물이 바위만 남겨놓고 차오른 모양이 될 것이다. 이제 선봉군이 석성 앞 2리(1km) 거리까지 닿았지만 안에서는 기척이 없다. 그때 우측에서 전령이 달려왔다. 붉은 깃발을 단 총사령 김유신의 전령. 품일 앞에서 말을 세운 전령이 소리쳤다.

"대장군, 총사령 이벌찬의 명(命)이오!"

"따르겠다."

"웅치산성의 계백군이 움직이고 있으니 우측은 비우라고 하셨소."

"옳지."

크게 머리를 끄덕인 품일이 대답했다.

"따르겠다고 전하라!"

이쪽에서는 웅치산성이 보이지 않는 것이다. 전령이 먼지를 일으키며 달려가자 품일이 부장에게 지시했다.

"웅치산성의 계백 중군이 나온다. 그쪽은 총사령께 맡기고 우리는 장동석성만 공략한다!"

좌군의 전령들이 다시 달려갔을 때 품일이 아들 관창에게 말했다.

"보아라. 전장에는 무수한 함정이 존재한다. 마치 잔잔한 수면의 강바닥에 수많은 암초와 심연이 존재함과 같다."

"계백의 중군이 선고를 도와 우리 옆구리를 치려는 것입니까?"

"수(數)가 많으면 흐르는 살에도 맞는 법이야. 우리는 많은 수의 약점을 가능한 한 줄이려는 것이다."

이제 선봉대의 선두가 장동석성의 1리(500m) 거리로 다가갔다. 긴장한 관창이 숨을 들이켰다.

말에 오른 선고가 손으로 턱수염을 쓸어내렸다. 사시(10시) 무렵, 신라군은 이제 5백 보 거리로 다가와 있다. 성안은 조용하다. 가끔 말들이 코를 불고 발굽으로 땅을 긁는 소음만 울릴 뿐이다. 신라군의 소음도 속보로 다가오는 터라 땅이 희미하게 진동하는 정도다. 그들도 함성인 외침을 뱉지 않는 것이다. 그때 부장(副將)인 7품 장덕(將德) 형무가 헛기침을 했다.

"덕솔, 450보 거리가 되었소."

"3백 보가 되면 나간다."

말고삐를 쥐면서 선고가 말하자 형무가 입맛을 다셨다.

"꼭 채워야겠소?"

형무는 40세, 피부가 검고 콧등이 넓다. 선고와 10여 년 같이 전장을 다닌 터라 형제나 같다. 남방 백제의 22개 담로(영지)의 하나인 흑치군(黑齒郡) 출생. 키는 작으나 어깨가 넓고 팔이 길어서 백병전에서는 당해낼 장사가 없다. 그때 형무가 갑자기 머리를 번쩍 쳐들고 소리쳤다.

"못 참겠다! 나가자!"

성안이 울리는 외침이다. 옆에 서 있던 선고의 말이 깜짝 놀라 비틀거렸고 선고가 욕을 했다.

"이 미친놈이."

그때는 이미 형무가 박차를 넣고 내달리기 시작한 터라 선고도 덩달아 박차를 넣었다. 기다리고 있던 1천5백 기마군이 뛰쳐나간다. 이미 성을 나가는 길은 우측의 낮은 부분으로 정해 놓았다. 상반신을 숙인 채 말을 달리던 선고는 옆을 따르는 장수, 군사의 얼굴에 웃음이 떠올라 있는 것을 보았다. 모두 형무의 선동에 웃음이 터진 것이다, 이겼다. 숨을 들이켠 선고가 고삐를 채었고 말은 성벽을 가볍게 뛰어 넘었다. 전쟁은 사기(士氣)다. 기세로 승부가 난다. 이번 싸움도 이긴다. 나중은 어떻게 될지언정.

예상했던 대로 백제군이 우측의 낮은 성벽을 뛰어넘어 쏟아져 나온다. 선고의 백제 기마군은 모두 붉은색 허리띠를 매었으며 어깨에도 붉은 칠을 한 갑옷을 걸쳤다. 말의 목에도 붉은 가죽 보호대를 채웠기 때문에 불덩어리가 몰려오는 것 같다. 중군에서 그것을 본 품일의 얼굴에 웃음이 떠올랐다.

"보아라."

품일이 턱으로 붉은 기마군을 가리켰다.

"갇혀 있던 붉은 쥐떼가 쏟아져 나오는 것 같지 않느냐?"

"예."

대답은 했지만 관창의 얼굴이 굳어졌다. 이곳은 중군의 중심이어서 백제군과는 4리(2km)쯤 떨어져 있다. 그런데도 그 불덩이의 화기(火氣)가 전해져 오는 것 같다. 그만큼 격렬해 보였기 때문이다. 주위에서 술렁거리고 있는 것이 관창만 그렇게 느낀 것 같지가 않다. 그때였다.

"덩! 덩! 덩!"

북소리가 울리더니 선봉군이 좌우로 갈라지면서 화살촉처럼 돌진해오는 붉은 덩이에 길을 터주었다.

"덩! 덩! 덩!"

대북 소리에 맞추듯이 중군의 기마군이 방패처럼 한곳으로 집결한다.

"덩! 덩! 덩!"

좌우로 갈라졌던 선봉 기마군이 비스듬한 곡선을 그으면서 붉은 불덩이와 반대 방향으로 달려가고 있다. 잘 훈련된 기마군이다. 마치 선으로 그은 듯이 무리를 지어 움직이면서도 이탈자가 없다. 이제는 멈춰선 품일이 상반신을 세우고 그것을 본다. 그때 맑은 하늘로 붉은 연기를 뿜으면서 화살 한 대가 날아올라갔다.

"덩! 덩! 덩!"

북소리가 다시 울렸을 때 또 한 개의 화살이 붉은 연기를 매달고 올라간다.

"저 화살은."

품일이 손가락으로 하늘을 가리켰다.

"백제군의 군호다."

이제 붉은 연기는 포물선을 그리며 떨어지고 있다. 화살은 2개의 포물선을 그렸다.

"백제인들은 대륙에 영지가 있는 터라 그쪽 문물에 익숙하다. 저 군호는 아마 남방에서 사용하는 것 같다."

그때였다. 적진으로 달려오던 붉은색 기마군이 갑자기 우측으로 방향을 틀었다. 황산벌 중심으로 나가는 것이다. 화살의 촉이 옆으로 비틀린 형세가 되었다.

"막아라!"

이것도 예상하고 있었던 터라 품일이 소리쳤다. 이제는 품일도 눈을 치켜뜨고 있다.

"덩덩덩덩덩!"

대북이 빨리 울리면서 양쪽의 신라군이 붉은 무리를 압박해 들어갔다. 이제 부딪친다. 관창의 눈에는 붉은색 독사를 토막으로 자르려는 것으로 보였다.

그때 관창은 하늘로 솟아오르는 검은색 연기를 보았다.

"저기!"

총사령 김유신은 소단이 외치는 소리를 들었지만 이미 보았다. 황령 토성에 들어갔던 백제군이 다시 쏟아져 나오고 있다. 검정색 회오리, 멀리서는 개미떼 같기도 했지만 방향이 비스듬하다. 황산벌 중심이다.

"이런."

김유신이 혀를 찼다. 붉은색 선고의 기마군이 거의 손상을 입지 않고 방향을 틀어 이쪽으로 다가오고 있는 것이다. 놈들의 목표는 황산벌의 중심(中心). 바로 신라군의 본진, 총사령 김유신인 것이다.

"핫핫핫."

마당에서 김유신이 이제는 뜨거워지는 태양을 향해 소리 내어 웃었다.

"장하다."

저절로 칭찬이 뱉어졌다. 김유신, 신라의 대원로, 가야국의 왕손으로 성골. 진골에도 끼지 못했으나 이제 왕비의 오빠이며 신라군의 총수, 66세에 이르기까지 수백 번 전쟁을 치른 전장의 신(神). 김유신의 손이 저절로 자신의 흰 수염을 움켜쥐었다. 급박할 때의 버릇이다. 어깨를 부풀린 김유신의 입에서 다시 혼잣말이 뱉어졌다.

"계백, 김유신이 상대해주마."

"따르라!"

계백이 소리쳤다.

"우!"

뒤에 붙어 선 2천 기마군이 딱 한 마디 외침을 뱉는다. 뱃속에서 우러나오는 소리. 어깨를 웅크렸다가 배를 힘껏 밀어내듯이 내지르는 소리. 그것도 입을 딱 벌리지 않고 가능한 한 잇새로 뱉어내야 제대로 된 기합 소리가 나온다. 그것도 딱 한 마디. 백제군의 이 한 마디 기합이 대륙 전체를 뒤흔든 시절도 있다. 대륙 해안선을 따라 서남쪽 흑치군, 그 아래쪽 인도에 이르기까지 22개 담로를 보유했던 대백제(大百濟). 지금 계백의 2천 기마군에도 그곳 출신들이 섞여 있다. 계백이 박차를 넣자 2천 기마군이 뛴다. 웅치산성은 황산벌 중심부 위쪽의 작은 산성, 황산벌 정면을 내려다볼 수 있었기 때문에 계백이 자리를 잡았다. 2천 기마군은 곧장 김유신의 본진을 향하여 돌진한다. 계백의 본진 기마군은 모두 머리에 흰 띠를 두르고 허리에도 흰 띠를 매었다. 말의 목에도 흰 천을 감았으니 백군(白軍)이다. 백군 또한 입을 꾹 다물고 흰 질풍처럼 김유신의 본진을 향해 돌진한다. 이미 황산벌에는 전쟁이 벌어졌다. 품일의 좌군 1만5천이 장동석성을 향해 쏟아져 나왔다가 선고의 유인을 받아 흩어지고 있으며 김유신은 품일의 우측을 받쳐 주려고 나와 있는 참이다. 우군 대장군 흠춘은 또다시 쳐내려온 각대상을 맞아 서둘러 대군을 쏟아내고 있다. 계백은 앞쪽에서 일어나는 먼지 구름을 보았다. 김유신의 선봉대다. 막강한 전력, 나란히 말 머리를 붙이고 닥쳐오는 기세는 압도적이다. 계백은 말고삐를 입에 물고 허리에 찬 장검 두 개를 빼들어 양손에 쥐었다. 앞장을 선 호위군의 뒤에 바짝 붙으면서 계백이 문득 옆을 보았다. 옆에 호위장 사청이 붙어 있다. 그런데 자신과 똑같이 입에 말고삐를 물었고 양손에 장검을 쥐었다. 저도 모르게 쓴웃음이 일어났으므로 계백의 눈이 웃는 모양이 되었다. 그것을 본 사청의 눈이 더 커지더니 외면한다.

"장하다."

가슴이 벅찬 계백이 참지 못하고 고삐를 문 채 말했다. 그러나 고삐에 걸려 자신도 알아듣지 못하겠다.

전장, 황산벌이 5만이 넘는 기마군으로 뒤덮였다. 쫓고 쫓기는 살육의 땅.

"아아아악!"

비명이 이어졌고 함성이 울린다. 제일 멀리 부딪친 부대는 선고가 이끄는 흑군(黑軍)과 신라 좌측의 품일군(軍), 동시에 계백의 백군(白軍)이 김유신의 2만 본군과 충돌했으며 이어서 각대상의 적군(赤軍)이 흠춘을 다시 쳤다. 이제 김유신도, 품일도, 흠춘도 여유가 없다. 외치고 찾으며 화를 낸다. 오시(12시)가 되어가고 있다. 전장에 뒤덮였던 기마군이 시간이 지나면서 수십 개의 무리로 갈라지고 있다. 바로 신라의 대군(大軍)이 쪼개지고 있는 것이다. 그것이 1각(15분)이 지날 때마다 더 잘게 쪼개지더니 오시 끝(1시) 무렵이 되니 수백 개로 나뉘었다. 그러더니 흑(黑), 백(白), 적(赤)의 덩어리가 점점 더 커졌다. 이것이 무슨 표시인가? 그때 황산벌 하늘 위로 흰 연기를 내뿜는 화살이 날아 올라갔다. 김유신은 중군(中軍)의 중심에서 그 화살을 본 순간 어깨를 늘어뜨렸다.

"졌다."

저절로 김유신의 입에서 탄식 같은 말이 뱉어졌고 머리를 돌려 옆에 선 부장 소단에게 지시했다.

"군사를 물려라."

황산벌을 내려다보는 위치에서 김유신은 전장을 관찰하고 있었던 것이다.

"둥둥둥둥둥둥"

총사령의 본진 대고(大鼓)는 소리가 짧고 굵다. 그 울림이 커서 흐린 날에는 사방 30리까지 퍼져나간다. 대고 소리를 들은 신라군이 제각기 제 본진으로 모여 가는 모습이 웅덩이로 흘러드는 물줄기 같다. 그보다 조금 전에 흑, 백, 적의 백제군이 일제히 중앙의 웅치산성을 향해 돌아가고 있다. 정연하다.

"이놈, 계백."

그것을 본 김유신의 입에서 분노에 찬 일갈이 터졌지만 눈빛이 부드럽다. 다가선 부장(副將) 소단은 4품 파진찬(波珍飡), 53세. 김유신을 따라 수십 년간 전장을 누빈 역전의 용장이다.

"대감, 위험했습니다."

소단이 어깨를 부풀리며 말하자 김유신은 머리를 끄덕였다. 시선은 아직 황산벌을 내려다본 채다.

"흠춘이 가로막지 않았다면 백제군이 이곳까지 올 뻔했다."

"오늘 끝내기는 힘들겠습니다."

"이제 백제군이 웅치산성에 모이는군."

소단의 시선도 황산벌로 옮겨졌다. 백제군은 전장(戰場)을 유린했다. 중심(中心)의 백군(白君)이 곧장 김유신의 본진을 향해 돌격해왔을 때 좌우의 적, 흑군은 품일과 흠춘의 대군을 끌고 다니면서 교란시켰다. 정면충돌을 피하고 측면만을 찌르되 중심의 백군을 도와 김유신의 본진으로 향했던 것이다. 만일 흠춘이 중군을 떼어 지원하지 않았다면 김유신의 본진도 뚫릴 뻔했다.

"장관이었다."

어깨를 늘어뜨리면서 김유신이 말했다.

"과연 대륙에서 당군과 싸워온 백제군의 진가가 드러나는구나."

"안타깝습니다."

김유신이 비꼬는 줄 알았는지 소단도 쓴웃음을 짓고 거들었다.

"병력이 3만쯤만 되었다면 전황을 역전시켰겠지요. 이미 백제의 사직은 멸망한 것이나 같습니다, 대감."

"시덕(施德) 여천이 전사했습니다."

각대상이 외면한 채 말했다.

"난전(亂戰) 중이어서 적의 창에 찔려 말에서 떨어지는 것만 보았습니다."

"고덕(固德) 독만이 죽었습니다."

이번에는 선고가 말했다.

"신라 장수 일길찬(一吉飡) 김택에게 칼을 맞았으나 그 칼을 쥐어 당겨 맞찌르고 죽었다고 합니다."

계백의 시선이 옆쪽으로 옮겨졌다. 각대상의 부장(副將) 형무가 피투성이가 된 채로 서 있다. 손끝에서 피가 흘러내리는 중이다. 계백의 시선을 받은 형무가 검은 얼굴을 펴고 웃었다. 그러자 검게 칠한 이가 드러났다. 흑치군(黑齒郡) 출신이다. 형무가 피 흐르는 팔을 뒤로 감췄다.

"달솔, 아직 싸울 만합니다."

"네 팔을 이리 내라."

계백이 말했지만 형무는 한 걸음 물러섰다.

"팔이 달려 있지 않습니까?"

악문 잇새로 신음을 뱉은 계백이 각대상에게 지시했다.

"당장 장덕(將德)의 팔을 치료하도록."

"예, 달솔."

이맛살을 찌푸린 각대상이 형무를 꾸짖었다.

"장덕, 바쁜데 너는 왜 두 번 말을 하게 만드느냐?"

그때 계백이 둘러선 장수들을 보았다. 웅치산성의 바위 밑, 이제는 3영(三營)으로 나뉘었던 군세가 하나로 통합되었다. 무장(武將)의 숫자는 29명, 11품 대덕(對德) 이상의 관등을 말한다. 44명에서 첫 번째 싸움에 15명이 전사한 것이다. 29명 중에서도 부상자가 7명이나 있으니 거의 절반의 사상자가 나왔다. 기마군 5천에서 웅치산성에 모인 병력은 4천 2백, 8백이 지금 황산벌에 누워 있다.

"전군을 모아라."

계백이 장수들을 둘러보며 말했다. 오시 끝 무렵(오후 1시), 태양이 머리 위에서 내리비치는 한낮. 바위 그늘도 없어져서 장수들의 얼굴에 번진 땀과 피가 말라가고 있다.

"내가 군사들에게 할 말이 있다."

계백의 눈이 번들거리고 있다.

김유신은 3도(三道)의 전술을 접고 웅치산성이 정면으로 바라보이는 안곡(安谷)에 본진을 설치했다. 좌우군을 모두 모은 것이다. 안곡은 웅치산성에서 10리(50km) 떨어진 밋밋한 구릉 지대인 데다 앞쪽 황산벌에 장애물이 없었기 때문에 시야가 다 트였다.

"사상자가 3천3백 인입니다."

부장 소단이 김유신에게 보고했다.

"오히려 늦게 나온 좌군(左軍)의 피해가 큽니다, 대감."

총사령의 진막 안에는 품일과 흠춘 두 대장군을 포함한 30여 명의 장수들이 모여 있었으므로 땀과 피 냄새가 진동했다. 모인 장수는 부대장급인 6품 아찬(阿飡) 이상이었는데 예외가 있다. 10품 대나마(大奈麻)직으로 화랑인 품일의 아들 관창과 흠춘의 아들 반굴이 끼어 있다. 대장군의 아들이기 때문이 아니라 화랑 신분이기 때문이다. 화랑은 장래 신라의 지도자가 될 재목(材木)으로 인정되어 전장에 나가 전술 회의에도 참여시킨다. 다시 소단의 보고가 이어졌다.

"좌군이 가로막지 않았다면 본진이 뚫렸을 것입니다."

좌군 대장군 흠춘이 숨을 들이켰고 우군 대장군 품일의 어깨가 가라앉았다. 장동석성의 선고에게 집중하느라 총사령의 본진(本陣)에 소홀했다. 따라서 좌군은 장수급 7명을 잃었고 사상자의 절반 이상이 좌군이다. 그러나 명예를 얻었으므로 좌군 장수들의 표정이 무겁지는 않다. 그때 김유신이 말했다.

"백제군이 기세를 몰아 오늘 중 한 번 더 공격해올 것이다."

김유신의 얼굴에 쓴웃음이 번졌다.

"죽기를 각오한 자는 살 것이며 살려고 마음먹은 자는 죽는다."

한 마디씩 잘라 말한 김유신의 시선이 장수들을 차례로 훑고 지나갔다.

"내가 전장에서 자주 쓰던 말이니 너희들도 들었을 것이다."

진막 안이 조용해졌고 김유신의 말이 이어졌다.

"계백도 장수들에게 그렇게 말했겠지."

그때 관창과 반굴의 시선이 마주쳤다. 둘은 김유신의 말을 듣지 못했다. 그리고 이런 분위기도 처음이다, 전장보다 더 무겁고 두려운 분위기. 그때 김유신의 눈빛이 강해졌다.

"5만 명 대군을 거느린 내가 겨우 5천도 안 되는 백제군을 맞아 너희들에게 오늘은 이렇게 말한다."

김유신의 목소리에 열기가 띠어졌다.

"살아서 치욕을 당하느니 죽어서 이름을 남기도록 하라."

바위 위에 선 계백이 군사들을 둘러보았다. 한낮, 이곳도 피 냄새를 맡은 까마귀 떼들이 하늘을 맴돌고 있다. 바위산인 웅치산성에 모인 군사들은 4천2백여 명, 그중 부상당한 몇 명만 빼고 모두 일어서 있다. 주위는 조용하다. 몇 그루 안 되는 나무에 붙었는지 아까부터 매미 떼가 요란하게 울고 있다. 이윽고 계백이 손을 들어 하늘을 가리키며 소리쳤다.

"저기 있다!"

모두의 시선이 눈부신 하늘로 옮겨갔다. 햇살에 눈이 부셔서 손으로 눈 위에 그늘을 만드는 군사도 있다.

"저기서 내려다보는구나!"

계백의 목소리가 바위에 부딪쳐 되돌아왔다.

"내 처, 내 딸이 지금 나를 내려다본다!"

모두 숨을 죽였다. 계백이 어제 처자식을 죽이고 온 것을 모두가 아는 것이다.

"어! 모두 있구나!"

계백이 다시 하늘을 가리키며 소리쳤다.

"조금 전에 죽은 시덕 여천도! 고덕 독만도! 궁수 마곡도! 창수 척길도 저기 떠 있다!"

모두 하늘을 보았다가 머리를 내렸고 다시 올려다보고는 또 내린다. 계백이 소리쳤다.

"이 땅은 우리 조상의 육신이 만들어 주었고 하늘에는 혼이 떠서 내려다본다. 군사들아, 알고 있지 않느냐?"

이제 계백의 목소리가 또박또박 끊겨서 쏟아진다.

"군사들아! 이 땅에서 죽자! 이 땅의 혼이 되어서 먼저 간 처자와 형제, 부모를 만나 지키자꾸나!"

"우!"

짧은 신음 같은 함성, 그것이 이곳저곳에서 울렸다. 계백이 다시 소리쳤다.

"옛적 월왕 구천이 5천 군사로 오나라 70만 대군을 물리쳤다! 너희들은 대백제군(大百濟軍)이다! 월왕 구천의 군사보다 낫고 신라군은 고작 5만이다!"

"우!"

"조상의 한을 풀어라! 처자식의 원수를 갚아라! 동료의 복수를 하라! 대백제의 위세를 보여라!"

"우!"

"죽어서 떳떳하게 조상 땅 위에 떠 있을 것인가!"

"우!"

이제 함성은 바위산을 울리고 아래쪽 황산벌로 쏟아져 내려갔다. 분기를 참지 못한 군사들이 어깨를 힘껏 부풀렸다가 또 한 번 함성을 뿜어낸다.

"우!"

미시(오후 2시) 무렵, 김유신의 본진으로 당의 중랑장 어준신이 찾아왔다. 어준신은 당군(唐軍)의 총사령 소정방이 보낸 독전관 역할이다. 인사를 마친 어준신이 자리에 앉지도 않고 김유신에게 물었다.

"서전(緖戰)에서 패했다니, 사실입니까?"

"전초전을 했을 뿐이오."

예상하고 있던 김유신이 부드럽게 말했지만 어준신이 다시 물었다.

"황산벌을 돌아오면서 군사들을 만났습니다. 신라군의 피해가 더 크다고 들었습니다."

"군세가 컸으니 모든 것이 크게 보이는 법이오."

진막 안에는 10여 명의 장수가 들어서 있었으므로 갑자기 분위기가 무거워졌다. 그때 품일이 나섰다.

"독전관께서 잘못 들었소. 백제군은 재기가 어려운 상태가 되었소."

"그렇다면 다행입니다."

자리에 앉은 어준신이 김유신을 보았다.

"연합군 총사령께서는 신라군이 사흘 후까지 사비도성에 도착하기를 바라고 계십니다."

김유신의 얼굴에 웃음이 떠올랐다. 그러려면 신라군은 오늘 오후라도 출발해야 된다. 당군(唐軍)은 이미 사비도성 서쪽 30리 지점에 닿아 있는 것이다.

"맞춰보지요."

김유신이 말하자 어준신이 숨을 들이켰다가 그냥 뱉었다. 말을 참는 시늉이다. 그러나 한 호흡을 하고 나서 뱉듯이 말했다.

"내가 명(命)을 받고 신라군과 동행하게 되었습니다."

독전관은 예하 부대에 보내는 주장(主將)의 특사다. 김유신이 잠자코 머리를 끄덕였지만 대장군 품일과 흠춘의 기색은 불편했다. 감시가 역할인 것이다. 그때 밖에서 수선스러운 소음이 들리더니 전령장이 서둘러 들어섰다. 독전관이 있었지만 전령장이 서둘러 김유신에게 보고했다.

"대감, 백제군이 도전하고 있습니다."

김유신의 시선을 받은 전령장의 얼굴이 일그러졌다.

"장수 하나가 뛰어나와 도전자를 부르고 있습니다. 쫓을까요?"

진막 안이 잠깐 술렁거렸다. 장수들끼리의 싸움이다. 기세를 올리려는 것이다.

전장에 나선 장수는 각대상의 휘하 장수 연척(燕拓), 9품(品) 고덕(固德) 벼슬로 장창을 잘 썼다. 연씨(燕氏)는 웅진의 귀족 가문 출신으로, 연척은 바다 건너 대륙의 백제령 진남군에서 전장을 전전하며 보냈다. 당년 25세, 마상에 앉은 연척의 얼굴은 평온하다. 말을 몰아 황산벌을 천천히 가로로 달리면서 앞쪽 신라군을 주시하고 있다.

"우!"

뒤쪽에 늘어선 백제군이 함성을 뱉는다.

도전(挑戰)의 함성이다.

"우!"

함성이 더 깊고 울림이 커졌다. 신시(오후 4시) 무렵, 연척이 곧추세워 들고 있는 15자(4.5m) 장창의 창날이 햇살을 받아 반짝이고 있다.

"음, 기세를 올리겠다는 것이군."

마상에서 김유신이 아래쪽 황산벌을 내려다보면서 말했다. 주위에

30여 명의 장수들이 옹위하듯 섰고, 독전관 어준신은 부채를 이마에 붙여 그림자를 만들어서 아래를 본다. 신라군 앞을 가로로 달리던 백제 장수가 말을 돌려서 오던 길을 또 달린다.

"우!"

백제군의 도전성(挑戰聲)이 더 커졌다. 이쪽과의 거리는 4리(2km) 정도였지만 장창 끝의 창날이 반짝였고 투구를 벗은 맨머리도 보인다. 김유신의 얼굴에 쓴웃음이 번졌다.

"받아주지. 누가 보내겠느냐?"

"제가 보내지요."

기다렸다는 듯이 흠춘이 말했다. 흠춘이 눈을 치켜뜨고 김유신을 보았다.

"대감, 제가 장수를 많이 잃었습니다. 사기를 올리게 해줍시오."

"음, 누구를 보낼 것인가?"

그때 반굴이 대답했다.

"제가 가겠습니다."

모두의 시선이 모였고 반굴의 얼굴을 보려고 어느 장수는 말을 앞으로 반 마신(馬身)쯤 내몰기도 했다. 김유신이 반굴을 보았고 잠깐 주위에 정적이 덮였다. 햇살이 환한 오후, 여기저기에서 말 울음소리가 울렸지만 이곳은 장수들이 모인 뒤쪽 지휘부다. 모두 숨을 죽이고 있다.

"우!"

다시 백제군의 도전성이 울린다. 그때 김유신의 시선이 반굴의 위아래를 훑었다. 반굴은 열여덟, 이미 두 번이나 전장에 나가 백제 장수 셋의 목을 벤 용장이다. 화랑으로 10품 대나마(大奈麻) 벼슬이며 대장군 흠춘의 아들이자 왕족이다. 더구나 6척 장신에 마상기(馬上技)에 능하며 검술이 뛰어났다. 김유신의 시선이 반굴의 눈과 마주쳤다. 맑고 강한 빛이 반굴의 눈에서 쏟아진다. 김유신이 물었다.

"네 말이 좋구나. 잘 달리느냐?"

"예, 대감."

"저놈 말은 오래 뛰어서 지쳤을 게다. 그러니 말을 이용해라."

"예, 대감."

"네가 패해도 전세(戰勢)에 전혀 영향을 끼치지 않는다. 알겠느냐?"

반굴이 숨만 들이켰고 김유신이 빙그레 웃더니 눈으로 도전하는 백제 장수를 가리켰다.

"저놈은 이기려고 조급해져 있다. 가서 싸워라."

"예, 대감."

어깨를 치켜세운 반굴이 김유신에게 머리를 숙여 예를 보이고는 시선이 아버지 흠춘을 스치고 지나갔다. 그러더니 말고삐를 채어 달려갔다.

"도전자가 나간다!"

전령 장수가 소리치자 대사령 본진의 대고가 울렸다.

"둥둥둥둥둥둥"

아래쪽에 포진한 신라군이 좌우로 갈라지면서 반굴에게 길을 터준다. 그것을 본 김유신이 눈짓으로 흠춘을 불렀다.

흠춘이 말을 몰아 다가오자 김유신이 낮게 물었다.

"저놈은 장창의 명인 같다. 반굴의 장검이 불리한데 왜 보내는가?"

그때 흠춘이 김유신에게 말 옆구리를 바짝 붙였다.

"제가 아들이 셋 있습니다."

"안다."

"장졸이 숫자를 믿고 교만해져 있는 데다 전의(戰意)가 강하지 못합니다."

그때 김유신이 숨을 들이켰다.

"그래서 네 아들을 내놓은 것인가?"

"대감께서도 그렇게 하셨을 것이오."

"인사는 받았느냐?"

"저승에서 받지요."

"알고 갔을까?"

"제가 나가라고 했더니 힐끗 한 번 보고는 승낙했습니다. 그 눈빛을 보니 애비의 뜻을 짐작하는 것 같았소."

"자식 잘 두었다."

"잘난 놈이지요."

흠춘의 말끝이 떨리더니 말을 몰아 떨어졌다. 그때 백제군의 함성이 커졌다.

"우!"

황산벌에 신라 무장이 도전자로 들어섰기 때문이다.

"나는 백제국 9품(品) 고덕(固德) 연척, 의자 대왕의 신하이며 달솔(達率) 계백의 막장(幕將). 백제군의 이름으로 도전한다. 그대는 누구인가?"

연척의 목소리가 황산벌을 울린 것은 모두 숨을 죽이고 있기 때문이다. 그때 신라군 진영에서 빠져나온 장수가 맞받아 소리쳤다.

"나는 신라군 총사령 이벌찬(伊伐飡) 김유신의 휘하이며 대장군 흠춘의 막장, 10품 대나마 화랑 반굴!"

반굴의 목청도 맑고 컸다.

"우와앗!"

5만 신라군이 발을 구르며 함성을 지르자 황산벌이 진동했다.

"흠춘의 아들입니다."

옆에 선 선고가 황산벌을 내려다보면서 말했다. 웅치산성에서는 바위 위에 서서도 황산벌이 손바닥 안처럼 보인다. 아래쪽 소음도 위로 솟아올라 잘 들리는 법이다. 계백은 방금 반굴의 외침을 들은 것이다. 옆에 서 있던 각대상이 말을 받았다.

"대장군 흠춘과 품일이 제각기 화랑인 아들을 데리고 출전했습니다. 품일의 아들은 관창인데 열일곱이고 저놈 반굴은 열여덟입니다."

"말이 좋군요."

눈을 가늘게 뜬 선고가 반굴의 말을 보면서 말했다.

"기마술도 뛰어납니다. 말을 이용하면 승산이 보이겠으나 연척을 당해 내기 쉽지 않을 것입니다."

그 말을 들은 각대상이 머리를 끄덕였다. 연척은 각대상의 부하인 것이다.

"연척은 장창을 내세우고 있지만, 검과 특히 단검을 잘 던집니다. 저놈 반굴은 죽은 목숨이오."

"대장군 흠춘의 아들을 내보내다니 김유신이 경솔하군요. 반굴이 죽으면 신라군의 사기는 더 떨어질 것입니다."

그때 계백의 옆에 서 있던 사청이 숨을 죽였다. 계백이 소리 죽여 긴 숨을 뱉었기 때문이다.

"우!"

"와앗!"

양군의 함성을 들으면서 연척이 창을 뻗어 달려오는 반굴을 겨누었다. 반굴은 장검을 어깨 위에 걸치고 있었는데 자세가 유연했다. 거리는 1백여 보. 서로 말을 달려서 오는 터라 숨 세 번 마시고 뱉었을 때 부딪친다. 반굴의 마술은 뛰어났다. 말은 명마(名馬)여서 발굽이 찍는 보폭이 넓고 자세가 곧다. 순식간에 거리는 20보가 되었고 반굴의 장검이 높게 치켜세워졌다, 장창의 자루와 함께 연척의 몸을 벨 기세. 다음 순간 연척의 창이 내질러졌고 반굴의 장검이 후려쳐졌다.

"와악!"

"우!"

양군의 함성이 울리면서 둘은 스치고 지나갔다. 창과 칼은 마주치지 않았다. 둘 다 허공을 찍고 베었기 때문이다. 연척은 말이 스치는 순간 고삐를 움켜쥐었지만 당겨 틀지는 않았다. 기마전에서는 상대방보다 먼저 말을 틀어 뒤로 붙는 것이 유리하다. 그래서 날쌔고 훈련된 말이 필요한 것이다. 반굴의 말은 명마인 데다 먼저 틀었으니 오죽할 것인가? 더구나 연척은 말을 틀지도 않았다. 곧 반굴이 뒤로 따라 붙었는데 거리는 10여 보, 이제는 한곳으로 달리는 터라 양군의 눈에는 연척이 말을 틀지도 않고 도망치는 것으로 보였으리라.

"와앗!"

그래서 신라군의 함성이 높아진 반면에 백제군은 숨을 죽였다. 연척이 무슨 사고가 난 것으로 생각했을 것이다.

반굴은 10여 보 앞에서 등을 보이며 달려가는 연척을 보면서 가슴이 뛰었다. 이가 악물려졌고 눈이 치켜떠졌다. 다시 장검을 치켜든 반굴이 말에 박차를 넣었다. 아비 흠춘이 화랑이 된 기념으로 준 명마 중의 명마 흑토마, 보통 말보다 한 배 반쯤이 빠른 데다 오래 달린다. 흑토마가 금방 연척과 다섯 마신(馬身) 거리로 좁혀졌다. 지금까지 마상전(戰)을 여러 번 치렀지만 이런 경우는 처음이다. 부딪치지도 않고 냅다 도망치다니, 유인하는지 모르지만 이것은 마상전이 아닌가?

"저런. 북을 쳐라!"

그때 안곡(安谷)의 고지에서 소리친 장수는 대장군 품일, 눈을 부릅뜬 품일이 다시 외쳤다.

"북을 쳐서 반굴이 늦추도록 해라!"

"놔둬라!"

그렇게 막은 장수는 반굴의 아비, 대장군 흠춘이다. 어깨를 부풀린 흠춘이 품일에게 외면한 채 다시 소리쳤다.

"그대로 둬라!"

총사령 김유신은 황산벌만 보고 있다.

그때 웅치산성의 계백이 옆에 선 사청에게 말했다.

"흠춘이 자식을 내놓았구나."

사청은 아래쪽에 시선을 준 채 숨만 들이켰을 때 계백이 혼잣소리처럼 말했다.

"선이도 열여덟이었다."

거리가 세 마신(馬身)으로 좁혀졌을 때 반굴의 가슴은 환희로 가득 찼다. 이겼다. 아버지 흠춘의 웃는 얼굴이 떠올랐다. 그 순간이다. 갑자기 앞쪽 연척의 몸이 와락 가까워지는 것 같더니 반굴은 가슴을 뚫고 들어온 창날을 보았다. 뜨거운 불기둥이 뚫고 나간 것 같다. 다음 순간 반굴의 몸은 말에서 떨어졌지만, 창에 꿰어진 채 한 바퀴 돌았다. 연척이 몸을 비틀면서 곧바로 창을 내질렀기 때문이다. 바로 뒤에 붙은 데다 장창은 왼쪽에서 내질러졌다. 반굴은 오른손으로 칼을 치켜들고 있었기 때문에 막는다고 해도 헛칼질을 했을 것이다.

"우!"

백제군의 함성, 그때 땅바닥에 끌려 떨어진 반굴은 앞쪽에 멈춘 말다리를 보았다. 먼지가 일어났고, 눈을 깜빡였을 때 이제 눈앞에 세워진 백제 장수 연척의 다리를 보았다. 반굴도 땅바닥에 볼을 붙인 채 모로 누워 있었는데, 아직 가슴에 박힌 창도 빼지 않았다. 그때 연척이 반굴 앞에 한쪽 무릎을 꿇고 앉았다. 시선이 마주치자 연척이 머리를 숙여 예를 보였다. 연척의 손에는 단검이 쥐어져 있다.

"백제 장수 고덕 연척이 신라 화랑 반굴의 머리를 가져가겠다."

연척이 정중한 목소리로 말하자 반굴이 입에 고인 피를 뱉고 나서 말했다.

"신라 만만세."

"우!"

백제군의 함성.

"우와!"

맞받아서 신라군이 기세를 올렸지만 뒤숭숭하다.

"이제 결사의 전쟁이 되겠다."

계백이 사청에게 말하면서 눈으로 아래쪽을 가리켰다. 연척이 장창 끝에 반굴의 머리를 꿰어 들고 돌아오고 있다.

"아군 사기도 올랐지만 신라군의 한(恨)이 쌓일 것이다."

계백이 머리를 돌려 사청을 보았다. 가라앉은 눈빛이다.

"머릿속에 잘 넣어두어라, 나솔."

밤, 술시(8시)가 되었을 때 웅치산성으로 6기의 기마인이 들어왔다. 사비도성에서 온 의자왕의 밀사 일행이다.

"달솔, 대왕의 전언이오."

계백 앞에 선 사내는 병관좌평(兵官佐平) 사비준. 전시(戰時)여서 가죽 갑옷에 검을 찼지만 투구는 쓰지 않았다. 오다가 내던졌는지 떨어뜨렸는지 모른다. 계백은 시선만 주었고 사비준이 말을 이었다.

"소정방의 선발대 2만이 이미 도성의 요소를 봉쇄하고 있어서 왕실이 빠져나가기는 힘들게 되었소."

50대 사비준이 지친 얼굴로 계백을 보았다.

"도성의 장졸은 3만 남짓, 소정방의 15만 군사는 사흘 후에 도성 앞에 닿을 것 같소."

진막 안은 무거운 정적에 덮였다. 계백은 물론 좌우군의 대장 선고, 각대상도 사비준과 시선을 마주치지 않는다. 말석에 선 사청은 어금니를 물었다. 분했기 때문이다. 왕국이 무너지고 있는 것이 정말 어이가 없다. 갑자기 왜 이렇게 되었는가? 1년 전만 해도 사청은 계백을 따라 대륙의 광릉군을 질주하고 있었다. 광릉군은 백제의 바다 건너 22개 담로(영토) 중 하나로 면적이 이곳 백제 본토만 했다. 다시 사비준의 말이 이어졌다.

"대왕께서 달솔 이하 제장께 전언을 내리셨소."

갑자기 딸꾹질을 한 사비준이 머리를 쳐들고 아무것도 없는 진막 뒤쪽을 보았다. 진막 기둥에 붙여놓은 관솔불이 타오르면서 사비준의 얼굴 한쪽을 비추었다. 병관좌평 사비준은 3년 전에 당의 장안성에서 가까운 동성군 태수를 지냈다. 이윽고 호흡을 고른 사비준이 턱을 내리고는 장수들을 둘러보았다. 그때서야 사청은 사비준의 볼에 흐른 눈물 자국을 보았다. 눈물을 감추려고 위쪽을 보았는가? 사비준의 목소리가 진막 안을 울렸다.

"백제군 장졸들께 사죄한다고 대왕께서 말씀하셨소."

그 순간 사비준의 어깨가 늘어졌다. 다리에도 힘이 풀렸는지 사비준이 털썩 계백 앞에 무릎을 꿇더니 두 손으로 땅바닥을 짚었다. 계백이 눈을 치켜떴지만 움직이지 않았다. 그때 사비준이 머리를 들고 계백을 올려다보았는데 눈동자의 초점이 없다. 다시 눈물이 쏟아지고 있다.

"내가 대왕을 대신해서 이렇게 사죄하겠소. 여러분께 부끄럽소."

사청은 외면했다. 진막 안의 모든 장수들도 마찬가지다. 다만 계백 혼자만 사비준을 응시한 채 움직이지 않는다. 진막 안에서 사비준의 울음소리가 들렸다.

다 끝이 있는 법이다. 잠시 후에 사비준이 서둘러 돌아갔다. 포위망이 더 단단해지기 전에 사비도성으로 들어가려는 것이다. 그것으로 사비준과 헤어졌으며 백제 왕국의 조정과도 작별했다. 진막 안이 조용해졌다. 20여 명의 장수급이 모여 있었지만 아무도 입을 열지 않는다. 뒤쪽에 서 있던 사청은 한여름이었지만 으스스한 한기를 느꼈다. 버려진 것 같았기 때문이다. 이제는 백제 왕국과도 단절되었다. 대왕의 사죄까지 받다니. 그때 계백이 진막 안의 정적을 깨뜨렸다.

"대왕께서는 대군을 눈앞에 두시고도 황산벌로 떠나보낸 우리를 생각하셨던 것 같구나."

계백이 얼굴을 일그러뜨리며 웃었다.

"경황이 없는 중에도 밀사를 보내어 사죄를 하시다니, 황공하다."

모두 입을 다물고 있다.

"싸우다가 죽어라 또는 담로에서, 왜에서 원군이 곧 올 테니 힘을 내라, 이렇게도 말씀하실 수가 있었을 텐데."

"……."

"분하다."

그렇게 말했지만 계백의 얼굴에는 웃음이 떠올라 있다.

"달솔, 내일은 긴 날이 될 것 같습니다."

문득 각대상이 말했으므로 가라앉았던 분위기가 일시에 긴장되었다.

"그렇지. 길게 살아야지."

선고가 말을 받더니 어깨를 흔들며 웃었다.

"김유신이 장수 하나를 보내어 오늘 당한 수모를 갚으려고 한다면 시간을 끌 수가 있을 텐데요."

다시 각대상이 말했을 때 계백이 머리를 기울였다.

"도전을 받아들이지 않을 수도 있지."

도전을 받아들여야 한다는 약속 따위는 없다. 도전자를 내보내고 상대편 장수가 나왔을 때 숨어있던 궁사들이 쏴 죽인 경우도 많은 것이다.

"신라가 어제 땅에 떨어진 사기를 일으키려고 할지도 모릅니다."

그때 사청이 말하자 계백이 입을 벌리고 소리 없이 웃었다.

"노회한 김유신의 심중에 달렸다."

밤, 자시(12시)가 되어가고 있다. 장수들은 모두 제 진막으로 돌아갔고 주위는 짙은 정적으로 덮여 있다. 전장의 밤은 깊어질수록 피 냄새가 짙어진다. 아래쪽 황산벌에 치우지 않은 전사자가 수천 구나 널려 있기 때문이다. 갑옷을 입은 채로 잠깐 눈을 붙였던 사청이 눈을 뜬 것은 기척을 느꼈기 때문이다.

옆쪽 계백의 진막이 젖혀지는 소리가 들리더니 발자국 소리까지 났다. 서둘러 몸을 일으킨 사청이 밖으로 나왔을 때, 앞쪽 바위 위에 서 있는 계백의 뒷모습이 보였다. 사청이 다가가자 계백이 머리를 돌리지도 않고 물었다.

"나솔이냐?"

"예, 달솔."

옆으로 다가선 사청이 물었다.

"밤이 깊었습니다. 왜 주무시지 않습니까?"

"네 모친이 웅진성에 계셨지?"

불쑥 계백이 물었으므로 사청은 숨만 들이켰다. 이미 웅진성은 신라군에 의해 함락되었다. 이틀간 치열한 공성전을 치른 후에 성주 은솔(恩率) 백균은 휘하 무장 30여 인과 함께 전사했다. 성이 함락되면 장수와 관리 가족을 몰살시키는 것이 전시(戰時)의 관행이다. 백제군도 신라의 성을 함락하면 마찬가지로 처리했다. 웅진성 저택에 머물던 어머니는 처형되었을 것이다. 계백은 알면서도 묻는 것 같다. 그때 어둠에 덮인 황산벌을 내려다보던 계백이 말했다.

"대왕께서는 당군에 항복하실 것 같다."

사청 또한 황산벌만 보았고 계백의 말이 이어졌다.

"무고한 가족을 살리고 양민을 전화(戰禍)에서 구하시겠다는 것이다."

"……."

"우리가 이곳에서 신라군을 막으면 기다리다 지친 당군이 사비도성을 치겠지."

"……."

"본래 나당 연합군이 함께 도성을 공략하기로 했지만 신라군이 늦으니 당군이 나설 수밖에."

"……."

"원한이 깊은 신라군보다 당군이 도성을 함락하는 것이 낫다."

머리를 돌린 계백이 사청을 보았다. 시선이 부드럽다.

"나솔, 우리는 내일 하루 더 신라군을 막아야 한다."

사청이 소리 죽여 숨을 뱉었다. 오늘밤 진막으로 돌아갈 때의 장수들을 보았기 때문이다. 모두 내일이 마지막 날이라는 의식이 얼굴에 적혀 있었다. 그래서 모두 홀가분한 표정이었다. 머리를 든 계백이 하늘을 올려다보았다. 금방이라도 떨어질 것 같은 수천수만의 별들은 마치 백제군의 혼불 같다.

"무장(武將)은 죽는 것도 쉽지 않는 법이다."

계백이 혼잣소리처럼 말했지만 사청은 자신에게 들으라는 말 같았으므로 머리를 숙였다.

아침, 신라군 본진의 대고(大鼓) 소리가 양군(兩軍) 모두를 긴장시켰다.

"둥둥둥둥둥둥둥"

오전 진시(8시) 무렵, 아침 안개가 황산벌 위에 자욱하게 덮였지만 하늘은 맑아지고 있다. 오늘도 날씨가 무더울 것 같다.

"전군(全軍) 지휘관을 모으는 것입니다."

계백의 진막에 모여 있던 선고가 북소리를 듣고 말했다.

"북소리가 두 번 크게 울렸다가 작게 한 번 울리지 않았습니까?"

"그렇군."

각대상이 이를 드러내고 웃었다.

"자주 저 소리를 듣다보니 어떤 때는 나를 부르는 것 같을 때가 있습니다."

진막 안에 모인 몇 명이 웃었고 굳어 있던 분위기가 조금 풀렸다. 장수들을 둘러보던 계백이 각대상에게 물었다.

"형무가 보이지 않는데 어디 있는가?"

"오늘 새벽에 죽었습니다."

외면한 각대상이 말을 이었다.

"팔만 다친 줄 알았는데 가슴에 화살이 박혀 있었습니다."

"아니, 어젯밤에도 이곳에 있지 않았는가? 멀쩡했는데."

눈을 크게 뜬 계백이 묻자 각대상이 그때서야 시선을 주었다.

"중상을 입은 줄 알면 제외시킬까 봐 그랬던 것 같습니다. 하지만 진막에서 자다가 죽었으니 호사를 한 셈이지요."

그때 북소리가 그쳤다. 지붕만 덮인 진막이어서 이제 안개가 걷힌 황산벌이 드러났다.

"다 모였느냐?"

김유신이 묻자 대장군 품일과 흠춘이 머리를 숙였다.

"예, 대감."

3군(軍)으로 나뉜 신라군 장수 대부분이 모였다. 품일과 흠춘, 그리고 김유신 본진(本陣)의 장수들이다. 김유신의 옆에는 소정방이 보낸 독전관 어준신이 앉아 있었는데 이맛살을 잔뜩 찌푸리고 있는 것이 심기가 불편한 것 같았다. 그러나 입을 꾹 다문 채 눈동자만 굴리고 있다.

그때 김유신이 말했다.

"오늘도 날씨가 더울 것 같다. 뜨거워지기 전에 백제군을 깨뜨리기로 하자."

김유신의 시선이 품일과 흠춘을 훑고 지나갔다.

"5천이 주둔한 산성 하나를 겹겹이 싸고 화살을 날리면 아군이 맞을 수도 있어. 누가 앞장서겠는 가?"

"제가 맡지요."

품일이 나섰으므로 흠춘이 시선만 주었다. 예상하고 있었던 것 같다. 어깨를 편 품일이 김유신을 보았다.

"오시(12시)가 되기 전에 산성을 무너뜨리겠습니다."

"그래 주겠는가?"

김유신의 주름진 얼굴에 웃음이 떠올랐다.

"이곳에서의 여세를 몰아 사비도성까지 가도록 하자. 당군(唐軍)이 기다린다. 서둘러라."

"둥, 둥, 둥, 둥, 둥, 둥."

이번에는 백제군의 웅치산성에서 북소리가 울렸으므로 모두 긴장했다. 머리를 든 김유신이 부장 소단에게 물었다.

"난 귀가 어두워서 분간을 못하겠다. 무슨 소리냐?"

"도전고(挑戰鼓)올시다."

소단이 눈썹을 모으고 말했다.

"저놈들이 또 도전을 해서 시간을 끌 작정인 것 같습니다."

"흠."

쓴웃음을 지은 김유신이 흰 수염을 손으로 감싸 쥐었을 때 독전관 어준신이 나섰다. 어준신은 신라어를 안다. 신라어(語)는 곧 백제어이며 고구려어, 그리고 대륙인 절반 이상이 사용하는 공용어인 것이다. 왜인의 대부분도 이 언어를 사용하고 있다.

"대감, 그까짓 도전은 무시하고 한숨에 밀어 붙여 전멸시키시지요. 도전 따위에 시간을 소모할 필요는 없습니다."

진막 안이 갑자기 조용해져서 도전고 소리가 더 선명하게 들렸다.

"둥, 둥, 둥, 둥, 둥."

다시 어준신의 목소리가 진막을 울렸다.

"상대는 5천도 안 되는 데다 패망해가는 왕국의 잔병(殘兵)이오. 단숨에 쓸어버리시오."

그때 김유신이 머리를 돌려 호위장 김택을 보았다. 눈동자가 깊은 물 속 같다.

"호위장, 저놈 목을 베어라."

어준신이 눈만 껌벅였을 때 김택이 한 걸음 뒤로 다가섰다. 그 순간 어준신의 머리통이 땅바닥으로 떨어졌다.

오늘의 백제군 도전장(挑戰將)은 나솔 사청. 백제군 수장(首將) 달솔 계백의 호위장이며 전(前) 광릉군 기마군 대장, 아비 사준(沙俊)은 달솔 벼슬에 올라 남방방령(南方方令)을 지낸 명문(名門) 출신이다. 13세까지 학관에서 학문과 병법, 무술을 익힌 후에 아비 사준에 의해 바다 건너 동성군(東城郡)의 병법가 하곤에게 보내졌다. 5년 동안 단련을 받은 후에 광릉군의 기마군 조장으로 시작한 무장 생활이 어언 4년. 그동안 아비 사준이 병사하고 가세가 기울었으니 사청이 나솔까지 입신한 것도 순전히 스스로의 능력이다. 사청이 어제 연척이 했던 것처럼 웅치산성 앞을 좌우로 천천히 오가고 있다.

"우!"

백제군의 함성은 어제와 똑같다.

"우와앗!"

신라군도 맞받아서 함성을 뱉었지만 어제하고는 다른 분위기다. 함성의 뒤끝이 칼로 치는 것처럼 독해졌다.

"우!"

"우와앗!"

사청이 말을 속보로 걸리고 있다. 계백의 명(命)을 받자 두말 않고 말을 달려 황산벌로 내려왔지만 감흥은 없다. 생사(生死)에 대한 집착도 없다. 이틀 전, 계백의 토성에서 타오르는 불길, 계백의 품에 안겨 있던 부인 시진과 딸 계백선의 모습이 자꾸 떠오르고 있다. 생과 사는 하나로 연결되었다. 생(生)이 있으면 사(死)가 있는 법, 무슨 미련이 있겠는가? 떠날 때가 되었으니 무장(武將)답게 갈 뿐이다.

"우!"

"우와앗!"

저 함성은 전의(戰意)를 북돋으려는 것이겠지만 이제 나에겐 무의미하다. 이미 준비가 다 되었기 때문이다. 그때 신라의 대고(大鼓)가 울렸다. 도전을 받아들이겠다는 신호다.

"제 아들 관창을 보내겠습니다."

응전고(應戰鼓)를 울리게 한 김유신에게 품일이 다가서며 말했다. 진막 안은 피비린내가 가득 차 있다. 어준신이 쏟아낸 피가 많았기 때문이다. 시신은 치웠지만 지금도 호위대가 고인 피 위에 흙을 뿌리고 있다. 그때 장수들의 시선이 품일과 김유신에게로 옮겨졌지만 흠춘은 외면하고 있다. 어제 흠춘은 아들 반굴을 잃었다. 지금도 반굴의 머리가 웅치산성 성문 위에 매달려 있는 것이다. 이윽고 김유신이 물었다.

"관창의 나이가 몇이냐?"

"대감, 아시면서 물으십니까?"

이맛살을 찌푸린 품일이 외면했다. 관창은 말석에 서 있었는데 둘을 번갈아 보기만 한다. 아비 품일은 45세, 총사령 김유신은 66세다. 김유신은 할아버지뻘이다. 김유신의 시선이 관창에게로 옮겨졌다.

"내가 늙어서 잊었다. 네 나이가 몇이었더라?"

"예. 열일곱입니다."

목소리가 변성기에 들어서서 아직 앳되다. 그러나 체격은 어른이 되었고 이미 전장에도 한 번 출진한 경험이 있다.

"음."

머리를 끄덕인 김유신이 다시 물었다.

"네 아비가 널 내세운 이유를 아느냐?"

"압니다, 대감."

품일은 김씨 왕족으로 진골(眞骨) 가문이다. 그러나 김유신의 위세에는 어쩔 수가 없다. 품일이 주춤 입을 다물었을 때 관창의 목소리가 진막을 울렸다.

"예, 나가서 죽으라는 것입니다."

"그 이유를 말해 보거라."

"어제 반굴의 죽음으로 아군의 사기가 떨어져 있습니다."

"어, 그럴까?"

"분하지만 아직 그 분을 끌어 일으킬 기운이 부족합니다."

"네가 죽는다면 더 가라앉지 않을까?"

"아닙니다."

"네가 어떻게 아느냐?"

눈을 크게 뜬 관창이 어깨만 부풀렸을 때 김유신의 시선이 품일에게 옮겨졌다.

"네가 자식에게 가르쳐 주었군."

"그때 이놈을 보내려는 생각은 없었습니다."

"관창이 이길 수도 있지 않겠느냐?"

김유신이 묻자 품일은 다시 외면했고 흠춘이 나섰다.

"이보시오, 이찬(伊湌). 난 아들이 셋이나 있었소."

흠춘의 시선을 받은 품일이 눈을 치켜떴다.

"그러니까 내 아들 값어치가 더 나가지."

품일은 아들이 관창 하나뿐이다.

"둥둥둥둥둥"

다시 대고 소리가 울리더니 신라군 진영이 갈라지면서 장수 하나가 말을 달려 나오고 있다.

"나오는군."

선고가 머리를 들고 태양을 바라보며 말을 이었다.

"사시(오전 10시)가 되어갑니다, 달솔."

바위 위에 선 계백이 잠자코 달려오는 신라 장수를 보았다. 거리가 4리(2km) 가깝게 되었지만 장수의 갑옷이 햇살에 번쩍였고 손에 쥔 단창까지 보였다. 쥐고 던지는 창이다.

"김유신이 사기를 올릴 필요를 느낀 것 같습니다."

각대상이 옆으로 다가와 말했다.

"달솔, 오늘은 힘든 날이 되겠습니다."

"얼마나 다행인가?"

뒤쪽에 선 선고가 목소리를 높였다.

"힘이 들수록 숨이 끊어지는 순간에는 편안해지는 법이네."

장수 몇 사람이 소리 내어 웃었을 때 양쪽 고수들의 북소리가 울렸다.

"둥둥둥둥둥"

"둥, 둥, 둥, 둥, 둥"

"우!"

"우와앗!"

이제 두 장수가 마주쳤다.

관창이 단창을 치켜들고 소리쳤다.

"나는 대장군 품일 휘하의 대나마이며 화랑인 관창! 도전을 받아들인다!"

"우와앗!"

신라군의 함성이 울렸다.

"저런, 품일의 아들입니다."

각대상이 눈을 치켜뜨고 말했다.

"이번에는 품일이 자식을 내놓았습니다."

계백이 어금니를 물었다.

"나는 백제군 총사령 달솔 계백의 막장(幕將), 나솔 사청! 도전한다!"

"우!"

백제군의 자신만만한 함성이 황산벌에 진동했다.

"계백의 호위장입니다. 전(前) 광릉군 기마군 대장을 지내다 본국으로 들어왔지요."

김유신의 부장 파진찬 소단이 전령장의 귓속말을 듣더니 말을 이었다.

"약관 22세이나 어렸을 때부터 대륙에서 병법과 무술을 단련하여 수많은 전공을 세웠다고 합니다."

진막 안이 조용하다. 품일은 외면한 채 황산벌을 내려다보았고 흠춘은 자꾸 한숨을 뱉는다. 그때 양군의 북소리가 동시에 울렸고 함성이 일어났다. 둘이 격돌하려는 것이다.

"와아앗!"

신라군의 함성은 더 높아졌고 이제는 독기(毒氣)가 실렸다. 관창은 길이 6자(1.8m)짜리 단창을 쥐었고 허리에 장검을 찼다. 말안장에는 활과 살통까지 채워져 있었는데 숨 한 번 마시고 뱉는 동안에 화살을 날릴 수도 있다. 관창은 말을 멈추고는 2백 보 앞에 역시 멈춰 선 사청을 보았다. 인사를 마치고 돌아서서 각자 거리를 두고 멈춰 선 것이다. 오늘도 햇볕이 따갑게 내리쬐고 있다.

"와아앗!"

신라군의 함성이 이제는 귓속으로 파고들지 않는다. 2백 보 앞의 사청은 아직도 고삐를 쥔 채 칼을 뽑지 않았다. 조금 전 성명을 밝힐 때

20보 거리에서 보았더니 차분한 표정의 호남이다. 심호흡을 한 관창이 단창의 중심부를 쥐었다. 15보 거리에서 던지면 백발백중이다. 이 단창으로 수백 마리의 짐승을 잡았고 지난번 싸움에서도 백제군 셋을 꿰었다.

"자, 가자!"

말에 박차를 넣은 관창이 와락 소리쳤다. 싸움에 익숙한 얼룩말이 곧 네 굽을 모으며 달리기 시작했다.

"와아앗!"

신라군의 기대에 찬 함성이 울렸다.

사청은 앞쪽 관창이 박차를 넣고 달려오는 것을 보았다.

"가자!"

관창이 오기를 기다렸던 터라 사청도 박차를 넣었다. 사청의 말은 북방마. 머리가 크고 키가 작은 편이었지만 힘이 좋았다. 반나절을 달릴 수가 있었으며 둘을 태우고 산을 넘는다. 그러나 무엇보다도 전장(戰場)에 익숙한 말이다. 사청과 수십 번 전장을 누빈 터라 일심동체나 같다. 거리가 순식간에 일백 보로 가까워졌을 때 사청은 허리에 찬 칼을 선뜻 뽑아들었다. 뽑아서 어깨 위로 조금 눕힌다.

"우!"

아군의 함성. 북방마는 목표를 겨냥하고 전속력을 낸다. 주인의 기세가 전해진 것이다. 거리가 40보, 30보로 순식간에 닥쳐왔을 때 예상했던 대로 관창이 단창을 쥔 손을 비틀더니 던지려고 어깨 위로 올려놓았다. 단창의 창날이 번쩍인다.

"우와앗!"

신라군의 함성, 그 순간 거리가 20보로 가까워졌고 관창의 손이 조금 더 치켜 올려졌다. 굳게 다문 입, 치켜뜬 눈. 그 순간 단창이 날아왔다.

"우와앗!"

신라군의 함성.

관창은 단창을 던진 순간 고삐를 좌측으로 채면서 허리에 찬 칼을 뽑았다. 고삐를 챈 것은 상대와의 간격을 떼기 위함이며 칼을 뽑은 것은 공격과 방어용이다. 그 순간이다. 갑자기 얼룩이가 앞으로 곤두박질을 치면서 뒹굴었으므로 관창은 땅바닥으로 내동댕이쳐졌다. 몸이 서너 바퀴 굴러가 멈춰 섰을 때 어느새 사청의 말이 다가오고 있다. 관창이 서둘러 일어섰지만 맨손이다. 그 순간 말이 덮쳐오면서 관창의 투구 쓴 머리에 격렬한 충격이 왔다. 머리가 띵해진 관창이 앞으로 넘어졌을 때 다시 말을 돌린 사청이 달려왔다.

"우!"

백제군의 함성을 관창은 듣지 못했다.

품일이 눈을 가늘게 뜨고 황산벌을 보고 있다. 뒤에 서 있는 김유신도 입을 열지 않는다. 진막 안에 30명이 넘는 장수가 모여 있었지만 기침 소리도 들리지 않는다.

"우!"

백제군의 함성이 더 크게 울렸다. 배에서 뿜어 나오는 것 같은 기합. 신라군은 저 소리가 먹은 것을 토해내는 소리라고 비아냥대었지만 전장에서 들으면 소름이 돋아난다. 품일은 어금니를 물었다.

지금 관창은 말 등에 가로로 얹힌 채 웅치산성으로 실려 가는 중이다. 관창의 말 얼룩이는 황산벌에 쓰러져 있었는데 다리를 버둥거리고 있다. 완벽한 패배다. 관창이 던진 단창은 빗나갔고 덮쳐온 사청은 칼로 얼룩이의 목을 쳐버린 것이다. 실전에 익숙한 사청에게 당했다. 사람만 간격을 두면 괜찮을 것이라고 느꼈을까? 사청은 전장이 기마군에게 말이나 말 등의 인간이나 같은 목표라고 인식하고 있었다. 그때 김유신의 목소리가 정적을 깨뜨렸다.

"훌륭했어."

모두 몸을 굳혔고 김유신의 말이 귓속으로 파고들었다.

"관창이 목숨을 버리려고 나간 것을 신라군은 다 알았을 것이네."

두 손을 뒤로 묶인 관창을 보면서 계백이 사청에게 물었다.

"왜 끌고 왔느냐?"

진막 앞에는 장수들이 모여서 있었는데 모두 들뜬 분위기다. 일부러 구경하려고 올라오는 장수도 있다. 계백의 시선을 받은 사청이 쓴웃음을 지었다.

"신라군의 계략에 말려드는 것 같았기 때문입니다, 달솔."

"앗! 저것 보십시오!"

장수 하나가 소리쳤으므로 진막 안의 장수들이 긴장했다.

"저기……."

장수가 손으로 황산벌을 가리켰다. 김유신도 머리를 들고 그쪽을 보았다. 그 순간 김유신의 어금니가 물려졌다.

"아니, 저것은 관창이……."

누군가 잇새로 말을 뱉었다가 뒷말을 삼켰지만 이제 모두가 안다. 화랑 관창이 웅치산성에서 나오고 있는 것이다.

말은 백제군 말을 얻어 탄 채 신라군을 향해 다가오고 있다. 거리가 5리(2.5km) 가깝게 되었지만 이쪽 안곡(安谷)의 능선 위에서는 다 보인다.

"우!"

백제군이 관창의 등에 대고 함성을 뱉었다. 그러나 신라군은 조용하다. 함성을 뱉을 이유가 없는 것이다. 보라, 패한 장수가 잡혀가더니 풀려나서 돌아온다.

치욕이다.

"우!"

다시 백제군의 함성. 그때 김유신이 머리를 돌려 품일을 보았다. 품일은 황산벌을 내려다본 채 움직이지 않는다. 숨도 쉬는 것 같지 않다.

"이찬(伊湌)."

"예, 대감."

시선을 든 품일의 얼굴은 의외로 평온했다. 김유신이 정색하고 말했다.

"관창을 안돈시켜라. 그것이 네가 할 일이다."

"예, 대감."

"적의 계략이다. 말려들지 말라."

"예, 대감."

몸을 일으킨 품일이 김유신에게 머리를 숙여 보였지만 시선을 마주치지는 않았다. 진막을 나가는 품일의 등에 대고 김유신이 다시 일렀다.

"내가 다른 장수를 내보내겠다. 그리 알도록!"

품일이 대답하지 않았으므로 김유신의 옆으로 흠춘이 다가왔다. 흠춘의 얼굴도 굳어 있다.

"이찬(伊飡)이 끌어안고 있을 사람이 아닙니다."

각대상이 하늘을 올려다보면서 말했다.

"오시가 다 되어가는군."

누구한테 말하는 것이 아니었으므로 주위의 장수들이 따라서 하늘만 보았고 각대상이 말을 이었다.

"공격하기에 지금이 가장 좋은 때인데, 달솔께서 분하시겠군."

각대상은 지금 웅치산성 좌측의 진영으로 돌아와 있다. 선고도 우측 진영으로 돌아와 결전을 준비하고 있을 것이다. 관창을 살려 내보내고 백제군은 결전 준비를 하는 중이다.

"한솔(扞率), 신라군이 술렁거리고 있습니다."

옆에 선 고덕 연척이 아래를 내려다보면서 말했다. 연척은 어제 화랑 반굴을 벰으로써 명예를 얻었다. 병사들은 물론이고 장수들도 연척을 보면 손바닥으로 가슴을 두드려 경의를 표한다. 연척이 각대상을 보았다.

"한솔, 달솔께선 무엇을 기다리고 계십니까?"

"시간."

짧게 말한 각대상이 숨을 들이켰다가 길게 뱉었다.

"당군이 먼저 사비도성에 닿도록 시간을 끌어야 된다."

"그렇군요."

어깨를 늘어뜨린 연척이 얼굴을 일그러뜨리며 웃었다.

"왔느냐?"

품일이 묻자 말에서 내린 관창이 외면한 채 말했다.

"아버님, 칼을 주십시오."

주위에 둘러선 장수들이 숨을 삼켰고 한 걸음 다가선 관창이 품일을 보았다. 관창의 몰골은 눈뜨고 볼 수 없을 정도였다. 갑옷은 반쯤 뜯겨졌으며, 투구는 없어졌고, 이마에서 흘러내린 피가 얼굴 반쪽을 적셨다. 머리카락이 흩어져 산발이 된 데다 가죽신 한쪽도 달아났다. 옷은 찢기고 늘어진 데다 피와 흙으로 범벅이 되어 있다. 관창이 다시 말했다.

"아버님, 제 꼴을 신라군이 다 보았습니다. 그러니 다시 나가서 죽게 해주십시오."

"이제 되었다."

쓴웃음을 지은 품일이 머리를 저었다.

"너를 그렇게 만들어서 보낸 백제군의 계략을 아느냐? 네가 다시 나간다면 백제군은 또다시 살려서 돌려보낼 것이다."

"그러면 또 나가겠습니다."

관창의 눈에서 눈물이 흘러내렸다.

"신라를 위해서라면 어떤 수모도 받겠습니다, 아버님."

"이놈."

품일이 꾸짖었지만 목소리가 약했다. 어느덧 외면한 품일의 눈에도 눈물이 고였다.

"네가 돌아올수록 신라군의 사기가 떨어진다. 아느냐?"

머리를 저은 품일이 말을 이었다.

"총사령 대감께서도 말씀하셨다. 넌 들어가 쉬어라."

그러고는 길게 숨을 뱉었다.

"다 내 잘못이다. 내 경쟁심이 대국을 어긋나게 했다."

"지금 신라군이 공격해온다면 두 번 싸울 여력은 있어."

계백이 지그시 황산벌의 빈 공간을 응시하며 말했다.

"한 번 싸움에서 우리는 절반의 전력을 잃게 될 것이야. 그러고 나서 두 번째 싸움에 다시 그 절반을 잃고 밤을 맞게 되겠지."

옆에 선 사청이 잠자코 듣기만 했다. 이제 주장(主將)의 진막에는 전령 장수까지 세 명이 모여 있을 뿐이다. 모두 결전에 대비하고 있는 것이다. 계백이 말을 이었다.

"그만하면 길게 끈 편이다. 아마 내일쯤 당군이 사비도성 앞에 닿을 테니까."

이곳에서 사비도성까지는 90여 리(45km), 이틀 길이다. 신라군은 당군과 함께 사비성으로 진입하지 못할 것이다. 당군이 사비도성 앞에 닿으면 백제군은 저항하지 않고 성문을 열어줄 것이기 때문이다. 그때 사청이 눈을 치켜뜨고 황산벌을 보았다. 신라군 진영에서 장수 하나가 달려오고 있다. 또다시 도전을 하려는가? 그런데 이번에는 도전고(挑戰鼓)가 울리지 않는다. 아래쪽 진지에서도 웅성거리고 있다. 달려오는 신라군 장수를 향해 야유를 퍼붓는 군사도 있다. 누구인가?

"관창이 나갔어?"

버럭 소리친 품일이 벌떡 일어섰다. 김유신의 명(命)에 의하여 전열을 정비하고 있던 참이다. 전열을 정비하는 대로 웅치산성을 공격하려는 것이다. 그때 숨을 고른 장수가 말을 이었다.

"예. 대나마는 군사의 무기와 말을 빼앗아 달려 내려갔습니다."

머리를 돌린 품일이 황산벌을 보았다. 신라 진영이 술렁거리고 있다. 백제군은 소리를 지르고 있었는데 군호도 뱉지 않는다. 가소롭다는 뜻인가? 백제군은 관창이 다시 나온 것을 아는 것이다.

"이찬, 데려올까요?"

옆으로 다가온 장수가 물었으므로 품일이 머리를 들었다. 5품 대아찬(大阿飡) 석부다, 삼천당의 기마군 부대장으로 용장. 석부가 나갔다면 백전백승이었으리라. 석부의 수염투성이 얼굴이 분노로 일그러져 있었으므로 품일이 어금니를 물었다. 그때 백제군 진영에서 웃음소리와 함께 야유가 일어났다. 아예 군호는 뱉지 않는다. 그럴 가치가 없다는 뜻이다. 신라군 진영이 가라앉아 있는 것이 품일의 가슴을 절망감으로 내려앉게 만들었다. 위쪽 진막에서 총사령 김유신이 내려다보고 있으리라. 그때 품일이 석부를 향해 머리를 저었다.

"아니, 그만두게."

품일이 얼굴을 일그러뜨리며 웃었다.

"관창한테 맡겨두게."

"관창이 몰래 빠져나간 것입니다."

부장 소단이 보고하자 김유신은 잠자코 황산벌만 내려다보았다. 김유신의 옆얼굴에 대고 소단이 조심스럽게 말을 이었다.

"이찬은 대아찬 석부가 대신 나가겠다고 했지만 놔두라고 했답니다. 관창한테 맡기겠다고 했다는군요."

그래도 김유신은 입을 열지 않았다.

이번에 관창을 잡은 장수는 선고의 막장 8품 시덕(施德) 국연. 장창을 잘 쓰고 힘이 장사여서 창질 한 번에 관창의 어깨를 찔러 말에서 떨어뜨린 후에 솔개가 병아리를 채듯이 관창을 집어 들고 진영으로 돌아왔다. 말에 탄 채로 관창을 집어 드는 묘기에 백제군의 함성이 다시 황산벌을 울렸다.

"우!"

"도대체 왜 내보낸 거야!"

앞쪽 신라군 본진 선봉군 대장은 6품 아찬(阿飡) 박선기다. 김유신의 본진 소속이어서 이찬(伊飡) 품일의 행태에 거침없는 불평을 쏟아내었다.

"지금 아군의 사기가 땅에 떨어지고 있어! 이게 무슨 꼴이야!"

둘러선 동료 장수들도 생각이 같다. 선봉군이어서 그들은 더 가까운 위치에서 더 자세히 보았다.

"백제군의 놀림감이 되고 있다고!"

박선기가 발을 구르며 소리치자 동료 하나가 맞장구를 쳤다.

"지금 이 상황에서 군(軍)을 일으켜 싸울 수가 없어. 사기에 물벼락을 두 번이나 맞은 꼴이네."

"우!"

백제군의 함성이 다시 울렸으므로 박선기가 주먹으로 가슴을 쳤다.

"우!"

박선기의 가슴을 두드리는 동작에 맞추듯이 다시 함성이 울린다.

계백이 다시 끌려온 관창을 보았다. 창이 박혔던 어깨를 헝겊으로 감았지만 피가 흘러내리고 있다. 군사들이 관창의 어깨를 눌러 땅바닥에 꿇어앉혔으므로 계백이 말했다.

"의자에 앉혀라."

군사들이 관창을 부축해서 의자에 앉혔다. 관창의 몰골은 이제 처참했다. 팔 한쪽이 덜렁거리는 데다 옷은 찢어졌고 피투성이다. 말에서 떨어지면서 다리를 접질렸기 때문에 다리 한쪽도 전다. 산발한 머리, 처음에 다친 이마에서도 피가 흘러내리고 있다. 그러나 눈빛은 아직도 맑고 강하다. 관창의 시선이 계백과 첫 상대가 되었던 사청까지 스치고 지나갔다. 그때 계백이 물었다.

"네 부친 허락을 받고 나온 것이냐?"

의외의 물음이었는지 관창이 숨을 들이켜더니 눈 밑이 붉어졌다. 그러더니 머리를 젓는 것이 아직 어린 티가 드러났다.

"아니오, 내가 몰래 나왔소."

"그렇구나. 네 부친이 너를 내보내실 리가 없지."

계백이 머리를 끄덕였다. 다시 장수들이 모여들어서 어느새 선고와 각대상도 계백 주위에 섰다. 막장들도 따라와서 20명이 넘는다. 그때 계백이 다시 물었다.

"널 또 그냥 놔주면 또다시 도전해 오겠구나?"

"그렇소."

다부지게 대답은 했지만 관창의 눈 밑이 더욱 붉어졌다. 계백이 숨을 들이켜고 나서 다시 물었다.

"왜 그러느냐?"

"그러다가 죽으면 신라군의 분이 폭발하겠지요. 그때까지 계속 해야지요."

"내가 널 묶어서 황산벌 복판에 버려놓을 예정이다."

계백이 웃음 띤 얼굴로 말하자 장수들이 웃었다. 각대상은 손뼉까지 친다. 관창의 얼굴이 일그러졌다. 두 눈이 치켜떠졌고 비틀린 입술 끝이 떨렸다. 계백이 말을 이었다.

"내가 네 수단에 넘어가지 않는다. 넌 산 채로 버둥거리고 있겠지. 그때 사기가 땅에 떨어진 신라군을 공격할 것이다."

그때 관창의 눈에서 눈물이 쏟아졌다. 그러더니 울먹이면서 소리쳤다.

"난 죽어야 하오! 나를 죽여주시오!"

머리를 든 계백이 하늘을 보았다. 미시 끝 무렵(오후 3시)쯤 되었다. 맑고 푸른 하늘이었지만 까마귀 떼 수백 마리가 떠돌고 있다. 사청도 계백을 따라 하늘을 보았다. 까마귀 떼는 서쪽으로 날아가지만 계백의 시선은 따라가지 않았다. 잠깐 진막 주위에 정적이 덮였고 아래쪽에서 군사들의 소음이 울렸다. 밝다, 한 시진(2시간) 후에는 세상이 바뀔지도 모르지만 지금은 밝다. 신라의 화랑 관창을 두 번째 잡아왔다. 신라 대장군이며 2품 관등인 이찬(伊飡) 품일의 외아들이란다. 어제는 대장군 흠춘의 아들 화랑 반굴의 목을 베어서 지금도 머리통이 웅치산성 성문 앞에 꽂혀 있다. 승전의 연속이다. 계백이 시선을 내려 다시 관창을 보았다. 이제 관창은 상반신을 기울이고 땅바닥에 시선을 주고 있다. 그때 계백이 입을 열었다.

"관창."

관창이 머리를 들었을 때 계백이 눈을 가늘게 뜨고 웃었다.

"장하다."

숨을 들이켠 관창이 시선만 주었을 때 계백이 어깨를 치켜 올리면서 말했다.

"잘 보고 들어라, 관창."

긴장한 관창의 시선을 받으며 계백이 머리를 돌려 선고와 각대상을 보았다.

"출전 준비를 하라."

"예, 달솔."

거의 동시에 대답한 둘에게 계백이 쏟아붓듯 말을 잇는다.

"3개 군(軍)으로 곧장 돌격했다가 돌아온다. 놈들이 김유신의 본진을 막으려고 모이는 순간에 우리는 말을 돌려 돌아오는 것이다."

"선두는 누가 섭니까?"

좌우군 수장(首將)인 선고와 각대상이다. 중앙군의 수장은 계백이지만 총사령을 앞세울 수는 없다. 선고가 묻자 계백이 거침없이 말했다.

"나다."

모두 입을 다물었을 때 계백의 시선이 다시 관창에게로 옮겨졌다.

"관창을 먼저 내보내고 그 뒤를 따라서 돌진한다."

순간 모두 숨을 죽였고 관창의 눈도 크게 떠졌다. 계백의 목소리가 울려 퍼졌다.

"관창의 머리를 베어 말 등에 달고 먼저 내보내는 것이다. 알았느냐!"

"아앗!"

앞쪽에서 군사들이 소리쳤지만 아찬(阿飡) 박선기는 이미 보았다. 웅치산성에서 빈 말 한 필이 달려오고 있다. 채찍을 맞았는지 맹렬하게 달려왔는데 신라 말이다. 말은 제 집을 찾아오는 동물이다. 그래서 이쪽으로 오는 것이다. 그런데 모두가 놀라는 것은 빈 말이 아닌 것이다. 말 등에 무엇이 실려 있다. 안장에 묶어놓은 덩어리, 그것은 무엇이겠는가? 관창이 잡혀간 지 한 식경(30분)쯤 지났다.

"머리다!"

누군가 옆에서 소리쳤다.

"사람 머리다!"

본진(本陣) 선봉군뿐만이 아니다. 좌우군, 특히 좌군 품일의 선봉군의 소요는 더 컸다. 마침내 군사들이 소리쳤다.

"관창의 머리다!"

"이런."

박선기가 잇새로 말을 뱉었다. 진중은 혼란에 휩싸였다. 좌우군의 선봉도 마찬가지일 것이다. 이제 말은 선봉군의 1백 보쯤 거리로 다가와 있다. 박선기의 눈에도 피범벅이 된 안장에 묶여 있는 사람 머리가 보인다. 아아, 관창. 그때다.

"둥둥둥둥둥둥"

다급한 전고(戰鼓) 소리가 들리더니 웅치산성에서 기마군이 쏟아져 나왔다. 먼저 중심 부근에서 백군이 내달려온다. 기합도 내지르지 않고 쏟아져 나오는 것이 마치 산성에서 흰 폭포를 토해 내는 것 같다. 계백의 본진(本陣), 백군(白軍)이다.

"아차!"

박선기가 몸을 세우고 옆에 세운 말고삐를 잡았지만 가슴이 내려앉는 느낌을 받는다. 전장(戰場)에 익숙한 박선기다. 이번 전투에서도 기선을 제압당했다는 것을 느낀 것이다.

선두는 호위장 나솔 사청이다. 5자(1.5m) 장검을 어깨에 멘 사청은 맹렬하게 말을 몰았다. 기마군의 장점은 속도와 기세(氣勢), 육중한 말과 함께 휩쓸고 덮쳐가는 것이다. 대신 흔들리는 상반신을 잘 가누어야 정확한 타격을 입힌다. 사청의 기마술은 발군이다. 말의 진동을 이용하여 타력(打力)을 배가시키는 경지에 이르렀다.

"엣!"

질풍처럼 신라군 본진, 정중앙으로 진입해간 사청의 제1검(第一劍)이 내려쳐졌다.

"퍽!"

싸움에 익숙한 장수는 기마전에서 인마를 가리지 않는다. 신라군이 내지른 창이 사청의 비튼 겨드랑이 사이로 지나갔다. 그 순간에 사청의 칼은 스치는 말 엉덩이를 깊게 베었다.

"힝!"

보기에는 안 좋지만 신라군 말이 곤두박질쳤고, 마상의 기마군도 넘어진 말에 머리가 깔렸다. 신라군은 사청의 위세에 휩쓸려 빨려들듯이 사청의 몸을 겨냥했다. 그러나 사청은 먼 쪽의 신라군 몸통은 신경 쓰지 않았다. 눈앞을 스치는 말 엉덩이를 내려쳐 자빠뜨린 것이다.

"우!"

그때 뒤를 따르던 백제군이 기합을 뱉었다. 사청의 첫 번째 검에 대한 찬사, 그리고 승전을 위한 함성.

"우와앗!"

신라군의 함성이 눈앞에서 울렸고 사청의 장검이 소용돌이처럼 휘둘러졌다.

"우!"

사청의 뒤쪽 2마신(馬身) 거리에 계백이 붙어오고 있다. 아직 계백의 장검에는 피가 묻지 않았다. 사청이 가로막고 있기 때문이다.

"계백을 치고 도망친다."

말 위에 오른 김유신이 아래쪽을 내려다보면서 말했다. 이제 전장은 순식간에 난전(亂戰)이 되었다. 좌우군이 중군(中軍)까지 움직였으며 웅치산성에서 뻗어 나온 백제의 흑, 백, 적 3군(軍)은 3지창(三枝槍)처럼 신라군의 3곳을 찔러오더니 지난번처럼 좌우군이 중앙군으로 합쳐지고 있다. 신라군은 우선 기세(氣勢)에서 밀려 돌파되었다. 관창의 머리가 말에 실려 나오는 것을 5만 전군(全軍)이 본 터라 그 충격이 가시기도 전에 백제군이 밀고 나온 것이다. 교활한 수단이다. 계백의 임기응변은 뛰어났다. 김유신은 쓴웃음을 지었다. 계백이 2만군(軍)만 보유하고 있었다면 신라군을 능히 저지할 수 있었으리라. 이쪽은 뻔히 알면서도 한 발짝씩 뒤졌고 저 기세를 감당할 수 없었을 것이다. 그러나 어쩌랴. 백제는 스러져가는 불이다. 순간의 기세는 대세(大勢)를 거스를 수 없나니, 그때 소단이 다가왔다. 다급한 표정이다.

"대감, 적이 본진으로 집중해 옵니다."

바로 이곳이다. 삼지창이 이제 한 가닥 장검이 되어 곧장 이곳으로 돌진해 온다. 좌우군은 지난번처럼 흩어졌다가 그 뒤를 쫓는 중이며 수십 개의 무리로 뭉친 신라군은 돌멩이에 놀란 고기떼처럼 흩어져 있다. 김유신이 잠자코 돌격해 오는 백제군을 보았다. 맨 선두의 장수가 보인다. 백군(白軍)의 장수다. 장검을 휘두르는데 앞을 가로막는 신라군이 잡초처럼 베어져 흩어진다. 거리는 2리(1km)로 다가와 있다. 그때 김유신이 말했다.

"이제 돌아갈 것이다."

소단도 숨을 죽였고 김유신의 말이 이어졌다.

"속력이 떨어졌다. 저 기세가 가라앉았을 때는 그 자리에서 몰사한다. 곧 돌아갈 것이다."

"돌려라!"

뒤를 따르던 계백이 벽력같이 소리쳤다.

"돌아가라!"

다시 계백이 소리치고는 말고삐를 채었고 주위를 둘러싼 호위군이 소리쳤다.

"뒤로!"

난전(亂戰)인 데다 주장(主將)까지 칼을 들고 난입(亂入)하는 터이니 북이 있을 것인가? 고함으로 신호한다.

"뒤로!!"

"뒤로!"

말 머리를 돌리는 그 짧은 순간에 가장 사상자가 많은 것이다. 말 머리를 돌리려면 속도를 줄여야 하며 돌리는 순간에는 거의 멈춘 상태여서 표적이 된다. 사청이 계백의 옆에 바짝 말을 붙이던 때 날아오는 단창 두 개를 보았다. 바로 10여 보 거리에서 신라군이 던진 것이다. 장검을 휘둘러 단창 하나를 쳐서 떨어뜨렸을 때 계백이 몸을 비틀어 하나를 스쳐가게 했다. 모두 계백을 향해 던진 것이다. 말 머리를 뒤로 돌린 백제군이 다시 속력을 내어 달려가기 시작했다. 이제 사청은 맨 뒤다. 계백의 등판을 응시하며 달리고 있다.

안곡(安谷) 능선의 본진에서 김유신이 품일과 흠춘을 맏는다. 이번 싸움에서 흠춘이 어깨에 찰과상을 입었다. 백제군이 던진 창이 어깨를 베고 지나갔기 때문이다. 백제군이 흠춘의 본진까지 휩쓸고 지나간 것이다. 김유신의 시선을 받은 흠춘이 쓴웃음을 짓고 말했다.

"계백의 흑군(黑軍)과 부딪쳤습니다."

"보았어."

김유신이 머리를 끄덕였다.

"옆을 친 것이 잘되었다."

"흑군의 수장(首將) 각대상을 베었습니다."

전공을 말했지만 흠춘의 얼굴은 어둡다. 이번에도 우군(右軍)이 유린당했기 때문이다. 전상자는 아직 세어보지도 않았다. 머리를 돌린 김유신이 품일을 보았다.

"관창의 머리는 보관했느냐?"

"예, 대감."

외면한 채 품일이 머리를 숙였다.

"못난 자식을 두었습니다, 부끄럽습니다."

진막 안이 조용해졌다. 그래서 피비린내가 더 짙게 풍겨왔다. 이번에도 패했다. 두 번 싸워서 두 번 패한 셈이다. 김유신의 표정은 암담하다. 여름, 7월이어서 진막은 지붕 그늘만 만들었고 사방이 트여 있다. 그때 김유신이 말했다.

"백제."

모두 숨을 죽였고 김유신의 말이 이어졌다.

"대백제(大百濟)가 멸망해가는도다."

김유신의 시선이 이제는 다시 벌판으로 드러난 황산벌로 옮겨졌다.

수천 구의 사상자는 아직 치우지 않았고 말도 수백 필이 널려 있다. 다친 말들이 이리저리 뛰었고 부상자를 찾는 양측 군사들이 서성대었다. 김유신이 머리를 들고 하늘을 보았다. 유시(오후 6시)가 되어가고 있어서 여름 해가 서산 뒤쪽으로 기울어졌다.

"이찬(伊湌)."

김유신이 부르자 품일과 흠춘이 동시에 머리를 들었다.

"예, 대감."

"내일 반굴과 관창의 공을 포상할 것이다."

내일 전쟁을 끝낸다는 말이다.

"한솔께선 신라 장수 넷을 베고 죽었습니다."

각대상 휘하의 막장(幕將) 7품 장덕(將德) 왕만이 소리쳐 보고했다.

"전공으로 기록해 주시기 바랍니다."

"알았다."

계백이 머리를 끄덕이더니 왕만에게 말했다.

"장덕, 지금부터 네가 흑군(黑軍) 대장이다."

"광영이오."

왕만은 바다 건너 담로 덕산군 출신의 한인(漢人)으로 백제인이다. 싸움 중에 투구가 달아나서 투구 끈만 목에 건 우스꽝스러운 모습이지만 아무도 웃지 못한다. 계백이 머리를 돌려 사청을 보았다.

"나솔, 전상자가 몇이냐?"

"예, 살아 돌아온 자가 2천6백이나 그중 부상자가 3백여 인입니다."

"절반이 남았구나."

계백이 피투성이가 된 갑옷을 벗으면서 이를 드러내고 웃었다.

"앞으로 두 번은 더 싸울 수가 있겠다."

장수들은 이제 14품 좌군(佐軍) 이상을 모았는데도 40여 인밖에 되지 않았다. 9품 고덕(固德) 이상은 10여 인이다. 절반 이상이 전사했다.

밤, 해시(10시)가 되었을 때 웅치산성에서 대고(大鼓)가 울렸다.

"둥!"

적막을 깨뜨리는 큰 북소리가 산성을 휘돌더니 바람을 만들어 황산벌로 쏟아져 내려간다. 그 북소리는 건너편의 안곡(安谷) 능선 위까지 올라갔을 것이다.

"둥!"

긴 여운이 끝나고도 한참이 지나서 다시 대고가 울렸다. 이 북은 황산벌에서 죽은 원혼을 위한 위령고(慰靈鼓)다. 계백이 치도록 지시한 것이다. 위령고는 백제군과 신라군 양군 모두의 원혼을 위무하는 것이다.

"둥!"

세 번째 북이 울렸을 때 계백이 앞쪽에 앉은 사청을 보았다. 본진의 진막 안, 계백과 사청은 마주보고 앉아 무구(武具)를 손질하고 있다. 계백은 장검의 손잡이를 감은 끈을 조이는 중이고 사청은 투구의 장식을 떼어내고 있다. 무겁기 때문이다.

"나솔, 내일 두 번은 더 싸울 수 있을 것이다."

계백이 말했을 때 다시 대고가 울렸다. 사청은 잠자코 듣기만 했고 계백이 말을 잇는다.

"김유신의 본진은 닿지 못할 것 같구나."

"두웅!"

그때 먼 곳에서 북소리가 울렸으므로 둘은 머리를 들었다. 신라군의 대고(大鼓)다. 계백의 얼굴에 웃음이 떠올랐다.

"신라군도 위령고를 치는군."

"둥!"

이제는 백제군의 북이 울렸을 때 계백이 말을 이었다.

"내일 저녁에야 피바람이 그치겠지. 그럼 모레 오전에 신라군이 떠난다."

외면한 사청이 투구 양쪽에 달린 쇠 장식을 다 떼어내었다.

"두웅!"

신라군의 북소리, 먼 곳에서 치기 때문에 울림이 길다. 이쪽의 북소리도 신라군 진영에서 그렇게 들리겠지.

"내가 대백제의 멸망을 맞는 장군이 되는 것인가?"

장검을 빼든 계백이 촛불에 칼날을 비춰보면서 혼잣말을 했다.

"5천 군사로 5만군(軍)을 맞아 싸운 장수로 전해질 것입니다."

참다못한 사청이 말했을 때 백제군의 북소리가 울렸다.

"둥!"

맞다는 소리 같다. 그러나 계백이 머리를 저었다. 불빛을 비스듬히 받은 얼굴이 지쳐보였다.

"부질없다."

"황산벌의 5천 용사와 함께 기록될 것입니다, 달솔."

"역사는 승자의 기록이다."

"두웅!"

신라군의 북소리, 그 말이 맞는다는 것 같다.

계백이 사청을 보았다. 두 눈이 번들거리고 있다.

"허무하게 무너진 대백제에 대해 온갖 비난이 쏟아질 것이다. 대왕이 황음무도했다는 둥, 오래전부터 망할 기미가 보였다는 둥, 누가 반역을 했다는 둥…….”

“둥!”

백제군의 북소리는 이번에는 처절하게 들린다. 칼을 칼집에 넣은 계백이 어깨를 치켰다가 내렸다.

“나는 백제 장군으로 죽을 뿐이다.”

“달솔.”

그때 머리를 든 계백이 사청에게 지시했다.

“이제 위령고를 그치라고 해라.”

“계백이 제 처자식을 죽이고 집에 불을 질러 화장을 시켰다는군.”

김유신이 앞에 앉은 품일과 흠춘에게 말했다. 그때 가까운 곳에서 위령고가 울렸다.

“두웅!”

신라군의 대고(大鼓)는 폭이 넓어서 울림이 더 길지만 타격음이 강하지 않다. 대신 더 멀리 나간다. 품일과 흠춘이 잠자코 시선만 주었고 김유신의 말이 이어졌다.

“이 북소리들이 양군 대장군들을 위한 위령고도 되지 않겠는가?”

그러고 보니 계백과 품일, 흠춘은 이번 전투에 즈음하여 자식들을 잃은 셈이다. 계백은 처까지 죽였단 말인가? 그때 김유신이 귀를 기울이는 시늉을 했다.

“두웅!”

다시 신라군의 북소리, 머리를 든 김유신이 위사장에게 지시했다.

“백제군 북이 그쳤다. 우리도 그만 치도록 해라.”

위사장이 진막을 나갔을 때 김유신이 말을 이었다.

"계백이 이미 황산벌에서 죽으려고 작정했다. 그러니 산성(山城) 안에서 방어하고 있지는 않을 것이야."

품일과 흠춘이 머리만 끄덕였다. 웅치산성은 방어에 유리하지도 않다. 군데군데 성이 허물어진 데다 성벽 높이가 10자(3m) 미만이다. 거기에다 백제군은 모두가 기마군인 것이다. 북소리가 그친 안곡(安谷)의 본진은 무거운 적막이 덮여 있다. 두 번의 싸움에서 신라군은 1만 가까운 전상자를 낸 것이다. 황산벌에 깔린 전상자를 헤아렸더니 백제군도 절반 가까운 피해를 입었다. 그러나 2천5백과 1만이다. 네 배의 손실을 입은 것이다. 이윽고 김유신이 물었다.

"내일 누가 먼저 나서겠는가?"

"제가 먼저 나서지요."

흠춘이 말하자 품일은 가만있었다. 김유신이 머리를 끄덕였다.

"계백이 먼저 치고 나올 것이니 우군(右軍)을 앞에 세우도록 하라."

흠춘이 머리를 숙였다. 아직도 웅치산성 성문 위에는 반굴의 머리가 걸려 있는 것이다. 이번 싸움에서 흠춘의 우군 피해가 5천여 명으로 가장 컸으니 만회할 기회를 줘야 한다. 전술 회의를 마친 대장군 둘이 일어섰을 때 김유신이 말했다.

"내일 황산벌 싸움이 끝난다."

진막 밖으로 두 대장군을 따라 나온 김유신이 밤하늘을 올려다보았다.

"내일이 며칠인가?"

혼잣소리처럼 말했지만 오늘, 관창의 몸통 없는 머리만으로 약식 장례를 치른 품일이 날짜를 기억하고 있다가 대답했다.

"예, 내일은 7월 10일이오."

아침 묘시(6시), 사청이 척후장 우반과 함께 계백의 진막으로 들어섰다. 계백은 갑옷을 걸치고 허리띠를 매는 중이었다.

"달솔, 4리(2km) 앞으로 신라 우군(右軍)이 포진하고 있습니다."

우반은 당혹한 표정이다. 산성 앞 1리(500m) 앞까지 나가 잠복하고 있었지만 신라군이 진형을 바꾼 것을 눈치채지 못한 것이다. 그러나 계백은 쓴웃음을 지었다.

"흠춘이 먼저 공격할 모양이다."

허리띠를 맨 계백이 우반에게 지시했다.

"척후대는 철수해서 본대와 합류해라."

"예, 달솔."

서둘러 우반이 진막을 나갔을 때 계백이 사청에게 말했다.

"좌우군에게 출동 준비를 하라고 일러라. 적이 공격해오면 곧장 달려 나간다."

계백이 말을 이었다.

"정면의 우군은 피해서 서쪽 성문을 넘어 적의 측면으로 돌입한다고 전해."

"예, 달솔."

사청이 몸을 돌렸다가 아직도 성문에 걸린 반굴의 머리를 떠올렸다. 그래서 다시 몸을 돌려 계백을 보았다.

"달솔, 반굴의 머리도 돌려주시지요."

"아, 잊었다."

쓴웃음을 지은 계백이 사청을 보았다.

수염 속의 이가 드러났다.

"지금 말 등에 묶어 보내라."

적군(赤軍) 대장 덕솔 선고는 사청의 말을 듣자 황산벌을 둘러보았다.

"한솔의 시신이 저기쯤 있을 거야."

선고가 턱으로 왼쪽을 가리켰다. 이제 황산벌은 시신과 죽은 말로 덮여서 바람만 불면 악취가 일어난다. 사흘째 치우지 않았기 때문이다. 사청의 시선도 그쪽으로 옮겨졌다. 한솔 각대상을 말하는 것이다. 선고가 허리띠를 졸라매더니 바위 위에 섰다. 아침 해가 동쪽 산마루 위로 솟아오르는 중이다.

"이봐, 나솔. 나하고 한솔은 달솔을 5년이 넘게 모셨네."

"알고 있습니다."

선고의 옆에 선 사청이 함께 황산벌을 내려다보았다. 중군(中軍)의 진막에서 본 장면과는 다르다. 여기서는 가까워서 그런지 앞쪽 신라군의 진용까지 보인다.

그때 선고가 길게 숨을 뱉었다.

"그런데 나하고 한솔의 처자는 모두 바다 건너 담로에 있어."

"……."

"본국이 멸망하면 담로도 당(唐)에 병합되겠지만 처자식이 처형당하지는 않아."

머리를 든 선고가 번들거리는 눈으로 사청을 보았다.

"달솔을 볼 면목이 없어."

"그러실 필요 없습니다."

"나솔도 어머님이 사비도성에 계시지?"

"예."

어깨를 올렸다가 내린 사청이 다시 황산벌을 보았다.

"오늘이 얼른 지나면 좋겠습니다, 덕솔."

"달솔께 내가 부끄럽다고 전해 드리게. 난 직접 말씀드리지 못하겠어."

"그러지요."

"달솔 옆에서 죽는 것이 자랑스럽다고도 말해주게."

"알겠습니다."

사청이 몸을 돌렸다.

흠춘은 말안장에 매달린 자루를 보았다. 풀어볼 것도 없이 반굴의 머리가 담긴 자루다. 말을 끌고 온 선봉대의 장수도 잠자코 말고삐를 쥔 채 서 있다. 본군의 진막 앞, 주위는 조용해졌다. 말이 코를 부는 소리만 들린다. 흠춘이 표정 없는 얼굴로 선봉대 장수에게 물었다.

"머리냐?"

"예, 이찬."

"자루 속에 소금을 넣고 구석에 갖다 놓아라. 지금은 바쁘다."

흠춘이 옆에 선 부장에게 지시하고는 시선을 돌려 웅치산성을 보았다. 장수들이 다가가 말안장에 매달린 자루를 풀어 옆쪽으로 가는 동안 흠춘은 시선을 주지 않았다. 묘시 끝(7시)이 되어가고 있다.

"출진."

마침내 흠춘이 짧게 지시하자 기다리고 있던 고수(鼓手)가 북을 쳤다.

"둥둥둥둥둥"

출진이다.

신라군의 북소리가 울린 순간 계백이 머리를 돌려 사청을 보았다.

"오늘은 일찍 시작하는구나."

"예, 달솔."

"놈들은 진을 돌파당하지 않고 해일처럼 덮쳐 오려는 작전이다."

사청은 아래쪽에 시선만 주었고 계백이 말에 올랐다. 이미 백제군은 모두 말 위에 올라 대기 중이다. 신라군의 북소리가 계속해서 울리더니 이윽고 창검이 번쩍이기 시작했다, 움직이는 것이다. 거리는 3리(1.5km) 정도, 가깝게 진출해 와서 기마군으로는 금방이다. 그러나 이제 신라군의 앞은 보군(步軍)이다. 말 등에 앉은 계백이 황산벌을 응시한 채 말을 이었다.

"나솔, 적군(赤軍)의 덕솔한테 다녀오도록."

"예, 달솔."

"북이 울리면 보군을 피해 좌측으로 내달리다가 비룡천에서 우측으로 꺾어 신라군의 중심을 치라고 해라."

"예, 달솔."

"뒤를 백군과 흑군이 따를 것이라고."

"예, 달솔."

"중심을 돌파하면 황령토성에 모인다."

"예, 달솔."

말고삐를 챈 사청이 박차를 넣기 전에 계백이 소리치듯 말했다.

"내가 덕솔 같은 장수를 휘하에 두어서 행복했다고 전해라!"

숨을 들이켠 사청이 시선만 주었을 때 계백이 후려치듯 말을 이었다.

"백제 무장 선고가 자랑스러웠다고도 전해라. 자, 가라!"

사청은 박차를 넣었다. 선고의 말을 전했더니 이제야 답을 준다.

비룡천은 말굽만 겨우 적시는 얕은 개울이다. 물보라를 튀기며 비룡천을 건널 때까지 선고는 신라군으로부터 화살 한 대 맞지 않았다 당황한 신라군이 궁수를 좌측으로 돌렸을 때는 백제군 후미의 흑군(黑軍)까지 다 빠져나왔기 때문이다. 선고가 이끈 적군(赤軍)은 8백여 명. 이미 절반 가까운 병사가 전상자가 되었지만 사기는 오히려 더 솟아 있다. 오늘 선고는 선두에 섰다. 세 번째 싸움인 이 순간이 이번 전장(戰場)에서 가장 중요하다는 것을 알았기 때문이다. 비룡천을 건넌 선고가 말고삐를 채면서 소리쳤다. 우측으로 꺾어지는 것이다.

"따르라! 백제 무사들이여!"

허리에 찬 장검을 뽑아 추켜세우면서 선고가 다시 소리쳤다.

"돌파!"

"우!"

한 덩이가 되어서 뒤를 따르던 백제군이 일제히 기합을 뱉는다. 신라군은 대형을 바꾸었지만 아직 제대로 정비가 안 되었다. 지금 선고는 신라군의 우측 모서리를 향해 돌진하고 있다. 깃발을 보니 제2열의 품일군(軍)이다. 신라군은 웅치산성을 깔아뭉갤 듯이 흠춘, 품일, 김유신의 본군 순서로 덮쳐오고 있었던 것이다.

따라서 백제군은 우측으로 돌아 제2열의 품일군을 뚫고 들어가는 셈이다.

"와앗!"

신라군의 함성, 이어서 화살이 빗발처럼 쏟아진다. 거리는 2백여 보. 인마(人馬)는 모두 정면을 사슬갑옷과 가죽으로 가리고 있다. 정면에 화살을 맞을 확률은 1할도 안 된다. 선고의 투구에 화살이 맞아 튀었고 가슴의 쇠사슬 가리개에도 화살이 박혔다가 떨어졌다. 말 머리와 가슴에도 화살이 맞았지만 갑옷이 바로 튕겨 내었다. 선고가 칼을 치켜들고 다시 소리쳤다.

"백제 만세!"

"우!"

신라군 기마대가 정면으로 달려오고 있다. 거리는 이제 50여 보. 숨 한 번 쉬고 나면 부딪칠 것이다.

"와앗!"

신라군의 함성.

"우!"

백제군의 기합은 피를 토하는 외침처럼 들렸다. 사청은 빼어 든 장검을 어깨에 걸쳤다. 선고의 적군(赤軍)은 이미 신라군과 부딪쳤지만 백제군의 돌파 속도는 줄지 않았다. 뚫고 나가는 중이라는 표시다. 적진으로 파고들 때 곧장 직진할 수는 없다. 앞이 막히면 옆으로, 또 막히면 다른 쪽으로 방향을 틀어야 기마군이 산다. 보군에 둘러싸인 기마군은 개미떼에게 포위된 곤충 꼴이 된다. 방향을 자꾸 틀어서라도 달려야 산다. 그것이 기마군이다.

"장하다!"

뒤에서 계백의 외침이 울렸다. 계백의 외침은 굵고 울림이 크다. 전장에 익숙한 외침이다.

"우!"

뒤를 따르던 백제군이 일제히 기합을 뱉는다. 사청은 방향이 약간 오른쪽으로 꺾여 있는 것을 느꼈다. 선두의 적군(赤軍)이 장애물에 막혀 방향을 튼 것이다. 사청은 이제 옆으로 닥쳐온 신라 기마군의 창 자루를 후려쳐 잘랐다. 신라군은 진 안으로 들어온 백제군의 대열을 필사적으로 끊으려는 것이다. 기마군 대열은 토막이 나면 바로 탄성을 잃고 전멸된다. 그때 계백이 사청의 옆으로 다가왔다. 이제 둘은 나란히 달린다.

"나솔! 대백제는 멸망하지 않는다!"

계백이 앞쪽을 향한 채 소리친다. 갑자기 옆에서 신라군이 덮쳐왔으므로 계백이 칼을 휘둘러 말 머리를 내려쳤다. 말이 머리를 들어 올렸다가 그대로 옆으로 넘어지는 바람에 신라 기마군이 계백의 말발굽에 채였다. 뛰어올랐던 계백의 말이 다시 달리기 시작했다. 옆으로 다가왔던 계백의 호위군이 간격을 벌렸다. 계백 옆으로 신라군이 접근하지 못하도록 하려는 것이다. 신라 진중에 깊숙이 진입한 백제군을 향해 사방에서 칼날이, 창끝이 날아왔지만 여전히 내달린다.

"우!"

누가 선창했는지 기합이 울렸고 백제 기마군이 따라 외쳤다.

"우!"

"에잇!"

옆에서 내질러진 칼을 방패로 막으면서 곧장 찌른 선고의 장검이 신라군 장수의 목을 꿰뚫었다. 피가 뿜어져 선고의 얼굴에 뿌려졌다. 칼을 뽑은 선고가 말에 박차를 넣었을 때다. 잠깐 속도가 늦춰지면서 뒤를 따르던 기마군이 앞으로 내달렸다. 앞 열이 밀리면 뒤가 앞으로 나온다. 그것이 반복되면서 뚫고 나가는 것이다. 그때였다. 앞에 빈틈이 생겼고 그 공간으로 신라 기마군이 들어서더니 곧장 선고를 향해 창을 내질렀다, 빠른 솜씨다. 신라군 투구에 금장식이 있다, 장수다. 심장 박동이 빨라진 선고가 눈을 치켜뜨고는 몸을 비틀어 창날이 겨드랑이 사이로 지나가게 만들었다. 다음 순간, 말을 앞으로 내달리면서 선고가 칼을 내려쳤다. 순간이었지만 선고는 젊은 신라 장수들의 얼굴에 덮인 당혹감, 두려움, 그리고 절망감까지를 다 읽었다. 칼을 쥔 손에 충격이 전해지면서 신라 장수의 머리가 밑으로 늘어졌다. 목이 거의 잘려서 피가 뿜어 나왔고 선고가 그 옆을 스치고 지나간다. 그 순간이다. 선고는 왼쪽 옆구리에 충격을 받았고 곧 뜨거운 불덩이가 몸 안으로 파고드는 것을 느꼈다. 눈을 부릅뜬 선고가 왼쪽을 보지도 않고 장검을 휘둘렀지만 허공을 베었다.

"어엇!"

뒤에서 외침 소리가 들리더니 시덕(施德) 국연이 내지른 창이 왼쪽 신라군의 가슴에 깊게 박혔다. 신라 기마군이 상반신을 뒤로 젖히며 말에서 떨어졌다.

"덕솔!"

국연이 외치자 선고가 아직도 옆구리에 박힌 창을 내려다보았다. 말이 이제 걸음을 멈추려고 한다.

"앞으로 나가라!"

선고가 버럭 소리쳤다.

"날 두고 가!"

"덕솔!"

그때 다시 앞에서 다가온 신라군이 창을 내질렀다. 둘이다. 그리고 보군이다.

멈추려는 기마군에게 보군이 달려드는 것이다. 그때 선고의 말이 갑옷 사이를 찔려 앞다리를 치켜들더니 옆으로 쓰러졌다. 함께 쓰러진 선고가 한쪽 무릎을 세우고 꿇어앉더니 소리쳤다.

"백제 만세!"

다시 창날이 선고의 가슴을 꿰뚫었고 국연은 신라군 하나의 몸통을 꿰면서 앞으로 달려갔다.

"덕솔! 곧 만납시다!"

선고는 닥쳐온 신라군 보군을 칼로 후려쳐 베면서 주저앉았다. 창이 몸에 두 개나 꽂혀 있다. 가슴을 꿰뚫은 창은 등으로 빠져나왔다. 눈앞이 흐려졌으므로 선고는 더 이상 신라군을 벨 수 없다는 것을 깨달았다. 말발굽 소리와 함께 백제군이 주위를 달려가고 있다. 그때 사청이 전해준 계백의 말이 떠올랐다.

"내가 덕솔 같은 장수를 휘하에 두어서 행복했다고 전하랍니다."

계백의 웃는 얼굴이 떠올랐다.

"백제 무장 선고가 자랑스러웠다고도 하셨소."

선고의 얼굴에 웃음이 떠올랐고 다음 순간 칼을 든 선고가 칼날을 목뒤에 붙이더니 왼쪽 손으로 칼끝을 잡았다. 선고에게 달려들던 신라 보군 장수가 주춤 걸음을 멈췄다. 그 순간 선고가 힘껏 칼날을 앞으로 당기자 머리통이 베여 떨어졌다.

사청은 창끝이 무디어진 느낌을 받는다. 함성과 기합, 비명과 외침이 귀에 울렸지만 이제는 모두 소음. 오직 앞으로 달리는 속도가 늦춰져 있는 것에 신경을 곤두세우고 있다.

"우!"

사청이 들이켜 숨을 뱉으면서 기합을 질렀다. 그 순간 창날이 날아왔고 칼로 쳐내면서 다음 동작으로 닥쳐온 신라 장수의 겨드랑이를 베고 지나갔다.

"으악!"

비명과 함께 피가 뿜어져 사청의 얼굴을 적셨다. 창날이 무디어진 느낌은 곧 선두에 선 적군(赤軍)의 기세가 꺾이고 있다는 것을 의미한다. 선두는 가장 피해가 많은 법이다. 적군(赤軍) 8백여 기 중 이미 절반 이상이 떨어져 나간 것 같다. 그때 사청이 버럭 소리쳤다.

"달솔! 제가 앞으로 나가겠소!"

바로 뒤쪽의 계백에게 말한 것이다.

"가거라!"

계백의 외침을 듣자 사청은 말에 박차를 넣었다. 반 시진(1시간)을 질주했지만 애마는 말굽에 힘을 모으더니 속력을 내었다.

"따르라!"

사청이 소리치자 호위대의 절반 가량이 뒤에 붙었고 나머지는 계백 주위로 모인다. 이제 사청이 선두로 나서려는 것이다.

"나솔 사청이 선두다!"

사청이 악을 쓰듯 소리쳤고 앞뒤의 백제군이 기합으로 응원한다.

"우!"

앞을 달리던 적군(赤軍) 기마군이 양쪽으로 갈라져 사청과 호위군 30여 기에 길을 터주었다. 창날 속에 더 예리한 화살촉이 솟구쳐 나오는 꼴이다.

"나는 사청이다!"

앞쪽을 향해 다시 소리친 사청이 말에 속력을 내었다. 좌우로 벌려

길을 만들어준 적군(赤軍)이 다시 기합을 뱉는다.

"우!"

"또 뚫렸다."

황산벌을 응시한 김유신이 잇새로 말했다. 그러나 곧 쓴웃음을 짓고 옆에 선 소단을 보았다.

"계백이 황령토성으로 들어갈 것 같다."

"웅치산성으로 돌아갈 수는 없을 것입니다."

소단의 얼굴에도 비슷한 웃음이 떠올랐다.

웅치산성까지는 멀다. 그곳까지 가다가는 모래밭에 물이 스며드는 것처럼 백제군은 소멸되어버릴 것이다. 과연 전장(戰場)을 휘젓던 백제군이 이제는 한 무리가 되어서 황령토성 쪽으로 내달리고 있다. 처음에는 선두에 적군(赤軍)이 섰지만 지금은 흑, 백, 적이 뒤섞여서 내달리고 있다. 그런데 신라군은 어떤가? 우군(右軍), 좌군(左軍), 중군(中軍)으로 3중(三重)의 진을 형성해서 웅치산성으로 진군했던 대군이 수백 개의 조각으로 부서졌다. 수십 개 무리가 백제군의 좌, 우, 후미에서 뒤쫓고는 있지만 부딪칠 때마다 부서지고 있다.

"대감, 이제 얼마 남지 않았습니다."

소단이 말했지만 김유신은 대답하지 않았다. 이제 황산벌에서 양군의 함성은 울리지 않는다. 말굽 소리와 크고 작은 외침으로 덮여서 그저 시장 속 같다. 다시 또 한 번의 전투가 끝나고 있는 것이다. 양군(兩軍)이 다 진이 빠진 상태다. 김유신이 머리를 들고 하늘을 보았다. 어느덧 해가 중천에 떠 있다. 벌써 한 시진 반(3시간)쯤이 지난 것 같다.

말에서 내린 계백이 바위 위에 허물어지듯이 앉았다. 토성으로 달려 들어오던 기마군 하나가 말에서 떨어지더니 움직이지 않았고 말만 기를 쓰고 달려온다. 기마군 둘이 달려오고 있다. 그 뒤를 신라군 10여 기가 쫓는다. 이쪽에서 궁수들이 활을 쏘았지만 닿지 않았고 결국 한 명이 말에서 떨어졌다. 그 뒤를 다시 3기의 백제군, 신라군 20여 기가 뒤를 쫓는다. 그 뒤를 백제군 1기, 아래쪽을 내려다보는 계백의 옆으로 사청이 다가왔다. 사청의 몸은 피투성이다. 투구는 없어졌고 얼굴 한쪽이 피에 젖었다.

"달솔, 물을 드시지요."

옆에 선 사청이 물주머니를 내밀었다. 피비린내가 맡아졌고 사청의 가쁜 숨소리도 들렸다. 머리를 든 계백이 물주머니를 받으면서 웃었다. 눈동자의 초점이 흐려져 있다.

"조금 전에 저 벌판에서 내 처자를 보았다."

"둥, 둥, 둥, 둥, 둥."

그때 북소리가 울렸으므로 계백이 머리를 들었다. 눈동자의 초점이 잡혔고 얼굴에 웃음이 떠올라 있다.

"김유신이 여유를 주지 않는구나."

바위에서 일어서면서 계백이 말했다. 신라군의 전고(戰鼓)다.

"전군(全軍)을 모아라."

계백이 사청에게 말했다. 북소리가 계속해서 울리고 있었으므로 토성의 분위기도 긴장감으로 굳어졌다.

적군(赤軍)은 선고가 전사하고 시덕 국연이 이끌고 있다. 그러나 황령 토성으로 돌아온 생존자는 4백여 명, 절반이 사라졌다. 거기에다 부상자가 많아서 사청은 다 헤아리지도 못했다. 흑군과 중군까지 합쳐서 1천3백이 집결했으니 다시 절반으로 줄어든 데다 기마군 전력은 1천 남짓, 3백은 부상으로 성에 남아야만 한다. 사청의 보고를 받은 계백이 머리를 끄덕이고는 성 중앙의 바위 위에 올라섰다. 계백도 어깨에 칼을 맞았고 화살을 맞은 다리는 헝겊으로 동여맨 상태다. 갑옷이 온통 피칠갑이어서 백띠도 붉게 물들었다. 미시(오후 2시)가 되어가고 있다. 하늘은 맑고 구름 몇 점이 서쪽에 떠 있다. 바람도 불지 않는 7월의 서늘한 날씨다. 계백이 둘러서거나 앉은 장졸을 훑어보았다. 이제 신라군의 북소리만 울렸고 주위는 조용해졌다. 다친 말들이 가끔 울며 발굽으로 땅을 긁는 소리가 난다. 그때 계백이 두 팔을 치켜들고 하늘을 보았다.

"조상이시여! 우리를 내려다보십니까?"

계백의 목소리가 토성에 울렸다. 모두 계백을 따라 하늘을 보았고 다시 외침이 이어진다.

"먼저 간 장졸들이여! 우리를 보시는가?"

사청도 바위 밑에서 하늘을 보았다. 맑은 하늘이었지만 조상과 먼저 간 장졸들의 혼이 떠 있는 것처럼 느껴졌다. 계백의 외침이 더 커졌다.

"덕솔 선고! 한솔 각대상! 시덕 여천! 그대들도 있는가?"

계백이 발을 구르며 소리쳤다. 여전히 두 팔을 치켜들었다.

"떠 있는 원혼들이여! 외침을 들으시라!"

그리고 숨을 들이켜고 나서 기합을 뱉는다.

"우!"

다음 순간 백제군이 일제히 외쳤다.

"우!"

누워 있던 중상자도, 앉아 있던 부상자도 함께 외쳤다. 다시 팔을 치켜든 계백이 하늘을 올려다보았다.

"곧 우리도 함께 있으리라!"

"우!"

사청이 외치자 황령토성이 들썩이도록 외침이 일어났다.

"우!"

"조상 땅을 지키다 가리라!"

"우!"

"대백제 만세!"

"우!"

"공격!"

김유신이 짧게 말하자 전령장이 손을 들어 신호를 했다.

"둥둥둥둥둥둥"

전고(戰鼓)가 빠르게 울리면서 함성이 일어났다. 기마군이 달려가기 시작한 것이다. 3군(三軍)에서 모은 기마군 1만이 3개의 군단으로 편성되어 황령토성을 공격하는 것이다. 본진(本陣)에서도 부장 소단이 제 3 군단의 수장(首將)이 되어 산성을 공격한다. 황령토성은 황산벌 끝 쪽의 작은 토성으로 전술적 가치는 낮다. 사비도성으로 가는 길목도 아니어서 성이 비워졌을 때 신라군을 보내지도 않았다. 그러나 이제는 전술적 가치를 따질 상황이 아니다. 백제군을 격멸시키지 않으면 신라군의 사기는 땅바닥에 떨어질 것이었다. 1진 3천 기가 구름 같은 먼지를 일으키며 달려갔고 그 뒤로 각각 1리(500m) 간격을 두고 2진, 3진이 따른다. 1진은 품일의 좌군, 2진은 흠춘의 우군이며 3진이 본진인 것이다. 김유신이 진막 밖에 서서 1진이 황령토성 3리(1.5km) 거리까지 접근 하는 것을 보았다. 전고는 계속해서 울리고 있다. 품일과 흠춘도 각각 자신의 진지에서 기마군의 공격을 주시하고 있을 것이다.

"계백."

김유신이 눈을 가늘게 뜨고 8리(4km) 거리의 황령토성을 지그시 보았다. 그러고는 혼잣소리처럼 말을 이었다.

"그대가 백제군(軍)의 마지막 모습으로 후세에 기억될 것이다."

"준비되었느냐?"

계백이 묻자 말에 탄 957기의 기마군이 일제히 대답했다.

"우!"

"자, 머리를 들고 하늘에 떠 있는 원혼을 향해 외쳐라!"

계백이 하늘을 향해 소리치더니 먼저 기합을 뱉는다.

"우!"

다음 순간 계백이 말을 달려 앞장을 섰다.

"우!"

함성과 함께 기마군이 계백의 뒤를 따른다. 이제는 한 덩어리가 되어서 직진이다. 신라군과의 거리는 이제 1리(500m). 갑자기 토성에서 백제군이 쏟아져 나오자 신라군은 좌우로 갈라지면서 달려온다. 전형적인 포위, 협력 전술이다. 계백이 옆으로 붙어온 사청을 보더니 얼굴을 펴고 웃었다. 수염 사이의 입술 끝이 올라가면서 눈이 가늘어졌다.

"나솔, 왼쪽으로 뚫고 나가자."

"예, 달솔."

사청이 앞을 응시하며 소리쳤다. 왼쪽 끝이 황산벌이 끝나는 곳, 명천(冥川)이다. 개울 폭은 좁지만 깊고 검은 물줄기가 흐른다. 그때 신라군이 덮쳐왔다. 좌우로 벌려진 함정 안으로 백제군이 들어왔기 때문이다.

"옳지!"

1진의 수장(首將)은 품일 휘하의 장군 김한규. 진골 왕족으로 5품 대아찬(大阿飡)이다. 마술(馬術)에 능하고 쌍검을 잘 썼는데 이번에 대공(大功)을 세울 기회를 잡아서 사기가 충천한 상태다. 계백의 5천 기마군은 이제 사그라지는 불이다. 이틀간 세 번을 싸웠으니 만신창이가 되었을 터, 닥쳐오는 백제군을 맞자 오히려 온몸에서 열기가 뻗쳤다.

"쳐라!"

김한규가 쌍검을 휘두르며 소리쳤다. 좌우로 벌려진 기마군의 우측 열에 끼어 있던 김한규다. 앞쪽에 한 무리의 신라 기마군이 내닫고 있다가 함성을 질렀다.

"우와앗!"

그 순간 제1진이 백제군과 부딪쳤다. 그런데 백제군이 정중앙을 돌파하는 것처럼 보였다가 우측으로 트는 바람에 바로 김한규와 부딪쳤다.

"아앗!"

앞쪽의 신라군이 비명 같은 외침을 뱉었을 때 김한규가 쌍검을 치켜들었다. 고삐를 안장에 걸친 채 무릎과 발로만 말을 부리며 두 손으로 쌍검을 휘두르는 김한규의 마상기(馬上技)는 화려했다. 임금 앞에서 시범을 보인 적도 있는 김한규다. 그 순간 요란한 쇠 부딪는 소리가 들리면서 김한규 앞으로 백제군이 덮쳐왔다. 김한규는 두 손에 든 장검을 바람개비처럼 휘둘렀다. 눈을 부릅떴고 엄청난 기세다. 다음 순간 백제 기마군이 내지른 창이 김한규의 목을 꿰뚫었다. 이름 없는 군사다. 다만 백제 기마 군사는 수년간 실전을 겪은 병사였고 김한규는 왕의 경호군으로 마상기만 단련했던 장군이다.

흠춘의 제2진 기마군을 돌파할 때 적군과 흑군의 수장이 되어 있던 고덕(固德) 진벽과 계덕(季德) 양준경이 전사했다. 그러나 백제군은 한 덩어리가 되어서 제3진 왼쪽을 향해 돌진한다. 마치 불덩어리가 견고한 나무 벽을 깨뜨리며 나아가는 것 같다. 부딪칠 때마다 작은 불꽃이 튀기면서 점점 불덩어리는 작아진다. 그러나 아주 없어질 때까지 전진을 멈추지 않는다.

"나솔! 제3진이다!"

계백이 피투성이가 된 얼굴로 웃으면서 앞쪽을 가리켰다.

"예! 김유신의 본진 깃발이 보입니다!"

사청도 소리쳐 대답했다. 그러나 김유신은 아니다. 대리인이 깃발을 세우고 나왔을 것이다. 총사령은 대리 장수를 내세운다. 계백이 칼을 치켜들고 소리쳤다.

"가자!"

"우!"

군사들의 함성이 울린다. 사청은 숨을 들이켰다. 함성만 들어도 몇이 따르는지 알겠다. 이제 3백 기 정도다.

"계백이 내 본진으로 달려드는군."

이제 말에 오른 김유신이 아래쪽을 응시하며 말했다. 말고삐를 잡고 선 호위장 김택이 김유신을 올려다보았다.

"대감이 계신 줄 알고 있는 것 같습니다."

"아니다."

김유신이 늘어진 눈시울을 치켜 올렸다.

"내 깃발을 내준 것은 계백에 대한 예의다."

아래쪽을 응시한 채 김유신이 말을 이었다.

"나 대신 내 깃발을 꺾고 떠나라는 뜻이다."

"김유신의 깃발이다!"

계백이 칼끝으로 앞쪽을 겨누며 소리쳤다.

"우!"

3백 기마군이 일제히 외침을 뱉는다. 이제 제3진과는 2백여 보. 사청은 앞으로 덮쳐오는 3천여 기의 기마군을 보았다. 마치 산이 무너져 내려오는 것 같다. 계백의 옆으로 말을 바짝 붙인 사청이 소리쳤다.

"달솔! 이번 싸움은 이겼습니다!"

뒤를 따르는 기마군도 들었을 것이다.

"우!"

함성이 울렸다. 산사태가 순식간에 눈앞으로 덮쳐왔다.

"이놈, 김유신!"

계백이 다시 깃발을 향해 칼을 뻗으며 소리쳤다.

"우!"

돌파에 이골이 난 백제군이다. 지금까지 다 뚫었다. 어느새 3백 기마군은 화살촉처럼 뭉쳤고 산사태의 중심을 향해 벼락처럼 부딪친다.

"우!"

맨 선두의 기마군이 내뱉는 기합.

"우!"

배에 담긴 진기를 힘껏 끌어올려 내뱉는 3백 기마군의 외침이 이어졌다.

파진찬(波珍飡) 소단은 김유신의 부장(副將)으로 4품 귀족이다. 김유신을 따라 여러 번 전쟁에 참여했고 대리역(代理役)을 맡아 군(軍)을 지휘해왔다. 그런데 오늘, 김유신의 총사령 깃발을 내세우고 나온 지금, 소단은 온몸에 흐르는 한기를 느끼고 있다. 그것은 닥쳐오는 살기(殺氣) 때문이다. 한줌밖에 안 되는 살기가 바로 자신을 향해 덮쳐왔는데 그 기세가 흉포했다. 계백의 기마군, 마치 핏덩어리가 휘몰아 오는 것 같다. 저 피 냄새, 짐승의 울부짖음 같은 외침, 숨을 들이켠 소단이 마침내 소리쳤다.

"막아라!"

그 순간 피바람이 덮쳐왔다. 함성과 외침, 비명이 동시에 터지면서 칼날 부딪치는 소리, 말 울음소리가 범벅이 되더니 대열이 주춤거렸다. 소단의 말도 앞쪽 말에 부딪쳐 비틀거렸고 옆쪽 말은 앞다리를 곤두세웠다.

"장군을 에워싸라!"

소단의 호위장이 소리쳤다.

"이쪽이다!"

어디선가 또 다른 외침. 소단은 이제 말이 멈춘 것을 깨달았다. 다시 온몸에 냉기가 흘렀다. 기마군의 말이 멈췄을 때가 가장 위험하다. 그 때였다, 옆쪽이 더 어수선해지더니 더 소란스러워졌다.

"막아라!"

이것은 호위장의 외침이다.

"여기 있다!"

그때였다. 소단은 옆구리에 뜨거운 불기둥이 뚫고 들어오는 느낌을 받고 입을 쫙 벌렸다. 무의식중에 그것을 잡았더니 싸늘했다. 그때 외침이 울렸다.

"김유신을 좌군(佐軍) 곽천이 찔렀다!"

뚫고 나왔다. 이제 백제 기마군은 명천(冥川)을 향해 달린다. 사청이 머리를 돌려 뒤를 보았다. 1백여 기. 시신을 마주치자 웃는 병사도 있다. 조금 전 김유신 대리장(代理將) 파진찬 소단을 죽인 14품 좌군(佐軍) 곽천도 보이지 않는다. 원혼(冤魂)이 되어 위에 떠 있으리라. 뒤를 신라 기마군이 쫓고는 있지만 수장(首將)을 잃고 총사령 깃발까지 베여 떨어뜨린 터라 기세를 잃고 점점 멀어지는 중이다. 그때 계백이 앞쪽 명천을 향해 칼을 치켜 올리면서 기합을 뱉었다.

"우!"

"우!"

기마군의 함성이 뒤를 따른다. 그 순간 사청도 앞쪽 명천에서 피어오르는 그림자를 보았다. 원혼인가? 명천(冥川)은 죽은 자들이 건너는 개천이라고 소문이 났다. 계백이 뚫고 가는 곳이 하필 명천이라니, 우연인가? 그때 앞장선 계백이 명천으로 뛰어들었다. 깊은 물에 익숙한 백제 말이 곧 네 굽을 모아 머리만 내놓고 헤엄을 친다. 명천의 폭이 1백자(30m) 정도였지만 지친 말 서너 마리가 떠내려갔고 군사들도 따라서 물속에 잠겼다.

"건너라!"

계백이 소리치자 지친 말들까지 기운을 내는 것 같다.

"이제 다 왔다!"

죽음의 강을 건너 닿은 곳이 어디인가?

"1백여 기가 남았습니다."

품일이 말했지만 그늘진 얼굴이다. 이제 신라의 대군(大軍)은 모두 황산벌에 내려와 있다. 황산벌이 평정되었기 때문이다. 3군(軍)이 다시 모였고 일부는 전장(戰場)에 깔린 인마(人馬)의 시신을 수습하는 한편 부대를 재정비하고 있다. 품일의 보고를 귓등으로 들으면서 김유신이 앞쪽을 보았다. 4리(2km) 앞쪽에 명천(冥川)이 가로질러 흘렀고 그 뒤쪽 낮은 언덕 위에 백제군이 모여 있다. 군마(軍馬)는 좌우로 벌려 세우고 군사들은 중앙에서 휴식을 취하는 중이었는데 1리(500m) 앞까지 신라군이 진출해 있는데도 의연하다. 명천만 건너면 한줌밖에 안 되는 백제군은 바로 격멸하게 된다. 그때 흠춘이 말을 이었다.

"계백이 살아있습니다."

김유신이 머리만 끄덕였다. 노안(老眼)이었지만 창 자루에 달린 흰 바탕에 붉은 꽃이 그려진 깃발이 보인 것이다. 계백의 깃발이다. 머리를 든 김유신이 하늘을 보았다. 태양이 서쪽으로 기울어져 있다. 오후 신시(4시)가 조금 넘었다.

"계백의 계획대로 오늘 하루가 또 지나는구나."

김유신이 혼잣소리를 하고 나서 다시 계백의 진(陣)을 보았다.

"곧 계백이 저 강을 넘어 올 것이다."

눈으로 앞쪽 검은 강을 가리키며 김유신이 물었다.

"저 강 이름이 무엇인가?"

"명천(冥川)입니다."

호위군사 하나가 대답하자 김유신이 숨을 들이켰다.

"명천, 죽음의 강을 두 번 건너게 되는군. 그럼 산 자가 되는가?"

"나솔."

문득 계백이 불렀으므로 사청이 몸을 돌렸다.

"예, 달솔."

계백이 잠자코 눈으로 옆을 가리켰으므로 사청이 다가가 섰다.

"앉아라."

사청이 한쪽 무릎을 꿇고 앉아 말했다.

"달솔, 92인에 말이 85필 남았습니다. 그중 뛸 수 있는 말이 63필, 싸울 수 있는 군사가 56인입니다."

계백의 시선을 받은 사청이 눈을 가늘게 뜨고 웃었다.

"말이 6필 남습니다."

"나솔."

"예, 달솔."

"넌 내 아들 같다."

"저도 달솔을 제 부친처럼 모시고 있습니다."

"가거라."

"예, 가지요."

어깨를 치켜 올린 사청이 눈을 치켜떴다.

"곧장 김유신을 향해 갑니까?"

그때 계백이 상반신을 곧게 세우고는 사청을 보았다.

"나솔."

"예, 달솔."

"넌 살아서 백제혼(百濟魂)을 일으켜라."

사청이 숨을 죽였고 계백의 말이 이어졌다.

"명심해라, 나솔."

"……."

"내 혼을 네 몸에 불어 넣어주마. 너는 살아서 백제 무사의 기상을 이어라."

"달솔."

"내 명(命)이다."

"달솔."

"사는 것이 죽는 것보다 어렵다. 아느냐?"

계백이 엄격한 표정으로 사청을 보았다. 계백의 뒤쪽 목에서 피가 번져 나오고 있다. 그것을 지금에야 보았으므로 사청이 숨을 들이켰을 때 계백이 말을 이었다.

"죽음은 순간이다. 사는 것이 더 험난하고 고통이다. 알고 있느냐?"

"압니다, 달솔."

"백제는 멸망하더라도 네가 백제 무사의 기상을 이어다오."

눈을 부릅뜬 사청을 계백이 부드러운 시선으로 보았다.

"나솔, 대백제의 이름으로 너에게 명(命)을 내린다."

계백의 얼굴에 웃음이 떠올랐다.

"나는 백제 무장으로 죽지만, 넌 안 된다."

사청의 눈에서 눈물이 흘러내렸다. 그때 계백이 손을 뻗어 사청의 손을 쥐었다. 따뜻한 손이었지만 사청의 심장은 얼어붙었다. 계백이 처음 손을 잡았다. 일 년 반 동안 모셨어도 이런 일은 처음이다. 그때 계백이 말을 이었다.

"너는 그럴 기량이 있는 장수다. 알겠느냐?"

"예, 달솔."

마침내 사청이 대답했을 때 계백이 길게 숨을 뱉었다.

"끝까지 기를 쓰고 살면서 백제혼을 일으켜라. 백제 무사의 기상을 이어라.

"저놈이 기어코."

낮게 말한 품일이 어깨를 늘어뜨리면서 긴 숨을 뱉었다.

"대감, 계백이 옵니다."

"오오."

김유신의 반응이 유별났으므로 모두의 시선이 모여졌다. 두 눈을 치켜뜬 김유신이 활짝 웃은 것이다. 마치 반기는 것 같다. 이제 모두 김유신을 따라 명천(冥川) 쪽을 보았다. 백제 기마군이 다시 명천을 건너오고 있다. 물이 깊어서 말의 목과 기마군의 머리통만 드러났다. 검은 물위로 솟은 칼과 창날이 비스듬한 햇살을 받아 반짝이고 있다.

"50여 기밖에 안 됩니다."

장수 하나가 소리쳤다.

"선두가 계백입니다."

"궁수를!"

누군가 소리쳤을 때 김유신이 꾸짖었다.

"닥쳐라!"

순식간에 주위가 얼어붙었고 노한 김유신의 목소리가 울렸다.

"이놈들! 무사(武士)를 짐승처럼 사냥하려는 것이냐! 무사 대접을 받으려면 무사답게 처신하라!"

50년 전장(戰場)을 호령한 무장(武將)의 외침이 이어졌다.

"검과 창으로 달려들어라! 전력을 다해 쳐라! 그것이 무사에 대한 예의다!"

명천(冥川)을 건넌 57기의 기마군이 개울가에 모였다.

"어, 물이 차다."

몸서리를 친 계백이 이를 드러내고 웃었다.

"달솔, 뒷목에서 피가 흐릅니다."

바짝 다가붙은 9품 고덕(固德) 유호가 조심스러운 얼굴로 말했다. 40대 초반의 유호 또한 이마에서 피가 흘러 얼굴이 피범벅이다. 상처를 싸매지도 않은 것이다. 이제 유호가 호위장이다. 유호의 얼굴을 본 계백이 풀썩 웃었다.

"고덕, 네 얼굴도 그러하구나."

"저승에 가서 닦지요."

머리를 끄덕인 계백이 머리를 돌려 뒤에 선 기마군을 보았다. 시선이 마주치자 모두 머리를 끄덕이거나 웃거나 한다.

"자, 저승에서 보자."

계백이 웃으면서 말했을 때 일제히 기합 소리를 뱉는다.

"우!"

"너희들이 자랑스럽다."

"우!"

"자, 떠나자!"

"우!"

계백이 말에 박차를 넣었고 그 뒤를 56기의 기마군이 일제히 따르면서 마지막 기합을 뱉는다.

"우!"

계백이 칼을 내려쳤으나 기운이 빠져 신라 장수의 방패에 맞고 튕겼다. 신라 장수가 창을 내질렀지만 이번에는 계백이 몸을 비틀어 옆구리를 스치고 지나갔다. 난전, 이제 기마군은 멈춘 상태. 계백이 다시 내려친 칼이 신라 장수 말의 배에 맞아 말이 쓰러졌다. 신라 장수가 뛰어내렸지만 백제군의 창에 찔려 뒤로 넘어졌다. 그 순간 계백은 가슴을 뚫고 들어오는 창을 보았다. 옆으로 다가온 신라 기마군이 내지른 창이다. 투구도 벗겨진 이름도 없는 기마군. 창이 박힌 채 말에서 떨어진 계백이 넘어졌지만 곧 두 손으로 창을 잡아 빼내었다. 그때 다시 뒤에서 칼날이 날아와 계백의 어깨를 찍었다. 계백은 앞으로 넘어졌다가 말발굽에 채어 땅바닥에 반듯이 누웠다. 얼굴 위로 말 다리와 군사들의 몸이 넘어간다. 말발굽이 배를 밟고 지나가기도 한다. 눈을 부릅뜨고 누운 계백의 시야가 잠깐 트였다. 아직 푸른 하늘, 그때 계백은 하늘에 떠 있는 부인 시진과 딸 계백선의 모습을 보았다. 둘이 얼굴을 붙이고는 계백을 향해 웃는다. 그렇다, 사청이 말해준 대로 웃는다, 웃는구나. 계백이 눈을 부릅뜬 얼굴로 따라 웃었다. 그러고는 그대로 숨이 끊어졌다.

마상(馬上)에서 김유신은 이제 서 있는 백제군이 없다는 것을 확인했다. 신라군이 대열을 갖추고 있다. 빈 말 수십 필이 서성대고 있을 뿐이다. 주위에 둘러선 품일, 흠춘 두 대장군, 그리고 수십 명의 장군들도 모두 입을 다물고 있다. 싸움이 끝나면 당연히 전고(戰鼓)가 울려야 하고 승리했으니 승전고를 쳐야겠지만 지시를 받지 못한 고수(鼓手)도 숨을 죽이고 있다. 계백의 기마군을 맞은 신라군은 김유신 직속의 호위대 기마군이다. 김유신은 호위대장 김택에게 1천 기마군을 맡겨 계백을 섬멸시킨 것이다. 50여 기의 상처투성이 기마군은 호위대 1백 기만 보냈어도 간단히 격멸했을 텐데 김유신이 1천 기를 보낸 것은 10배의 예우를 했다고 봐도 될 것이다. 그것을 계백도 알았을 터였다. 백제군을 전멸시켰어도 김택이 금방 달려와 보고하지 않는 것도 그렇다. 이윽고 김유신이 말에서 내렸을 때 대장군들도 따라서 땅을 밟았다. 그때서야 아래쪽에서 김택이 다가왔다.

"대감, 계백의 시신을 그대로 그곳에 묻으라고 했습니다."

김택이 말하자 김유신이 머리를 끄덕였다.

"잘했다."

"56기의 기마군도 계백 근처에서 모두 죽었기 때문에 같이 묻으라고 했습니다."

"잘했다."

"표시는 남기지 말라 했습니다."

"그래야지."

다가선 김택이 그늘진 얼굴로 김유신을 보았다.

"계백은 눈을 뜨고 웃는 얼굴이었습니다."

"나도 그랬을 것이다."

눈을 가늘게 뜬 김유신이 말을 이었다.

"무장(武將)으로 그렇게 죽기가 힘들지."

머리를 돌린 김유신이 품일과 흠춘을 돌아보며 웃었다.

"허, 웃으며 죽은 자를 부러워하는 것 같구나. 하지만 현실은 산 자가 이긴 자다."

걷는다. 한 발짝 땅을 디딜 때마다 무거운 체중이 느껴졌다. 한 발짝, 또 한 발짝. 밤이다, 술시(8시)쯤 되었다. 황산벌을 떠난 사청이 서쪽을 향해 발을 떼고 있는 것이다. 지친 말이 비틀거렸기 때문에 안장을 내려놓고 재갈도 빼어 야생마처럼 만들어 풀어주었다. 그러고는 이제 유령처럼 걷고 있다. 물 한 모금 마시지 않았고 쉬지도 않았다. 계백의 영(令)을 받아 명천(冥川)을 떠났지만 혼(魂)은 아직도 황산벌에서 맴돌고 있다. 그동안에 어깨 갑옷을 벗어 던졌고 이어서 허리 갑옷을, 조금 전에 다리 갑옷을 벗어 던졌으니 이제 허리에 칼 두 자루, 등에 살과 활을 메었을 뿐이다. 이곳 위치는 동방(東方) 덕장군으로 웅진성과 가깝다. 곧 당이나 신라령이 시작되겠지. 어둠 속에서 들개가 울지만 피비린내는 맡아지지 않았다. 전장에서 벗어났기 때문이다. 당군 척후는 들어오지 않았는가? 이윽고 사청이 황무지의 끝에 서서 이쪽을 보았다. 20리 앞쪽에 사청의 본가(本家)가 있는 것이다. 사씨(沙氏)는 명문가로 아비 사준(沙俊)이 남방 방령까지 지냈지만 병사했고 사청의 형 사도(沙道)는 3년 전에 바다 건너 백제령 담로인 진남군에서 전사했다. 본가에는 어머니 진씨(眞氏) 부인이 남아 있을 것이다. 사청은 다시 발을 떼었다. 주위는 짙은 적막으로 덮였고, 먹물 속처럼 어둡다. 별도 없는 흐린 밤, 불과 몇 시진 전만 해도 피가 튀는 전장에서 함성과 비명 속을 질주해 왔던 사청이다. 아직도 귓전에는 계백의 목소리가 떠돌고 있다.

"백제 무사, 백제혼."

피비린내. 사청이 눈을 부릅뜬 얼굴로 다시 한 번 숨을 들이켰다. 전장에서 익숙한 피비린내가 이곳에서도 나고 있다. 이제 본가와의 거리는 1리(500m) 정도. 작은 개울을 건너면 곧 본가다. 당군이 이곳까지 훑고 간 것인가? 그것밖에 다른 이유가 없다. 본가(本家) 주위에 7~8채의 민가가 붙어 있었는데 모두 사씨(沙氏) 가문의 하인 일가로 주민이 50여 명이다. 그런데 왜 이렇게 조용한가? 마음이 조급해진 사청의 발걸음이 빨라졌다. 피비린내는 더 심해졌고 사청의 가슴은 더 미어졌다. 본가에는 어머니 한 분이 혈육으로 남아 있다. 보름쯤 전에 출전 인사를 드렸을 때 담담한 표정으로 바라보던 어머니의 얼굴이 사청의 눈앞에 떠올랐다. 바다 건너 광릉군에서 3년을 보내고 본국으로 돌아온 지 반 년이 되어간다. 계백과는 광릉군에서부터 인연을 맺었던 것이다. 그때 사청은 앞에서 어른거리는 인기척을 느꼈다. 짙은 어둠 속, 피비린내는 더 짙어졌다. 습기 낀 날이어서 비린내가 내려깔리기 때문이다. 칼자루를 쥔 사청이 낮게 물었다.

"누구냐?"

그때 발자국 소리가 요란하게 울렸다. 도망치는 것이다. 둘이다, 사내 둘.

"서라! 너희들은 사씨 가문 사람들이 아니냐? 나는 사청이다!"

뛰는 발자국 소리가 멈추더니 목소리가 울렸다.

"나리시오?"

"넌 누구냐?"

"마진입니다!"

하인이다. 곧 어둠 속에서 두 사내가 나타났는데 마진과 또 다른 하인이다.

"나리, 살아계셨군요."

털썩 무릎을 꿇은 마진이 울음 섞인 목소리로 말했다.

"어제 당군이 휩쓸고 지나갔소. 갑자기 닥친 바람에 살아난 사람이……."

"마님은?"

참지 못한 사청이 마른 목소리로 물었다.

"어찌 되셨느냐?"

"고통 없이 가셨소이다."

"당군이 방으로 들어오기 전에 비수로 가슴을 찌르셨소."

"소인이 보았습니다."

저택 하인인 유종이 울먹였다.

"제가 나뭇단 속에 숨어서 다 보았소."

"시신은?"

"동조 님하고 저희들이 묻어 드렸소."

이번에는 마진이 대답했다.

"본가에서 살아난 사람은 7명뿐입니다. 당군은 눈에 띄는 주민은 아이까지 다 죽이고 약탈했소."

"동조는 어디 있느냐?"

사청이 억양 없는 목소리로 물었다. 어머니가 자결했다니 차라리 죽임당한 것 보다는 낫다. 다행이다. 피비린내는 그래서 풍겨 나왔다. 남은 사람들이 시체는 다 치웠겠지만 피를 닦지는 못했을 터, 사청이 하인 우두머리 동조를 만났을 때는 잠시 후다.

"나리, 돌아오셨소?"

40대 초반이지만 토굴 안 관솔불에 비친 동조의 얼굴은 60대로 보였다. 이곳은 저택 뒷산의 양식을 저장해두는 토굴 안. 사청 앞에 꿇어앉은 동조의 눈동자가 공허하다. 죽은 자의 눈이다. 토굴 안에는 사내 셋, 여자 둘, 아이 하나가 있다. 사내 하나는 토굴 밖에서 경계를 선다. 이것이 사씨촌 50여 명 식솔 중 남은 식구다. 다 죽었다는 것이다. 동조가 그 얼굴로 말을 이었다.

"마님은 잘 묻어 드렸소. 땅을 7자나 깊게 파서 따뜻하게 지내실 것입니다."

"잘했다."

그때 동조가 흐린 눈으로 사청을 보았다.

"나리, 어떻게 오셨습니까?"

사청은 갑옷도 투구도 다 버리고 칼과 활만 들었으니 영락없는 도망자다. 동조의 표정 없는 얼굴이 그것을 말해주고 있다. 사씨(沙氏) 가문은 무장(武將)으로 대를 이었다. 동조는 씨종으로 할아버지의 할아버지도 사씨 집안의 종으로 집사를 이어왔다. 토굴 안의 시선이 모여졌고 사청이 긴 숨을 뱉었다.

"달솔의 영(令)을 받았다."

그러고는 동조의 눈이 되어 말했다.

"황산벌에서 달솔은 나에게 영을 내리고 남은 군사와 함께 전멸하셨다."

아침, 사청이 어머니 진씨(眞氏)의 무덤 앞에서 절을 한다. 오전 묘시(6시) 무렵, 뒤에는 동조 하나가 서 있을 뿐이다. 아직 해가 뜨지 않은 흐린 날씨다. 이윽고 절을 마친 사청이 무릎을 꿇고 앉아 물끄러미 무덤을 본다. 무덤은 봉분을 쌓지도 않았다. 땅을 깊게 파서 시신을 묻은 후에 돌을 몇 개 놓았을 뿐이다. 언덕 중턱에 무덤을 만들었으니 곧 풀숲에 덮여 언덕 일부분이 되리라.

"어머니, 대백제가 곧 망합니다."

사청이 돌무더기를 향해 담담하게 말했다.

"이제 다시 찾지 못할 것 같습니다."

손을 뻗어 돌무더기를, 그리고 땅의 흙을 쓸다가 움켜쥐면서 사청이 말을 이었다.

"어머니, 소자는 대업(大業)을 맡게 되었소. 대백제는 망하지만 백제 무사의 혼을 살리는 일이오."

해가 뜨지 않더니 마침내 한두 방울씩 비가 떨어지기 시작했다.

"소자는 기어코 달솔의 영을 따를 것입니다. 그래야 대백제의 한을 풀게 될 것이니까요."

움켜쥔 흙이 어느덧 젖어 있었으나 사청은 그것이 어머니의 몸인 것처럼 만졌다. 비에 젖은 흙은 부드럽고 곧 따뜻해졌다. 어머니의 피부 같다. 이것이 곧 대백제의 살이다.

"어머니, 지켜봐 주시오."

다시 절을 한 사청이 일어섰다. 그러고는 몸을 돌렸다. 빗발이 굵어지기 시작하더니 곧 쏟아지듯 내린다. 사청이 곧 흙으로 범벅이 된 손으로 눈물과 함께 얼굴에 흐르는 빗물을 닦아 내었다. 마치 황산벌의 5천 혼(魂)이 비를 만들어 쏟아주는 것 같다. 멀리서 울리는 뇌성은 달솔 계백의 외침 같다. 언덕을 내려오던 사청이 물에 젖은 풀에 발을 헛디뎌서 미끄러졌다. 그러고는 곧 의식을 잃었다. 황산벌에서 몸에 10여 군데의 상처를 입은 터라 몸이 극도로 쇠약해져 있었던 것이다. 비는 이제 폭우가 되어 쏟아지고 있다.

"나리, 깨셨습니까?"

동조의 목소리가 들렸지만 보이지는 않는다. 눈을 크게 뜬 사청이 입을 열었다.

"동조, 여기가 어디냐?"

그러나 목소리는 나오지 않았다. 눈앞은 검다, 짙은 어둠 속.

"나리, 이제 정신이 드십니까?"

동조의 목소리를 들으면서 사청의 의식이 다시 끊겼다. 짙은 어둠 속으로 몸이 한없이 가라앉고 있다. 사청이 의식을 회복한 것은 이틀 후다. 그러나 토굴에 누운 채 일어나지는 못했다. 누워 있는 동안에 동조가 사청의 상처에 약을 바르고 치료를 해주어서 외상도 아무는 중이다.

"근처에 신라군이 왔습니다."

앞에 앉은 동조가 그늘진 얼굴로 사청을 내려다보았다.

"대왕이 웅진성으로 피신하셨다는 소문이 났습니다."

누운 채 사청은 듣기만 했다. 눈앞에 대왕 의자의 모습이 떠올랐지만 곧 달솔 계백으로 바뀌었다.

"나리, 하인들을 모두 보냈습니다."

동조가 말을 이었다.

"황산벌 싸움 이야기가 퍼졌습니다."

"……."

"명천(冥川) 건너편의 백제군 중상자들이 퍼뜨린 것입니다."

"……."

"달솔은 50여 인의 백제군과 함께 황산벌에 묻혔다고 합니다. 김유신이 구덩이를 깊게 파라고 이르고는 술 석 잔을 손수 뿌려 달솔께 예를 보였다고 합니다."

"……."

"나리에 대한 소문도 퍼졌습니다."

동조의 눈이 번들거렸으므로 사청은 눈을 감았다. 그러나 동조의 목소리가 귓속으로 파고들었다.

"달솔께서 마지막 돌격 직전에 나리를 쫓아 보내시면서 백제혼(百濟魂)을 불러일으키라고 명하셨다는 것입니다."

"……."

"그 소문을 들었는지 신라군이 나리를 찾고 있습니다. 어제도 저택 주위를 세 번이나 수색하고 갔습니다."

사청은 세 번째 의식을 잃었다. 온몸에서 열이 난 상태에서 혼절했기 때문에 놀란 동조가 냉수로 몸을 적셔야 했다.

다시 하루 만에 의식을 찾은 사청이 이번에는 일어나 앉았다. 그동안 몸이 여위었지만 외상은 아물어가는 중이었고 눈빛은 맑다. 혼자서 지성으로 병간을 했던 동조가 저녁 무렵에 토굴로 들어와 말했다.

"나리, 사비도성이 함락되었고 웅진성으로 옮겨갔던 대왕이 당군의 포로가 되었습니다."

동조가 외면한 채 말했지만 목소리는 가라앉았다.

"왕자들과 대신, 관리 수백 명이 포로가 되었는데 곧 당으로 끌려간다고 합니다."

멸망(滅亡)이다. 660년 대백제 사직이 소멸됐다. 이미 황산벌 싸움에서 백제의 명운(命運)은 끝난 것이다. 그것을 달솔 계백도 알았고 자신도 알았다. 그래서 달솔이 백제 무사(百濟武士)의 혼(魂)을 살리라고 하지 않았는가. 동조가 말을 이었다.

"저항군이 이곳저곳에서 일어나고 있습니다. 나리, 아래쪽 임존성에 백제 부흥군이 모이고 있습니다."

"달솔께서 예상하고 계셨구나."

사청이 억양 없는 목소리로 말했으므로 동조가 숨을 죽였다.

"대왕께서 투항한 날이 언제냐?"

"이틀 전인 7월 18일 입니다."

대백제가 멸망한 날이다. 나·당 연합군은 20여만. 이미 주력군은 궤멸되었고 임금이 투항한 왕국이다. 3~4천 명씩 무리를 지어 서로 수장(首將) 노릇을 할 테니 그 결과는 눈앞에 보인다. 대륙에서 그렇게 왕국이 붕괴되었기 때문이다.

"나리, 어떻게 하시겠습니까?"

다시 동조가 조심스럽게 묻는다.

"소인은 나리를 모시겠습니다. 말씀만 해 주시지요."

사청은 어깨를 부풀려 숨을 들이켰다.

2장 적귀(赤鬼)

9월, 임존성(任存成). 복신(福信)이 눈을 가늘게 뜨고 다가오는 사내를 본다. 오전 사시(10시) 무렵, 이미 서늘한 날씨다. 주위의 장수들도 모두 사내에게로 시선을 모으고 있다. 이윽고 복신 앞에 선 사내가 머리를 숙였다.

"장군, 나솔 사청입니다."

"오, 나솔."

복신의 목소리는 갈라져 있다. 주름진 얼굴에서 눈이 잔뜩 치켜떠져 있었는데 놀란 것 같기도 하다. 부여복신(扶餘福信)은 의자왕의 사촌이며 무왕(武王)의 조카이기도 하다. 당년 65세, 당시의 관등은 5품 한솔(扞率)이었으나 이제 백제 부흥군의 수장(首將)이다. 자리에서 일어선 복신이 사청 앞에 다가가 섰다.

"나솔, 그대가 당군에게 잡혀 죽었다는 소문도 났고 고구려로 도망쳤다는 소문도 있었네. 그동안 어디 있었는가?"

"산에 있었습니다."

복신의 시선을 받은 사청이 말을 이었다.

"상처를 치료했습니다."

"오오, 이제 다 나았는가?"

"그렇습니다."

"그대가 와 준 것이 나에겐 백만 대군을 얻은 것 같네."

사청은 잠자코 시선을 내렸다. 그때서야 물러선 무장(武將)들이 인사를 했으므로 사청이 면면을 보았다. 낯익은 얼굴도 있었지만 처음 보는 자들이 많다.

"나솔, 이제 부흥군은 3만 가깝게 되었어."

복신이 주름진 얼굴을 펴고 웃었다.

"대백제가 다시 일어날 것이네."

"이제 복신 님은 백제군 수장으로 상잠장군(霜岑將軍)이시오."

사청의 시선이 원태에게로 옮겨졌다. 40대 초반의 원태는 몇 년 전 바다 건너 하상군에서 보군대장을 지내다가 귀국했다. 대륙에서 공(功)을 세우지 못한 터라 품등이 오르지 못했다. 머리를 끄덕인 사청이 복신을 향해 머리를 숙였다.

"축하드립니다, 상잠장군."

"원 별말을. 주위에서 권해서 어쩔 수 없이 받아들였네."

복신이 65세나 되는데도 5품 한솔에 머문 것은 사촌간인 의자왕의 견제가 있었기 때문이다. 이제 의자왕이 당으로 잡혀간 데다 구심점이 없던 부흥군이 복신 휘하로 모이고 있다. 복신이 관직에도 없는 상잠장군이 아니라 대왕으로 칭해도 불평할 수가 없는 상황이다.

"이보게, 나솔."

사청의 어깨에 손을 얹은 복신의 표정이 부드러워졌다.

"잘 왔어. 지금부터 내 휘하의 기마군 대장을 맡아주게."

"과분합니다."

머리까지 저은 사청이 정색했다.

"아직 몸이 덜 나았습니다. 당분간 진막에서 머물게 해 줍시오."

"그럼 몸이 나을 때까지네."

복신이 사청의 어깨를 힘주어 쥐었다가 놓았다.

배당된 진막으로 들어선 사청에게 동조가 말했다. 동조도 사청을 따라 임존성으로 온 것이다.

"나리, 복신 님이 장수들의 관등을 다 정해주셨다고 합니다. 11품 대덕이었던 자가 5품 한솔이 되고 7품 장덕이었던 보군대장이 4품 덕솔이 되었다는군요."

안쪽 자리에 앉은 사청의 옆으로 동조가 다가와 섰다.

"이제 백제는 복신 님이 왕위에 오르시는 것입니까?"

"모르겠다."

주위를 둘러본 사청이 쓴웃음을 지었다.

"내가 아는 자는 8품 시덕에서 4품 덕솔이 되었더구나."

원태를 말한다. 지난 7월, 달솔 계백이 인솔한 5천 기마군은 대백제 본국에서 가려 뽑은 최정예군이었다. 지금 임존성에 모인 장수 대부분은 패장(敗將)이거나 전쟁에 나가지 않았거나, 둘 중 하나다. 사청의 입에서 긴 숨이 뱉어졌다. 복신 또한 의자왕으로부터 배척을 받아 한직으로 물러나 있었던 존재다. 백제의 부흥을 위하여 임금의 반대편에 있었던 왕족의 휘하에서 싸워야 하는가? 두 달 동안 사태를 주시한 것은 그 때문이다. 과연 복신은 대백제와 백성을 위하여 일어났는가? 자신의 사욕을 위해서 부흥을 이용하는가? 복신은 두 달 동안 연전연승을 거두며 당과 신라군을 압박, 지금 사비도성 안에 있는 당장(唐將) 유인원(劉仁願)을 포위하고 있다. 부흥군의 기세가 하늘을 찌르는 상황이다. 그때 진막 앞에서 인기척이 들리더니 원태가 들어섰다. 둥근 얼굴에 웃음이 떠올라 있다.

"나솔, 불편한 곳은 없으시오?"

"없네."

자르듯 말한 사청이 담담한 얼굴로 원태를 보았다. 원태의 얼굴에서 순식간에 웃음기가 가시더니 금방 다시 떠올랐다.

"그렇습니까? 상잠장군께서 알아보고 오라 하셨소."

"고맙다고 말씀드리게."

"상잠장군께서 나솔을 3품 은솔(恩率)로 승품시킨다고 하셨소. 곧 공고를 하실 것이오."

"나는 황산벌에서 패하고 도망친 패장이야. 받을 수가 없네."

그때 원태의 얼굴에서 웃음이 지워졌다.

"나솔, 대백제는 이제 상잠장군 휘하에서 다시 부흥해야 되오."

"자네가 무슨 공을 세워서 8품 시덕에서 4품 덕솔로 벼락 승품을 했는가?"

이제는 원태의 얼굴이 누렇게 굳어졌다. 그것을 본 사청이 빙그레 웃었다.

"원태, 칼을 뽑고 싶은가?"

원태가 숨을 들이켰을 때 사청이 한 발짝 다가섰다. 거리가 두 걸음 간격이 되었고 구석에 서 있던 동조가 몸을 굳혔다. 그때 다시 사청이 말했다.

"나는 대륙에서 전장을 누비며 장수 목을 벤 것만 20여 개야. 이 거리에서는 단칼에 다 베어죽일 수가 있지."

"……."

"나를 똑바로 보아라."

사청의 말에 원태가 시선을 들어 초점을 맞췄다가 금방 내렸다. 사청의 목소리가 낮지만 굵어졌다.

"너는 신라군 몇을 베었느냐?"

"……."

"전장에 나간 적이 있느냐?"

"……."

"오직 상잠장군 옆에서 관등이 올랐구나."

그러고는 사청이 어깨를 늘어뜨리며 말했다.

"돌아가라. 장군께 나는 승품시키지 않아도 된다고 말씀드려라."

원태가 허청거리는 걸음으로 진막을 나갔을 때 사청이 동조를 보았다.

"말을 끌어와라."

동조의 시선을 받은 사청이 쓴웃음을 지었다.

"연전연승한다니 잘되었다."

"사청은 3품 은솔도 양에 차지 않는 것 같았습니다."

원태가 복신에게 보고했다.

"승품은 필요 없다고 한마디로 자르더니 마음에 들지 않는 놈들은 다 베어죽인다고 했습니다."

"뭐야? 마음에 들지 않는 놈을 베어?"

복신이 이맛살을 찌푸렸다.

"그게 누구란 말이냐?"

"소인한테도 그랬습니다. 제가 시덕에서 덕솔로 승품한 것을 인정할 수 없다고 하더군요."

"이런 괘씸한."

그때 진막 안으로 장수 하나가 서둘러 들어서더니 보고했다.

"장군, 나솔 사청이 하인과 함께 말을 타고 진막을 떠났습니다."

"무엇이?"

"지금쯤 동문을 나갔을 것입니다."

"도망치는 것입니다."

원태가 서두르듯 말했다.

"장군, 군사를 보내 잡아야 합니다."

"네가 가겠느냐?"

불쑥 복신이 묻자 원태가 숨을 들이켰다. 진막 안에는 10여 명의 장수가 모여 있었지만 순식간에 조용해졌다. 나서는 장수가 없다. 복신이 장수들을 둘러보았다.

"사청이 당군(唐軍)한테 가겠는가?"

대답하는 장수는 없다. 복신의 시선이 원태에게로 옮겨졌다.

"사청이 신라군에 가겠느냐?"

원태가 시선을 내리자 복신은 어깨를 늘어뜨리며 말했다.

"사청은 달솔 계백이 아끼던 장수야. 달솔이 백제혼을 살리라고 황산벌에서 내보낸 장수다."

모두 숨을 죽였고 복신의 말이 이어졌다.

"사청은 백제군, 백제 주민의 군신(軍神)이 되어 있다. 그 사청을 잡아 죽이라고?"

복신의 주름진 얼굴이 원태에게로 옮겨졌다. 그러고는 머리를 끄덕였다.

"과연 네가 내 주변에만 있다가 4품등이나 오른 것이 잘못되었다. 사청이 잘 짚었구나."

복신이 머리를 들고 말했다.

"원태는 다시 시덕으로 돌아간다. 그리고 사청도 돌아가게 놔두어라."

"나리, 뒤에 기마군이 옵니다!"

동조가 말했을 때 사청이 말에 박차를 넣었다.

"알고 있다, 따르라!"

두 필의 말이 속력을 내어 내달렸다. 임존성 동문을 나와 4리(2km)쯤 나아간 후다. 오후 신시(4시) 무렵, 곧 두 필의 말은 낮은 언덕 위로 달려올라서 멈춰 섰다. 말 머리를 돌린 사청이 안장에 걸친 활을 빼어 손에 쥐었다. 이쪽을 향해 달려오는 기마군은 6기(騎), 1리(500m) 거리에서 다가오는 중이다.

"나리."

걱정이 된 동조가 손바닥에 침을 뱉으며 말했다.

"저 정도면 해치우지요. 소인이 하나는 맡을 테니 나리께서 먼저 활로 둘을 해치우시면……."

"내가 다섯을 맡으란 말이냐?"

"소인이 하나 이상은 무리올시다."

"나이 40이 넘은 놈이 그 정도밖에 안 된단 말이냐?"

"농장 관리에 하인 다스리느라 손이 무뎌졌소."

동조가 다급하게 말했을 때 멈춰 선 채 기마군을 보던 사청이 쥐고 있던 활을 안장에 다시 걸쳤다.

"저자들은 날 잡으려고 온 것이 아니야."

기마군은 벌써 2백 보 거리로 다가왔지만 속력을 줄이지 않는다. 칼도 쥐지 않았고 장수는 창을 세우고만 있다.

"나솔! 장덕(將德) 상태진이오!"

앞장선 기마인이 소리쳤을 때 사청의 입에서 탄성이 뱉어졌다.

"오, 장덕!"

7품 장덕 상태진은 담로 광릉군에서 사청의 휘하 부장(副將)을 지내다가 헤어졌다. 다가온 상태진이 마상에서 목례를 하더니 가쁜 숨을 고르면서 소리쳤다.

"나솔께서 떠나셨다고 해서 소인도 따라 나왔습니다!"

"나솔! 저희들도 그렇소!"

뒤쪽의 기수 하나가 소리쳤고 나머지도 이어서 인사를 했다. 그중 둘은 휘하에 있던 10품 계덕(季德)이었고 셋은 각각 남방과 동방 소속의 무장이다.

"이렇게 이탈하면 부흥군이 어찌 하나?"

인사를 받은 사청이 낭패한 얼굴로 여섯을 보았다. 여섯 모두 일대의 군사를 거느리는 무장(武將)인 것이다. 그때 상태진이 말했다.

"연전연승을 하는 상황이라 부담 없이 나왔소."

사청의 시선을 받은 상태진의 얼굴에 쓴웃음이 번졌다.

"나솔께서도 그러셨겠지요."

"썩었습니다."

계덕 오금보가 텁석부리 수염을 떨면서 사청을 보았다.

"우리가 누구를 위해 싸우는지 모르겠소!"

소곡성(小谷城)은 임존성에서 150리(75km)쯤 서남쪽에 위치한 산성(山城)으로 지형이 험했지만 규모가 작았다. 군사 5백 정도가 지키도록 만든 성이다. 사청이 이곳을 본진으로 삼은 것은 우측으로 30리(15km) 떨어진 진산(眞山)이 신라와의 국경이었기 때문이다. 진산은 길이가 50여 리나 되는 산맥을 안고 있었는데 그곳이 오래전부터 신라군과의 전장(戰場)이었다. 소곡성에 모인 군사는 250으로 모두 기마군이다. 제각기 출신이 다르지만 나솔 사청을 중심으로 모여든 무사들이다. 임존성에서 사청을 따라 나온 무장(武將) 여섯에 다시 둘이 찾아와 무장은 여덟, 군사는 250여 명, 말이 320필이 되었다. 10월 초, 이미 초겨울이다. 낙엽이 쌓인 성안 마당을 달려온 오금보가 사청에게 보고했다.

"나솔, 신라 왕이 대군을 이끌고 온다는 소문이 났습니다."

"올 때가 되었지."

청에 앉아 화살을 손질하고 있던 사청이 눈을 가늘게 떴다.

"사비성이 포위된 지 두 달째야. 군사는 얼마나 된다던가?"

"8만이라고 합니다."

다가선 오금보가 사청을 보았다. 검은 얼굴이 찌푸려져 있다.

"나솔, 신라 왕이 태자 법민도 데리고 온다는군요."

신라 왕 김춘추는 백제 왕조를 멸망시켰지만 영토는 장악하지 못했다. 사비도성에 들어가 있는 당장(唐將) 유인원이 백제령의 통치자나 같다. 그러나 유인원의 당군(唐軍)과 신라군 2만은 복신과 도침이 이끄는 백제군 4만에 포위된 채 성이 함락 직전에 있는 것이다.

"정찰을 나가겠다."

힐끗 하늘을 올려다본 사청이 활을 쥐고 일어섰다. 오전 사시(10시) 무렵이다.

"진산 골짜기를 넘어 신라 땅까지 들어가 보기로 하지."

오금보가 잠자코 뒤를 따른다. 소곡성에 자리 잡은 지 열흘. 그동안 독자적으로 진산의 무수한 골짜기를 오가며 신라군 첨병, 척후대를 격파했다. 복신의 뒷마당 정리를 해준 셈이다.

"오늘은 3개 조(組)만 간다."

마당으로 나온 사청이 부장(副將) 상태진에게 말했다.

"적진 정찰이니까 나하고 오금보, 마석 셋이면 돼. 군사는 1백여 명."

"진산 넘어서 가시는 겁니까?"

이미 신라 대군이 온다는 것을 아는 터라 상태진이 물었다. 30대 중반의 상태진은 한성 출신이다.

"신라 왕이 온다니 신라군이 이번에야말로 백제령을 점령할 모양이군."

군사가 끌고 온 말 위에 오르면서 사청이 상태진에게 말했다.

"나흘 안에 돌아오겠다."

"나리."

다가온 상태진이 말고삐를 잡고 사청을 올려다보았다. 옆쪽에서는 출동령(令)을 받은 오금보와 마석이 제 부하들을 점검하느라고 소란하다. 사청은 각 무장(武將)에게 기마군 30기씩을 맡겼는데 광릉군에서 단련한 용병술(用兵術)이다. 넓고 평지가 많은 광릉군에서는 기마군을 150기씩 단위 부대를 편성하여 운용했지만 이곳 본국은 산지가 많고 평지가 적으며 험하다. 대장(隊長)이 30기 정도를 이끄는 것이 적당하다고 판단한 것이다.

"살아 돌아오시오."

상태진이 불쑥 말했을 때 사청의 말안장 뒤에 육포 주머니를 매달던 동조가 힐끗 시선을 주었다. 사청이 쓴웃음을 지었다.

"내가 죽을 자리를 찾아다니는 것처럼 보이느냐?"

"나리는 이미 적귀(赤鬼)로 소문이 났소. 이미 귀신이 되신 것이오."

그때 동조가 거들었다.

"장덕께선 걱정하지 않으셔도 됩니다. 나리께선 개죽음을 하실 분이 아니오."

"네 말이 맞다. 내가 개처럼 죽지는 않는다."

사청이 말에 박차를 넣자 상태진이 고삐를 놓았고 동조가 등에 대고 말했다.

"나리, 다녀오시오."

사청이 출진할 때 등에 대고 꼭 이런다.

오금보는 안남군 출신으로 피부가 검고 체격이 크다. 팔이 길어서 손에 장검을 쥐면 남보다 반자는 더 칼끝이 길어진다. 칼이 길다고 잘 싸우는 것은 아니지만 오금보는 기마군의 마상전(戰)에서 패한 적이 없다. 사청과는 광릉군에서 함께 달솔 계백의 휘하에 있었기 때문에 지금은 혈연이나 같다. 상태진, 마석까지 셋이다. 말을 달리면서 오금보가 사청에게 소리쳐 물었다.

"나솔, 주류성에 가시지 않을 겁니까?"

"안 간다."

"그러실 줄 알았습니다."

말을 나란히 달리면서 오금보가 이를 드러내고 웃었다.

"장덕하고도 이야기를 했었소. 장덕도 나솔이 가시지 않을 것이라고 합니다."

상태진, 오금보, 마석 등은 황산벌 싸움 때 멀리 있었기 때문에 계백의 휘하에 들지 못했다. 사비도성 근처에 있었다면 결사대에 합류했을 것이고, 지금 이렇게 말을 달리지 못한다. 사청은 잠자코 말을 달린다. 주류성에 가지 않겠다고 한 것은 승장(僧將) 도침이 사청을 초청했기 때문이다. 승장 도침은 휘하에 승병(僧兵) 2만에 군사 3만을 모아 막강한 전력을 형성했다. 또한 주류성(周留城)의 규모는 복신의 본진인 임존성보다 규모가 2배나 크고 요지다. 도침은 복신과 경쟁하듯 스스로 영군장군(領軍將軍)이라고 칭하고는 수하 장수들에게 제각기 관직을 주었다. 복신과 마찬가지다. 1백여 기의 기마군이 질풍처럼 달리고 있다. 찬바람이 휘몰아오는 초겨울의 황야다. 풀잎은 누렇게 변했고 듬성듬성 서 있는 나무는 잎을 떨군 채 빈 가지만 드러나 있다. 마치 멸망한 제국 대백제의 모습 같다.

진산(眞山) 건너편의 신라군 중군(中軍) 진막 안. 1백 인이 들어갈 수 있도록 만든 진막의 기둥 높이는 20자나 된다. 상석에 앉은 신라 왕 김춘추가 둘러선 장수들에게 물었다.

"사비도성까지 열흘이면 닿지 않겠느냐?"

"예, 닿습니다."

이찬(李滐) 영고가 말했을 때 삼천당 당주이며 대장군 품일이 나섰다.

"먼저 이례성(爾禮城)을 함락시켜야 되니 시일이 더 걸리게 됩니다."

"이례성."

입맛을 다신 김춘추의 시선이 우측 말석에 있는 장수에게로 옮겨졌다.

"이례성을 지키는 백제 장수가 누구냐?"

"예, 좌평 여자진(餘自進)입니다."

"그놈이 남방 방령이었던 놈인가?"

김춘추는 백제 대신들 대부분을 안다. 수십 년간 맞대고 전쟁을 치른 터라 오히려 적장(敵將)의 성품은 아군보다 더 잘 알 때도 있다.

"그놈, 엉덩이가 질긴 놈 아닌가?"

김춘추의 이맛살이 찌푸려졌다. 그때 상영이 말했다.

"대왕, 소신(小臣)에게 일지군만 맡겨주신다면 여자진을 설득해보겠습니다."

"일길찬(一吉湌)에게 군사를 쪼개줄 수는 없다."

차갑게 말을 자른 김춘추가 머리를 돌렸다. 상영(常英)은 백제 좌평(佐平)이었으니 백제의 1등급 대신(大臣)이었다. 그러나 의자왕을 배신하고 신라의 밀정 노릇을 해오다가 결국 백제 멸망에 일조를 했다. 나당연합군이 침공해 왔을 때 좌평 의직은 배를 타고 먼 길에 시달렸던 당군의 다리 힘이 떨어졌을 테니 즉시 공격해야 된다고 의자왕에게 간언했다. 그러나 의자는 신라군부터 쳐야 한다는 상영의 말을 듣고 기다렸던 것이다. 그동안 원기를 차린 당군은 파죽지세로 백제군을 격파했으며 결국 의자왕은 남은 정병 5천을 모아 계백에게 신라군 5만을 막으라고 했던 것이다. 그 상영이 지금 신라의 제7등급 관직인 일길찬이 되어 수모를 당하고 있다. 이미 백제는 망했으니 소용이 없어진 것이다. 김춘추가 머리를 들어 잡찬(迊湌) 유홍을 보았다.

"네가 군사 8천을 끌고 이례성을 함락하라."

"예, 대왕."

유홍이 허리를 꺾어 절을 했다. 3품 잡찬 유홍은 지난 7월에 백제의 의직이 이끄는 정규군을 격파한 용장이다. 김춘추의 시선이 다시 상영에게로 옮겨졌다.

"일길찬, 너는 잡찬의 안내역을 맡으라."

"예, 대왕."

상영이 말석에서 무릎을 꿇었다. 50대 중반의 상영은 스스로 백제 멸망의 일등 공신으로 여기고 있었지만 멸망이 되고 나서 상황이 급변했다. 김춘추는 백제를 배신한 좌평 상영, 충상 등을 벌레처럼 대하고 있다. 백제 1품관 관직인 좌평이었던 상영과 충상을 신라의 7품급 일길찬으로 임명했고 2품관 달솔이었던 자간(自簡)은 10품 대나마가 되었다. 그러나 불만을 나타낼 수는 없다. 그때는 바로 처형당할 것이기 때문이다. 유홍과 상영이 진막을 나갔을 때 태자 김법민이 김춘추를 보았다.

"대왕, 진산(眞山) 주변에서 적귀(赤鬼)가 출몰한다고 들었습니다. 수백 명의 백제 패잔군 무리인데 신라군 보급창을 기습하거나 백제 반역자를 처단한다는 것입니다."

김춘추는 시선만 주었고 김법민이 말을 이었다.

"그 적귀가 지난번 황산벌 싸움에서 살아남은 계백의 호위장이라는 것입니다."

"나도 대장군한테서 들었다."

쓴웃음을 지은 김춘추가 말을 이었다.

"그 적귀가 이끄는 기마군이 천하무적이라고 하더구나. 전시(戰時)에는 그런 소문이 많지."

대장군이란 김유신을 말한다. 신라 왕 김춘추가 대장군이라고 부르는 인물은 김유신이 유일하다. 김춘추 또한 올해 65세, 김유신은 66세다. 수십 년간 함께 난관을 극복했고 김춘추를 왕위에 올려 세운 주역이 바로 김유신이다. 또한 김유신은 김춘추의 매부이기도 하다. 김춘추가 엄격한 표정으로 진막 안의 장수들을 보았다.

"석 달 전에 백제를 멸망시켰지만 그 주역도 당(唐)이었다. 이제 우리가 주역이 되어야만 한다."

당은 주력군을 귀환시켰지만 사비도성에 웅거하면서 백제 영토를 지배하려 한다. 지금도 백제 부흥군에 밀려 포위당한 상황이라지만 곧 도독부를 설치하고 백제령을 통치할 예정인 것이다. 이번에 김춘추가 친히 대군을 거느리고 백제 땅을 밟은 이유도 바로 그것 때문이다. 백제령은 신라가 병합해야만 한다.

진산(眞山) 좌측 끝은 동진강으로 끊겼기 때문에 강을 사이에 두고 백제와 신라가 마주보는 위치가 되었다. 동진강이 국경인 것이다. 그런데 지난여름에 비가 적었기 때문에 강이 말라서 수심이 낮은 곳은 말다리만 적시고 건널 수 있게 되었다. 오후 유시(6시) 무렵, 사청의 기마군은 흰 물보라를 일으키며 동진강을 건넜다. 이제 1백여 명의 기마군은 머리에 붉은 띠를 매었다. 그래서 신라군에 적귀(赤鬼)라는 소문이 난 것이다. 앞장선 장수는 마석, 작달막한 체격이었지만 팔 힘이 강하고 마상(馬上)에서 쏘는 궁술이 뛰어나다. 150보 거리에서는 10발 6중, 1백 보면 10발 8중이다. 26세, 여진 출신, 오금보는 안남군 출신이니 모두 대륙에서 왔다.

"나솔, 앞에 적이오!"

앞쪽을 달리던 마석이 소리쳤다. 강을 막 건넌 참, 앞쪽 산등성이를 돌아 나오는 일대의 기마군이 사청에게도 보였다. 2백여 기, 이곳에서 20리(10km) 정도 떨어진 신라 칠년산성(七年山城)의 수비군일 것이다. 사청이 주위를 둘러보고 나서 소리쳤다.

"좌측으로."

기마군이 일제히 좌측으로 말 머리를 꺾는다. 먼지가 자욱하게 일어났고 어두워지기 시작했지만 적의 눈에도 이쪽이 보였을 것이다. 거리는 2리(1km) 정도.

"나솔! 적에게 발견되었습니다!"

마석이 바짝 붙으면서 말했다.

"따라옵니다!"

"곧 어두워진다!"

사청이 다 들으라는 듯이 따라 소리쳤다.

"힘껏 달려라!"

좌측으로 꺾은 기마군이 물보라를 튀기며 작은 개울을 건너 황야를 달려간다. 뒤를 신라 기마군이 쫓기 시작했다.

"한 식경만 지나면 어둠이 덮일 거다!"

사청이 다시 소리쳤다.

"소령산 밑으로 간다!"

말에 박차를 넣는 사청 옆으로 이번에는 오금보가 다가왔다.

"나솔, 놈들을 잡을 것입니까?"

"피해서 칠년산성까지 가자."

사청이 말했다.

"전력을 소비할 필요는 없어!"

"예. 칠년산성에 잠입하시렵니까?"

"내일 밤."

"그럼 오늘밤에 산성 옆 재석산까지 가는 것이 낫겠소."

칠년산성 뒤쪽의 재석산은 이곳에서 80여 리였으니, 기마군이 두 시진쯤 달려야 될 것이다. 그때 오금보가 혼잣소리처럼 말했다.

"칠년산성이 이제는 신라 약탈자들의 소굴이 되었습니다."

칠년산성 성주 김옥(金玉)은 진골(眞骨) 왕족으로 5품 대아찬(大阿湌), 47세의 장년이며 지금까지 백제전(百濟戰)을 수십 차례 치른 용장이다.

"대왕께서 이제 사비성으로 가셨으니 이제야말로 백제 영토를 신라가 흡수하게 될 것이다."

무성한 수염을 손바닥으로 훑으며 김옥이 말했다. 얼굴이 붉고 장대한 체격이어서 신라군(軍)은 김옥을 관운장이라고도 부른다. 유시 끝(7시) 무렵이어서 청에는 불을 환하게 밝혔고 둘러앉은 장수, 관리들의 얼굴은 이미 술기운으로 흐트러져 있다. 모처럼 주연이 벌어지고 있는 것이다. 김옥의 시선이 기마대장 해천에게로 옮겨졌다.

"일길찬(一吉湌), 오늘 기마 정찰대는 몇 대나 보냈는가?"

"2백 기씩 3대(隊)로 나누어 보냈습니다."

술잔을 내려놓은 해천이 말을 이었다.

"적귀가 출몰하는 지역으로 2대를 보냈고 북쪽으로 1대를 보냈습니다."

"그 적귀가 계백의 호위장 사청이 맞는가?"

확인하듯 김옥이 물었을 때 옆쪽의 보군 당장(堂將) 유석이 대신 대답했다. 유석은 8품 사찬(沙湌)으로 칠년산성에서 10여 년을 지낸 터라 근처 지리에 훤해서 정탐병을 운용한다.

"예, 맞습니다, 성주. 사청을 직접 목격한 기마군도 있습니다."

유석이 말을 이었다.

"사청은 복신과 도침 어느 편에도 속하지 않고 독자적으로 활동합니다. 그러나 놈이 이끌고 있는 기마군은 강병(强兵)입니다."

"그놈이 왜 혼자 떠도는가?"

"복신이나 도침이 제각기 부흥군의 지도자를 자청하고 있으나 사청은 휘하에 들기를 거부하는 것 같습니다."

"그런가?"

"명천에서 포로로 잡힌 백제군한테서 나온 소문인데 계백이 사청에게 백제 무사의 혼을 이어가라고 했답니다."

"망한 나라에 무슨 혼인가?"

쓴웃음을 지은 김옥이 붉은 얼굴로 주위를 둘러보았다.

"죽은 혼만 떠도는 땅은 무덤일 뿐이야. 이 땅의 주인은 이미 신라로 바뀌었다."

"속력을 늦춰라!"

정찰대장 요관이 소리쳤다. 10품 대나마, 37세. 전장(戰場)에 능숙한 요관은 이미 어둠이 덮인 골짜기에서 적을 쫓는다는 것이 얼마나 위험한지를 안다. 2백 기의 기마군은 속력을 줄였다. 잘 훈련된 부대다. 유능한 장수 밑에 약졸도 없다. 장졸이 아무리 강해도 무능한 장수의 지휘를 받는다면 순식간에 오합지졸이 된다.

"대나마, 이쪽으로 간다면 안산성(安山城)으로 가는 길이오!"

부장(副將) 합덕이 다가와서 말했다.

"분대(分隊)로 쪼개어서 뒤를 쫓읍시다."

"맞아."

머리를 끄덕인 요관이 합덕에게 지시했다.

"3개 대로 뒤를 쫓게 하고 만나면 불화살을 쏘라고 해라."

"자시까지만 쫓다가 용호산으로 돌아오라고 하지요."

"그러지."

합덕하고는 손발이 맞는 터라 지시는 일사불란하게 이루어졌다. 곧 1개 분대 20기씩 묶인 3개 부대가 앞쪽 3방면으로 달려갔고 나머지 정찰대 병력은 속보로 전진한다. 수백 년간 산악 지역을 누비며 3국(三國)의 전쟁을 치러온 터라 말 한마디면 통한다.

"사방을 경계하라!"

요관이 지시하자 부대는 일제히 3각 대형으로 벌려서며 어둠 속을 진군했다.

1백 기의 기마군이 산비탈에서 조금 올라간 나무숲에 파묻혀 있다. 잘 훈련된 말이어서 콧바람도 불지 않는다. 고삐를 쥔 채 말에서 내린 기마군은 백제군이다. 그러나 백제 왕조가 멸망하고 도성에 점령군이 들어가 있으니 패잔군이라고 불러야 맞을 것이다. 그때 기마군의 말굽소리가 들렸다. 이미 주위는 짙은 어둠이 덮여 앞쪽 황야의 사물을 분간할 수 없다.

"본대(本隊)입니다."

오금보가 사청에게 말했다.

"분대를 쪼개 보내놓고 뒤를 따르고 있습니다."

거리는 1리(500m)쯤 떨어져 있었고 동쪽으로 나아가는 중이다. 사청은 정찰대를 따돌리려고 산에 올라와 기다리고 있었던 것이다.

"우리가 영토 안쪽으로 깊숙이 들어가는 줄 아는 것 같다."

말굽 소리에 귀를 기울이던 사청이 말했다. 그동안 신라 기마 정찰군을 수없이 겪은 터라 행동반경과 절차를 알고 있는 것이다. 칠년산성은 대성(大城)으로 상비군이 7천여 명, 그중 기마군이 3천여 기인데 항상 2백 기 단위의 정찰대를 2대나 3대씩 내보내고 있다. 이윽고 말굽 소리가 멀어지자 사청이 말에 오르며 말했다.

"자, 재석산으로. 속보다."

마석이 잠자코 부하들을 이끌고 앞장을 섰고 오금보는 후위를 맡는다. 각각 30기씩을 거느렸으므로 3개 대(隊)로 나뉘었다. 사청이 황산벌에서부터 타고 온 애마의 목덜미를 손바닥으로 가볍게 두드리며 박차를 넣었다.

"너는 내가 적귀(赤鬼)로 돌아다니는 이유를 알겠구나."

대백제(大百濟)는 멸망했다. 의자왕과 태자 부여융 등 왕가(王家)는 이미 모두 당에 포로로 끌려갔으며 대백제를 지탱하던 조직과 관리, 장수들은 모두 죽거나 포로가 되었거나 사라졌다. 부흥 운동은 대백제를 다시 일으킨다는 명목이지만 사청에게는 감동을 주지 못했다. 계백이 명천(冥川)에서 자신을 돌려보낸 것은 부흥 운동에 참여하라는 것이 아니었다. 대백제는 황산벌 싸움을 끝으로 사라졌다고 봐야 한다. 곧 왜국의 백제방에서 왕자 부여풍이 온다고 했지만 이미 해는 졌다. 성충, 의직, 흥수, 계백 등 대신, 장수 대부분이 사라졌다. 그렇다면 새로운 태양이 솟아나는 땅, 새로운 백제혼, 백제 무사가 일어나는 땅이 되어야 한다. 복신과 도침이 백제혼을 일으킬 수는 없다. 계백과 고락을 함께하며 전장을 누빈 지는 1년 반밖에 되지 않았지만 사청에게 계백은 군신(軍神)이었다. 계백은 충의(忠義)를 일깨워준 사부(師父)였으며 생사(生死)의 시범을 보여준 백제 무사의 표본이었다. 그렇다. 사청이 어금니를 물고는 앞쪽의 어둠을 노려보았다. 내 머리 위에는 계백의 혼이 떠 있다. 계백이 지켜보고 있는 것이다. 나는 계백의 가슴으로 복신을, 도침을 보았다. 그리고 나는 계백의 자세로 앞을 뚫고 나가리라. 나는 계백의 화신이다. 나는 백제 무사다.

"호리, 신라 왕이 사비성을 취하면 백제 부흥군은 더 이상 일어나지 못한다."

가네다가 벽에 등을 붙이고 앉아 말했다.

"복신과 도침이 서로 경쟁하다가 망하겠지."

"곧 풍 왕자가 올 텐데."

호리가 긴 얼굴을 들고 가네다를 보았다.

"풍 왕자가 복신을 지배할 수 있을까?"

"천만의 말씀."

쓴웃음을 지은 가네다가 머리를 저었다.

"부여복신은 의자왕한테 배척당해 60세까지 5품 한솔(扞率)밖에 안 된 영감이야. 모처럼 기회를 잡았는데 풍 왕자한테 백제 왕 자리를 줄 것 같으냐?"

"풍 왕자를 내세우고 전권을 잡겠군."

"더구나 복신은 의자왕의 사촌이고 풍 왕자의 숙부야. 백제의 복신왕을 꿈꾸고 있어."

"이제 신라까지 정탐했으니 돌아가자."

호리가 말하자 가네다가 머리를 끄덕였다.

“신라 땅 깊숙이 들어갈 필요는 없지. 백제 남방(南方)으로 내려가 배를 타도록 하자.”

둘은 왜국 야마토 조정에서 보낸 밀정이다. 백제어에 능통한 둘은 무장(武將)급 밀정으로 고토쿠(孝德) 천황의 측근인 시종장 다카야마가 정세를 살피려고 파견한 것이다. 밤 해시(10시)가 되어 있었지만 주막은 소란하다. 이곳은 칠년산성 동문 근처의 주막집 아래채 방안이다. 둘은 행상 행세를 하고 있었는데 주막에는 신라에서 몰려온 군상들로 가득 차 있다. 멸망한 백제 땅에서 한밑천 건어가려는 것이다. 이들은 거침없이 약탈자로 돌변했는데 신라군의 비호까지 받는 터라 살인, 방화도 서슴지 않는다. 어린아이, 여자를 잡아가 종으로 팔았고 신라군이 잡아서 넘길 때도 있다. 옆방에서 여자 우는 소리가 들렸으므로 둘은 서로의 얼굴을 보았다. 여자를 끌고 와 능욕하고 있다. 곧 여자의 신음과 사내들의 깰깰대는 웃음소리가 이어졌다.

“여기서 머물다가 대왕께서 사비성 주위의 백제군을 깨뜨리고 나면 우리 세상이야.”

여자 비명 사이에 사내 하나의 목소리가 들렸다.

“그땐 마음 놓고 계집들을 주워올 수 있을 거야.”

옆채에 묵는 사내들은 7~8명 가량 되었는데 이미 백제 여자 다섯과 아이 셋을 잡아 짐승처럼 방 한 칸에 몰아넣고 있다. 백제 땅에 들어가 주민을 잡아온 것이다. 이제 국경이 없어진 터라 백제령이었던 곳에 들어갔다가 나왔다고 해야 맞다. 그러나 아직 백제 저항군이 출몰했고 특히 적귀(赤鬼)가 이끄는 백제 기마군한테 잡히면 처참한 꼴을 당한다. 열흘쯤 전에 백제령에서 약탈을 하던 신라 무뢰배 일당 10여 명은 적귀에게 잡혀 끔찍한 꼴을 당했다. 모두 창자를 끄집어내어서 서로 묶고 끌고 갔던 것이다. 결국 모두 창자를 쏟은 채 황야에서 죽었는데 그것을 본 군사들도 오한이 일어났다고 했다.

"하긴 당군과 신라군이 백제인 씨를 말린다고 했으니까."

호리가 목소리를 낮추고 말했다. 다시 여자의 비명 소리가 들렸다. 남자가 바뀐 모양이었다. 윤간을 하는 것이다. 혀를 찬 호리가 말을 이었다.

"저 소리가 듣기 싫어서 빨리 떠나야겠군."

칠년산성에 머문 지 나흘째다. 이틀 전 백제령에서 약탈을 마치고 돌아온 신라 무뢰배들은 신라 왕 김춘추가 사비성을 포위한 복신, 도침이 저항군을 격파할 때까지 기다릴 모양이었다. 그때 가네다가 말했다.

"며칠만 더 머물다가 떠나기로 하지."

부흥군과의 전쟁이 시작될 것이기 때문이다.

칠년산성은 교통의 요지여서 물산이 많이 모인다. 상인과 여행자가 많이 거치는 터라 객주가 많다. 주둔병도 7천이나 되었지만 성안 주민은 2만여 명. 백제가 멸망한 후에는 물산 유통이 더욱 왕성해졌고 여행자가 몇 배로 늘어났다. 그러나 여행자 대부분이 상인 행색이었으나, 백제 땅에서 한몫을 쥐려는 불한당들이 대부분이다. 그것을 신라군(軍)은 노골적으로 장려했는데 신라 백성들에게 백제는 점령지라는 실감을 느끼도록 한 것이다. 또한 3년 동안 가뭄이 든 데다 전쟁으로 피폐해진 신라 민심을 달래려는 배려다. 해시(오후 10시) 무렵, 재석산. 1백 기의 기마군이 말은 산중턱에 매어놓고 갑옷과 장식까지 떼어 말 등에 걸쳐놓았다. 날렵한 차림이다. 다만 머리에 붉은 띠를 매어서 적귀(赤鬼)임을 보였다. 재석산에서 칠년산성까지는 1리(500m)밖에 되지 않는다. 사청이 앞에 둘러선 오금보와 마석, 그리고 적귀군(赤鬼軍)에게 말했다.

"이곳이 신라 상인 행세를 하는 강도단의 소굴이다. 객주를 기습해서 강도단 놈들을 다 죽여라."

어둠 속에서 1백 쌍의 흰자위가 번들거리고 있다. 이젠 기습과 살육에 이골이 난 군사들이다. 진퇴가 일사불란했고 모두 수십 번 접전을 겪은 노련한 정병들인 데다 사기와 적의(敵意)가 충천했다. 사청이 주위를 둘러보며 잇새로 말했다.

"대백제는 망했지만 백제 무사는 죽지 않았다. 가자!"

"그년. 육덕이 좋구나."

남문 수문장 김구남이 눈을 가늘게 뜨고 웃었다. 이미 술기운이 뻗친 터라 말끝이 흐렸고 얼굴은 붉게 상기되었다. 손을 뻗어 여자의 치마를 들쳐 올린 김구남이 킁킁대며 치마 속 냄새를 맡는 시늉을 했다.

"왓하하하!"

서문 수문장 채경이 소리 내어 웃더니 제 옆의 여자 젖가슴을 마구 주물렀다.

"이봐, 내일은 객주에 있는 놈들이 주는 년들은 놔두고 우리가 직접 골라보세."

치마를 내려놓은 김구남이 채경에게 말했다.

"그놈들이 상등품은 숨겨두고 질이 떨어지는 년들을 우리한테 상납한 것 같아."

"그렇군."

채경이 이제는 여자 치마 속에 손을 넣고 말했다. 남문 뒤쪽의 수문장 대기소 안이다. 앞에 놓인 술상은 흐트러졌고 비워진 술병이 뒹굴고 있다. 둘 다 30대 후반으로 백제와의 전쟁에 여러 번 출전했고 지난 여름의 황산벌 싸움에서는 품일 휘하의 보군 교두를 맡았다. 각각 보군 50여 명을 거느린 장교였지만 백제군의 돌격에 혼비백산해서 황산벌에서의 전과(戰果)는 없다. 그때 음심(淫心)을 참지 못한 채경이 여자의 겨드랑이에 팔을 넣고 자리에서 일어섰다.

"이보게, 나 옆방으로 가겠네."

"벌써?"

김구남이 붉은 입안을 드러내고 웃었다. 두 여자는 벙어리인 것처럼 입을 꾹 다물고 눈동자가 흐리다. 체념한 것이다. 백제 땅에서 신라 무뢰배들이 잡아온 여자들이다. 무뢰배들은 여자들을 빈 민가나 객주에 짐승처럼 가둬놓고 있다가 성의 군관들에게 상납을 한 것이다. 채경이 여자를 번쩍 들고 발을 떼었을 때다.

"와장창!"

방문이 부서지면서 사내들이 뛰어들었다.

"아앗!"

놀란 외침은 앉아 있던 김구남이 뱉었다. 그때 앞장선 사내가 치켜든 칼로 먼저 채경의 어깨에서 반대쪽 옆구리까지를 비스듬히 갈랐다.

"악!"

채경이 단말마의 비명을 지르면서 구겨지듯 쓰러졌다.

"아앗!"

김구남이 서둘러 일어섰지만 이미 늦었다. 껑충 뛰어오른 다른 사내가 후려친 칼이 머리통 한쪽을 무 베듯이 떼어내었다. 소리도 지르지 못한 김구남이 분수처럼 피를 뿜으며 엎어졌을 때 사내 하나가 소리치듯 여자에게 묻는다.

"백제녀인가?"

"그렇습니다!"

여자 둘이 동시에 대답했을 때 사내가 몸을 돌리며 소리쳤다.

"우리는 적귀대(赤鬼隊)다! 남문으로 빠져 나가라!"

3개 대(隊)로 나뉜 적귀대는 남문을 중심으로 3방으로 뻗쳐 나가면서 객주, 여관을 뒤져 상인 행색의 신라인 약탈자들을 살육했으며 꼭 불을 질렀다. 곧 칠년산성은 화광에 휩싸였는데 성안의 전군(全軍)이 동원되었지만 어디를 막고 어디를 쳐야할지를 몰라 갈팡질팡했다. 성이 큰데다 적귀대는 한줌밖에 안 되는 것이다. 불이 옮겨 붙으면서 주민들이 뛰쳐나와 소동을 일으키는 것이 활동에 더 도움이 되었다. 신라군은 더 방해가 된다.

"적귀다!"

이곳저곳에서 비명과 외침이 일어나면서 주민들은 대혼란에 빠졌다.

"길을 막지 마라!"

출동한 군사들이 주민들을 진정시키려고 애를 썼지만 겁에 질린 주민들은 짐승 무리처럼 몰려다녔다.

"적귀다!"

칼을 쥔 마석이 소리쳤다. 뒤를 부하들이 따랐는데 모두 민간인 차림이어서 주민들과 구분이 안 된다. 다만 칼을 숨기듯 쥐었고 몇 명은 횃불을 들었다. 이미 머리에 맨 붉은 띠는 벗은 것이다. 앞쪽에 신라군 장수 한 명이 10여 명의 군사를 데리고 나와 주민들을 안돈시키고 있다. 주민들과 함께 그쪽으로 다가간 마석이 갑자기 달려들자 장수가 허리를 폈지만 이미 늦었다.

"으악!"

뒤에 감추고 간 칼로 가슴을 찌르자 장수가 밤하늘이 떠나갈 것 같은 신음을 뱉는다. 그 순간 마석의 부하들이 신라군을 도륙하기 시작했다. 그것을 본 주민들이 아우성을 지르면서 흩어졌다. 순식간에 신라군 10여 명을 전멸시킨 마석이 방향을 틀어 밤길을 달리면서 소리쳤다.

"적귀가 쳐들어왔다!"

"적귀가 성주를 죽였다!"

뒤를 따르던 군사들이 주민 시늉을 하며 따라 소리친다. 공포감을 조장하는 것이다. 깊은 밤, 화광이 밤하늘에 붉게 번져가고 있다. 거리를 메우며 혼란에 빠진 주민들의 아우성은 더 높아졌고 불길과 함께 살육은 더 심해졌다. 이제 적귀대는 그야말로 피에 젖은 귀신이 되어서 객사마다 다 뒤지고 죽인다.

적귀대가 덮쳤을 때 호리와 가네다는 이미 지붕 위에 몸을 피한 후다. 이들이 묵은 주막은 길 안쪽에 있었기 때문에 적귀대가 조금 늦게 들어온 것이다.

"으아악!"

객주의 앞뒷문을 막고 들어온 적귀대는 여섯. 살육을 시작했는데 호리와 가네다는 그동안 수없는 전투를 겪은 무사였지만 숨을 죽였다. 그들은 눈에 띄는 사내는 다 죽였는데 특히 투숙객은 가차 없이 처단했다. 살려달라고 무릎을 꿇어도 머리통을 베었고 반항하면 아예 토막을 내었다. 그리고 잡혀 있던 여자, 아이들은 풀어 주면서 일렀다.

"남문으로!"

객주 주인도 마당에서 처단되었고 주인 여자, 하인들도 마찬가지다.

"지독하군."

가네다가 숨을 들이켜며 말했다.

"살육에 이골이 난 놈들이다."

"칼질이 능란하다."

호리는 감탄했다.

"특히 저 지휘자, 팔이 긴 데다 빈틈이 없구나."

기와지붕의 용골 밑에 납작 엎드린 둘이 아래쪽 마당을 주시했다. 이제 앞쪽 거리는 수라장이 되어 있다. 비명이 밤하늘에 울렸고 아우성이 일어났다. 불을 지른 앞쪽 객사가 불길을 내뿜고 있다. 객사에서 빠져 나간 것은 백제인 포로들뿐이다. 투숙객과 객사 주인, 하인들까지 50여 명이 다 죽었다. 마당은 이제 시체로 뒤덮여 있다. 방안을 수색한 적귀대가 뛰어 나왔을 때 대장이 말했다.

"가자!"

일사불란한 움직임이다 객사 하나를 무덤으로 만드는데 차 반잔 마실 시간밖에 걸리지 않았다. 몸을 돌린 대장이 발을 두 걸음 떼더니 머리를 돌렸으므로 호리와 가네다는 숨을 들이켰다.

"저기 두 놈."

대장이 지붕 위의 가네다와 호리를 가리켰다.

"저놈들을 잡아라!"

그때 호리가 소리쳤다.

"우린 신라인이 아니오!"

가네다가 따라서 소리쳤다.

"왜국에서 왔소! 야마토 조정에서 보낸 밀사올시다!"

어둠 속에 둘의 목소리가 울렸다.

"성문을 다 닫았느냐?"

발을 구르며 성주 김옥이 물었으나 앞에 선 10여 명의 장수, 관리 중 대답하는 사람이 없다. 이곳은 내성의 성벽 위다.

"이런."

눈을 치켜뜬 김옥의 시선이 다시 앞쪽으로 옮겨졌다. 이제 성안은 화광이 충천했다. 동문과 북문 근처는 불길에 덮여서 검은 하늘까지 붉게 물들었다. 주민들의 아우성이 2리(1km)쯤 떨어진 이곳 내성까지 들린다. 그때 옆으로 장수 하나가 뛰어왔다.

"나리! 양곡 창고가 불에 타고 있습니다!"

"무엇이!"

김옥의 얼굴이 누렇게 굳어졌다. 군량이 타고 있다는 것이다.

"오늘 수비장이 누구냐!"

버럭 소리쳤더니 장수의 시선이 비껴갔다.

"예, 급벌찬 양척이었는데 칼에 맞아 죽었습니다."

"성문을 닫아라! 닫고 적을 잡아라! 놈들은 얼마 되지 않는다!"

발을 구르며 김옥이 소리친 순간이다.

"억!"

김옥이 가슴을 움켜쥐고 신음을 뱉었다.

"아앗!"

주위에 둘러선 장수 관리들의 입에서 경악에 찬 외침이 울렸다. 보라, 김옥의 가슴에 화살이 꽂혀 있는 것이다.

"으으으."

화살을 움켜쥔 김옥의 얼굴이 일그러졌다.

"성주!"

외치며 다가온 장수가 김옥의 어깨를 부둥켜안았을 때다.

"윽!"

뒷목에 화살이 박힌 장수가 그대로 성벽 위로 엎어지더니 20자(6m)나 되는 성벽 아래로 떨어졌다.

"아앗!"

이제는 성벽 위에 선 모든 장수, 관리들이 엎드렸다.

"잡아라!"

누군가 소리쳤지만 주위의 군사들은 허둥지둥할 뿐이다. 외성 어디에서 화살이 날아왔는지 알 수가 없기 때문이다. 외성 바깥쪽은 화광이 충천했고 아우성이 더 높아졌다. 이곳은 내성 근처여서 당황한 주민들만 집밖으로 나와 있을 뿐 아직 소란은 일어나지 않았다.

"성주!"

장수 하나가 김옥의 가슴을 흔들더니 숨을 들이켰다. 심장에 화살이 깊게 박힌 성주 대아찬 김옥은 이미 숨이 끊어져 있었기 때문이다. 그때 앞쪽 외성 어둠 속에서 외침이 일어났다.

"성주가 죽었다!"

"성주가 화살에 맞아 죽었다!"

"불화살을 올려라!"

사청이 지시하자 옆에 선 군사가 곧 화살 끝에 매단 기름 뭉치에 불을 댕기더니 밤하늘에 대고 쏘았다. 불덩이가 밤하늘로 솟아올라 포물선을 그으며 떨어진다. 사청이 소리쳤다.

"가자!"

그 순간 주위에 둘러선 적귀대가 소리 없이 달려가기 시작했다. 사청이 1백 보 거리까지 다가가 김옥을 쏘았다. 신라군을 혼란에 빠뜨리려고 미리 성주가 죽었다고 외치게 했지만 실제로 내성 성벽 위에 나와 있는 김옥을 쏘아 죽인 것이다. 우연이다.

"너희들의 신분을 밝혀라."

재석산 중턱. 칠년산성의 화염으로 사물 윤곽이 선명하게 드러났다. 사청이 앞에 선 두 사내에게 묻는다. 주위에 둘러선 적귀대는 아직 흥분이 가시지 않았다. 떠들썩했다가 사청의 목소리가 울리자 순식간에 조용해졌다.

"예, 제 이름은 호리 마사요시."

두 손을 모은 긴 얼굴의 사내가 먼저 인사를 했다.

"저는 가네다 지로라고 합니다."

옆쪽 사내가 따라 인사를 한다. 유창한 백제어. 백제어는 신라, 고구려어(語)이기도 하며 왜국인 절반 이상의 언어인 것이다. 그때 호리가 다시 말을 이었다.

"저희는 고토쿠(孝德) 천황의 시종장인 다카야마 공(公)의 측근 무사로서 이번 백·신(百·新) 전쟁의 상황을 알아보라는 명을 받고 파견되었습니다."

"그 증거는?"

사청의 시선을 받은 호리가 가네다를 보았다. 그러자 가네다가 가슴에서 가죽 주머니를 꺼내 내밀었다. 사청이 주머니 끈을 풀고 안에 든 물건을 꺼내었다. 둥글고 납작한 흰 옥(玉)에 붉은색 글씨가 파여 있다, 대화(大化). 고토쿠 천황이 즉위하고 만든 연호다. 조정의 증물인 셈이다. 머리를 든 사청이 옥을 옆에 선 오금보에게 넘겨주고 물었다.

"야마토 조정의 연호는 맞다. 본 적이 있나?"

"제가 왜국의 백제방에 간 적은 없습니다."

오금보가 옥을 들여다보고 나서 다시 옆에 선 마석에게 주었다. 백제와 왜국은 왕실 교류가 잦았던 것이다. 마석이 옥을 보더니 사청에게 말했다.

"야마토에서 보낸 놈들이 맞는 것 같습니다. 이 옥패를 본 적이 있습니다."

사청이 호리와 가네다를 보았다.

"너희들을 돌려보낼 수 없다. 당분간 내가 억류시키겠다."

말에 오른 사청이 지시했다.

"이자들을 말에 태워라."

칠년산성의 화염은 아직도 줄어들지 않았다. 새벽 축시(2시)가 되어가고 있다. 적귀대는 셋이 죽었고 셋이 부상을 당한 피해를 입었으니, 전과에 비하면 희생이 적은 편이다. 곧 1백 기의 기마대는 산을 내려가기 시작했다. 소곡성으로 돌아가는 것이다.

"무엇이? 칠년산성이?"

놀란 김춘추가 눈을 부릅떴다. 백제령 깊숙이 들어온 건곤산 중턱의 본진에서 김춘추가 전령의 보고를 받고 있다. 앞에 엎드린 전령이 머리를 들었다.

"전하, 성은 함락되지 않았습니다. 그러나 대아찬 김옥이 살을 맞아

피살되었고 군량 창고와 내성의 가옥 절반이 소실되었습니다."

"누구 소행이냐?"

김춘추가 갈라진 목소리로 물었다.

"예. 적귀대가 기습을 해왔다고 합니다. 변복을 하고 성을 넘어와 곳곳에 불을 지르고 살육을 하는 바람에 성안 주민의 절반이 집을……."

"입을 다물어라!"

버럭 소리친 김춘추가 이찬 영고와 품일을 보았다.

"아직 이례성도 함락시키지 못했는데 배후에서 적귀대가 날뛰면 군심(軍心)이 흔들린다. 누가 가겠느냐?"

"소장이 가지요."

영고가 바로 나섰다. 55세의 영고는 역전의 용장이다. 가야성주 시절 백제 의자왕에게 성을 빼앗기고 처자가 살해된 터라 백제인 모두를 원수로 본다. 김춘추가 머리를 끄덕였다.

"그래, 네가 적임이다."

"적귀대 수괴가 계백의 수하 사청이라니 잘 되었습니다."

"씨를 말려라."

"기마군 3천만 주십시오."

"중군에서 뽑아줄 테니 오늘 중에 떠나라."

후려치듯이 지시를 내린 김춘추의 서슬이 푸르다.

그 시각에 사비도성을 포위하고 있던 복신과 도침의 부흥군 연합은 이례성에서 달려온 사자를 맞고 있다. 사자는 은솔 사마동. 진막 안에는 복신과 도침이 나란히 앉아 있었는데 둘 다 황금 갑옷에 띠를 둘렀다. 전(前)에는 왕(王)이 입던 차림이다.

"좌평께선 지원군 5천이 필요하다고 하셨습니다. 북문 쪽으로 진입해 오실 수가 있습니다."

사마동이 먼지와 땀으로 범벅이 된 얼굴로 둘을 번갈아 보았다.

"오늘 군사를 보내주시면 충분히 막을 수가 있다고 하셨습니다."

"사비성은 사흘이면 함락된다."

복신이 말하자 도침이 거들었다.

"사비성을 함락시키는 것이 우선이야. 지금 병력을 쪼갰다가 양쪽 다 일이 안 될 수가 있어."

"닷새만 기다려."

다시 복신이 말했다.

"그럼 지원군 1만을 보내줄 테니까."

복신과 도침의 병력은 4만 6천이다. 그때 사마동이 일그러진 얼굴로 말했다.

"장군, 20일 동안 포위한 채 성문 하나 깨뜨리지 못했으면서 어떻게 사흘 안에 성을 깨뜨린단 말입니까? 이제 이례성을 잃으면 부흥군은 앞뒤에서 신라군을 맞을 것이오."

"이 고얀 놈 같으니 네가 감히 나에게 트집을 잡느냐!"

복신이 버럭 소리쳤고 항상 의견 충돌이 있었던 도침도 오늘따라 거들었다.

"양쪽 다 취할 수는 없다. 우리는 사비성에 전력투구한다."

"이럴 바에는 차라리 나솔 사청의 적귀대에 지원을 요청할 걸 그랬소!"

사마동이 이제는 두 눈을 부릅뜨고 소리쳤다.

"우리 좌평께서 당신들 휘하에 들지 않는 것이 고깝기 때문이 아니요?"

"무엇! 이 개 같은 놈!"

복신이 발을 구르며 일어났다.

"이놈! 목이 잘리고 싶으냐!"

"한솔! 언제부터 당신이 황금 갑옷을 입은 왕이 되었단 말인가!"

마침내 참지 못한 사마동이 이성을 잃었다. 눈을 부릅뜬 사마동이 도침을 보았다.

"이보시오, 중. 누가 당신에게 백제 후사를 맡겼소?"

"이놈을 죽여라!"

마침내 복신이 자리를 차고 일어나 외쳤다. 위사들이 달려들자 도침도 따라 소리쳤다.

"당장에 쳐 죽여라!"

그 순간 칼 빛이 번쩍였고 피가 튀었다. 이례성을 사수하던 좌평 여자진의 사자 은솔 사마동은 그렇게 복신과 도침의 진막 안에서 참살되었다.

소곡성을 떠난 적귀대가 도착한 곳은 진산(眞山) 산맥 중심부에 위치한 골짜기 안이다. 기마군 250여 명, 말 4백여 필의 소부대여서 이동도 빠르지만 거처도 반나절이면 옮길 수 있는 것이다. 이곳은 소곡성에서 70여 리(35km) 떨어진 무인지대인 데다 밤에 이동했기 때문에 거처를 탐지당할 염려가 없다. 김춘추가 보낸 소탕군이 다가오자 재빠르게 성을 비우고 떠난 것이다. 이찬 영고가 이끈 3천 기마군은 소곡성이 적귀대의 소굴인 것을 탐지한 후에 달려가겠지만 허탕을 치게 될 것이다. 적귀대는 영고가 밀정을 풀어서 탐지할 때부터 알아차리고 있었던 것이다. 사청은 사방 1백 리까지 밀정을 풀어 놓았기 때문에 정보가 더 빠르다. 저택 대신 골짜기의 동굴을 처소로 삼은 사청이 이동을 마치고 늦은 아침을 먹는다. 주먹밥과 마른 말고기, 더운 물이 앞에 놓여 있는데, 동굴 안에는 상태진, 오금보, 마석 등 장수들과 포로로 이곳까지 옮겨온 왜인 호리와 가네다도 끼었다. 밥을 삼킨 사청이 호리와 가네다를 보았다.

"천황이 백제를 도울 것 같은가?"

"나카노오에 황태자께서 백제방을 적극 지원하고 계시지 않습니까?"

가네다가 단정하게 앉아 사청을 보았다. 둘 다 30대 초반으로 사청에게 깍듯이 예의를 차리고 있다.

"부여풍 왕자 전하하고도 친분이 각별하십니다."

사청이 머리를 끄덕였다. 나카노오에 황태자는 야마토 조정의 실권자다. 지금부터 15년 전에 고교쿠(皇極) 천황 앞에서 당대의 실권자 소가 이루카를 참살한 장본인이 당시에도 황태자였던 나카노오에였던 것이다. 나카노오에는 올해 47세. 30년 전 왜국의 백제방으로 떠난 부여풍 왕자와 비슷한 나이일 것이다.

"왜국은 어떤가?"

다시 사청이 묻자 이번에는 호리가 대답했다.

"백제는 왜국의 모국(母國)이나 같습니다. 백제를 통하여 황가(皇家)를 이었으며 문물(文物)을 받아들였습니다. 그러다 갑자기 백제가 멸망하게 되자 야마토 조정은 혼란 상태가 되었습니다."

사청은 물론 오금보, 상태진도 머리를 끄덕였다. 그렇다. 현(現) 고토쿠(孝德) 천황의 선왕(先王)이었던 고교쿠(皇極) 천황은 여왕(女王)으로 의자왕의 동생이며 무왕(武王)의 딸인 것이다. 호리가 사청을 보았다. 두 눈이 번들거리고 있다.

"황산벌 싸움이 야마토 조정에 알려지고 나서 달솔 계백을 군신(軍神)으로 추앙하기 시작했습니다. 나솔께서 살아남으신 것도 조정에서는 다 압니다."

"나는 이름을 올릴 가치가 없는 위인이다."

"시종장은 나카노오에 황태자 전하의 지시를 받고 저희들을 보내신 것입니다."

가네다가 다시 말을 이었는데 역시 정색하고 있다.

"풍 왕자 전하를 지원하시려고 대군(大軍)을 보내실 것 같습니다."

두 쌍의 시선을 받은 사청은 외면했다. 이곳은 왜국의 대군(大軍)을 받아들일 준비가 되어 있는가?

밀정의 보고를 받은 좌평 여자진(餘自進)의 얼굴이 붉게 상기되었다가 곧 누렇게 굳어졌다. 병이 들어 무진성에 은거하던 중에 전란을 맞았다. 관직을 내놓은 터라 남방에서 의용군을 모았지만 대백제는 눈사태가 난 것처럼 멸망했다. 이제 5천여 명의 병사로 신라군 정병 8천을 맞게 되었다.

"이놈들 복신, 도침. 너희들의 욕심을 알았다."

머리를 든 여자진이 어깨를 늘어뜨리면서 말했다.

"백제는 이렇게 망했던 것이야."

"좌평."

덕솔 윤고가 한 걸음 다가섰다.

"유홍의 8천 군 뒤로 김춘추의 7만 대군이 나흘 거리로 다가옵니다.

우리가 복신, 도침의 뒤를 받쳐줄 필요가 없습니다."

"물러나십시다."

옆쪽의 나솔 양기종이 거들었다.

"이 싸움은 백제 부흥전(戰)입니다. 복신과 도침을 위한 싸움이 아닙니다."

그때 여자진이 입을 열었다.

"그대들은 떠나라."

"좌평."

양기종과 윤고가 바짝 다가섰고 둘러선 장수들이 웅성거렸다. 여자진의 얼굴에 쓴웃음이 번졌다.

"황산벌 전투가 끝났다는 말을 들었을 때 자결을 하는 건데 때를 놓쳤다."

"좌평, 곧 풍 왕자가 오신다고 했지 않습니까?"

윤고가 소리치듯 말했을 때 여자진이 머리를 저었다.

"물정을 모르는 풍 왕자는 도움이 안 된다. 갑자기 백제민(百濟民)의 신망을 얻을 수는 없다."

"좌평, 어찌 하시려고 남는다는 것이오?"

"나는 이미 늙고 병이 들었다. 여기서 혼자 남아 신라군 앞에서 죽어 보이겠다."

"좌평!"

그때 청 안으로 장수 하나가 서둘러 들어섰다. 그러고는 소리치듯 보고한다.

"좌평! 적귀대장 나솔 사청이 보낸 전령이 왔소이다!"

모두 숨을 죽였고 여자진도 눈을 크게 떴다.

3장 백제의 혼(魂)

사청의 전령은 계덕(季德) 마석이다. 10품 관등, 이미 백제는 멸망했지만 살아남은 무장은 죽을 때까지 그 관등을 품에 안고 간다.

"계덕 마석이 좌평을 뵙소!"

청으로 들어선 마석이 소리쳐 말했으므로 모여선 장수들이 숨을 죽였다. 그중에 마석과 안면이 있는 장수들도 서넛이나 되었다. 제각기 얼굴을 일그러뜨리며 웃는다.

"오, 계덕."

여자진이 주름진 얼굴을 들고 마석을 보았다.

"그대가 나솔 사청의 전령인가?"

"그렇습니다."

다가선 마석이 허리를 굽혀 절을 하고는 똑바로 여자진을 보았다.

"적귀대장 사청의 전갈입니다."

"내가 나솔의 용명(勇名)은 들었다."

눈을 가늘게 뜬 여자진이 마석을 본다.

"2백여 기의 기마군으로 종횡무진하고 있다는데 왜 부흥군 주력에 합류하지 않는가?"

전령의 말을 듣기도 전에 이쪽에서 먼저 추궁하듯 묻는 셈이다. 그러나 여진 출신의 장수 마석이 여자진의 시선을 받은 채 빙그레 웃었다.

"왜 웃느냐?"

"그놈들은 부흥군이 아니올시다. 그저 왕 노릇 한번 해보겠다고 나선 소인배들이오."

여자진이 숨을 들이켰고 마석의 목소리가 청을 울렸다.

"우리들은 나솔과 함께 부여복신의 휘하에서 이탈했습니다. 부여복신이나 중 도침은 지금 함께 있지만 곧 권력 투쟁으로 갈라설 것이고 다시 대백제 멸망 직전의 상황이 되어서 부흥군의 목숨만 희생될 것이오."

"나솔 사청의 전언을 듣자."

"유홍이 이끄는 신라군 8천이 이틀 후에는 이곳에 닿습니다. 그리고 그 사흘 후에 김춘추의 7만 대군이 올 것입니다."

마석이 똑바로 여자진을 보았다.

"좌평, 나솔께선 이례성을 버리고 칠년산성을 치는 것이 낫다고 하셨습니다. 지금 이곳에서 칠년산성까지의 통로는 비었습니다."

"칠년산성?"

여자진이 엉겁결에 묻는다. 그 순간 청 안이 술렁거렸다. 모두 놀란 것이다. 칠년산성은 열흘쯤 전에 적귀군의 기습을 받아 민가가 반 이상 불타고 성주였던 대아찬 김옥이 살에 맞아 죽었다는 소문은 이미 들었다. 그러나 칠년산성은 이곳에서 3백여 리(120km), 지금은 국경이 없어졌지만 신라령 깊숙한 곳이다.

"말도 안 되는 소리."

그때 옆에 서 있던 나솔 양기종이 말했다.

"신라령 깊숙이 들어가서 사방의 적을 맞으란 것인가?"

그때 덕솔 윤고가 나섰다.

"이제는 모두가 다 신라령이니 그것이 상책일세. 칠년산성은 오히려 신라군의 배후가 되니 우리가 점령하면 김춘추의 등을 찌르는 형세가 될 것이네."

"옳다."

여자진이 머리를 끄덕였다.

"내가 이례성에 집착할 이유가 없다는 것을 나솔이 말해주었구나."

길게 숨을 뱉은 여자진이 말을 이었다.

"오늘 당장 성을 비우고 칠년산성으로 간다."

그러자 마석이 설명했다.

"칠년산성은 아직 신임 성주가 오지 않은 데다 사방 성문이 열려 피난민들이 나오고 있습니다. 성안에 군사가 7천 가깝게 있지만 기마군, 보군으로 나뉘어져서 제각기 지휘하는 바람에 통제도 되지 않습니다."

"내가 안목이 좁았다."

쓴웃음을 지은 여자진이 마석에게 말했다.

"나솔에게 곧 합류하고 싶다는 말을 전해라."

"칠년산성으로 가신다며 먼저 가서 기다리고 계신다고 했습니다."

"알았다."

주름진 여자진의 얼굴에서 처음으로 웃음기가 떠올랐다.

"나는 이제야 백제 무장을 보았다."

머리를 숙인 마석이 몸을 돌렸을 때 여자진이 자리에서 일어섰다.

"성을 떠난다!"

"좌평, 복신과 도침의 등이 시리게 되었습니다."

덕솔 윤고가 말했으므로 여자진이 긴 숨을 뱉고 나서 탄식했다.

"좌평 흥수의 말을 듣지 않고 탄현을 지키지 않은 대왕의 전철을 복신과 도침이 어김없이 되풀이 하는구나. 국운이 다했다는 뜻인가?"

"흔적이 보이지 않습니다."

척후장의 보고를 들은 이찬 영고가 어금니를 물었다. 소곡성을 덮쳤지만 이미 부뚜막까지 부서진 빈 성이었던 것이다. 적귀대(赤鬼隊)를 찾아 사흘을 헤매었으나 오히려 종적이 묘연해지고 있다.

"쉬어라."

말고삐를 챈 영고가 소리치자 전령이 말을 몰아 달려갔다. 3천 기마군은 지금 추선령을 지나는 중이다. 말에서 내린 영고가 척후장에게 물었다.

"사청 휘하의 기마군이 몇이냐?"

"3백여 기라고도 하고 1천 기가 넘는다는 소문도 있습니다."

"어제 상반성 근처에 나타났던 기마군이 적귀대 맞느냐?"

"도적 무리인지 확실치 않습니다."

"에이, 쓸모없는 놈들!"

버럭 소리친 영고가 위사가 갖다놓은 나무 걸상에 앉았다. 오후 신시(4시) 무렵, 이곳은 옛 백제령 서남방의 추선령 아래쪽이다. 사흘 동안 4백여 리를 헤집고 다닌 터라 50대 중반의 영고는 지쳤고 화가 났다. 척후대는 14대(隊)나 파견했지만 소득이 없는 것이다. 척후장을 돌려보냈을 때 부장(副將) 김경본이 다가왔다.

"이찬, 추선령을 넘어서 숙영을 하는 것이 낫겠습니다."

김경본은 영고와 고락을 함께한 장수다. 가야 출신으로 김유신과 먼 인척인 데다 지장(智將)이다. 40대 후반의 김경본은 6품 아찬(阿飡)이었으나 가야 출신만 아니었다면 진즉 3품 잡찬(迊飡)은 되었을 것이다. 영고가 뒤쪽 추선령을 보더니 머리를 저었다. 산길이 험해서 넘어간다면 저녁 술시(8시)나 되어야 할 것이다.

"오늘밤은 여기서 숙영한다."

"골짜기가 좁아서 불편합니다."

"더 아늑하구먼."

비꼬듯이 말한 것은 짜증이 났기 때문이다. 평소에는 책사 역할인 김경본의 말을 다 들었다. 어깨를 늘어뜨린 김경본이 몸을 돌리더니 소리쳐 지시했다.

"숙영 준비를 하라!"

김경본의 목소리가 골짜기 양쪽을 치고 메아리가 되어서 위쪽으로 올라왔다.

"이곳에서?"

그 메아리를 들은 상태진이 눈썹을 모으고 되물었다. 머리를 돌린 상태진이 옆에 엎드린 군사에게 말했다.

"장군을 모셔오라."

군사가 풀숲을 헤치고 사라졌을 때 상태진이 머리를 뽑고 아래쪽을 보았다. 그러나 신라군은 보이지 않는다. 그들은 가파른 능선 위쪽에 엎드려 있었기 때문이다. 곧 옆쪽으로 사청이 다가왔으므로 상태진이 몸을 비켜 옆쪽에 자리를 만들면서 말했다.

"나솔, 신라군이 이곳에서 숙영을 할 것 같습니다."

"본진이 말인가?"

놀란 사청이 목소리를 낮췄다. 신라군과의 거리는 1백 보 정도밖에 되지 않아서 아래쪽의 소음이 가감 없이 올라오고 있다. 머리를 기울인 사청이 쓴웃음을 지었다.

"소음을 보니 함정은 아닌 것 같군. 영고가 지쳤는가?"

"나이가 들면 방심하게 된다고 합니다."

"함부로 비유하지 마라. 김유신은 느려졌지만 더 용의주도해졌다."

"나솔, 어찌 하시겠소?"

상태진의 두 눈이 번들거리고 있다. 아래쪽 소음을 들으면서 사청이 심호흡을 했다. 오늘 오전 진시(9시) 무렵부터 사청과 상태진이 이끄는 50여 기의 기마군이 영고의 본진을 따르고 있었던 것이다. 영고의 3천 기마군은 정예다. 8방으로 척후대를 내보낸 후에 본진은 3개 부대로 나누었고 각 부대마다 1리(500m) 간격으로 거리를 두었다. 그리고 각 부대의 좌우에 1개 경계대를 내보냈으니 철저한 진용이다. 그러나 이곳 백제 땅 지형에 익숙한 적귀군은 신라군을 놓치지 않고 미행했다. 신라군 본대가 추선령 골짜기 입구로 들어섰을 때 반대편 능선으로 올라가 있었던 것이다. 50여 기 정도였기 때문에 가능한 일이었다. 이윽고 사청이 입을 열었다.

"말을 버리고 기습대가 내려간다."

"그러실 줄 알았습니다."

풀숲 속이어서 그늘에 잠긴 상태진의 두 눈이 번들거렸다.

"이찬 영고의 진막을 치는 것이다."

"그래야지요. 그놈 머리통만 베면 되는 것입니다."

"50명도 많다. 30만 추려라."

"예, 나솔."

그때 사청이 어깨를 부풀리고 말했다.

"내가 지휘한다."

"장군, 소인도 가게 해주시오."

옆쪽에서 들리는 목소리에 사청이 머리를 돌렸다. 호리 마사요시, 이번 정찰대에 자원한 왜인이다. 사청의 시선을 받은 호리가 어깨를 폈다.

"소인도 무사(武士)올시다. 방해는 되지 않을 것입니다."

"넌 살육을 즐기느냐?"

사청이 낮게 물었으나 울림이 강하다. 주위가 순식간에 조용해졌고 호리가 대답했다.

"백제와 왜국은 동맹국입니다. 함께 싸우는 것이 도리지요."

"좋다. 내 옆을 따르라."

사청이 허락하자 호리의 얼굴에 웃음이 떠올랐다.

"적귀 나리를 모시고 싸우다니 후세에 이야깃거리가 되겠습니다."

사청과 상태진이 고른 군사는 모두 30명, 호리까지 포함해서 33인이 되었다.

"영고의 진막만 급습하고 빠져나온다."

사청이 둘러선 군사들에게 목소리를 낮춰 말했다. 어느덧 술시(8시)가 되어서 주위는 짙은 어둠에 덮여 있다. 이곳은 골짜기 위쪽의 능선이어서 아래쪽 소음이 항아리 안에서 울리는 것처럼 다 들린다. 골짜기 바닥과는 2백여 자 거리였지만 가팔라서 나뭇가지를 움켜쥐고 절벽을 오르듯이 해야만 된다. 사청이 말을 이었다.

"다시 골짜기를 기어오를 겨를이 없을 테니 혼란을 틈타 아래쪽 개울을 건너 명천산 암자에서 만나기로 하자."

사청의 눈이 어둠 속에서 번들거리고 있다. 모두 숙연해졌다. 명천산 암자는 이곳에서 20여 리(10km) 떨어져 있다. 골짜기를 내려가 영고의 진막을 친 후에는 각자도생(各自圖生)인 것이다. 사청이 둘러선 군사들을 다시 훑어보았다.

"너희들은 백제 무사다. 죽으면 백제의 혼이 될 테니 먼저 간 처자와 동료를 만날 수 있을 것이다."

모두 숙연해졌고 사청이 몸을 돌렸다. 기습 시각은 자시(12시). 모두 경장 차림이 되었는데 장수는 사청과 상태진, 12품 문독(文督), 13품 무독(武督)이 한 명씩 있었기 때문에 각각 7~8명씩의 수하를 거느리도록 했다. 사청은 호리까지 6명을 이끌고 영고의 진막에 진입하기로 했다. 골짜기 위쪽에 엎드려 자시가 되기를 기다리면서 사청이 옆에 엎드린 호리를 보았다. 호리의 긴 얼굴이 긴장으로 굳어 있다.

"네 주군이 천황의 시종장이라고 했나?"

"그렇습니다."

심호흡을 한 호리가 사청을 보았다.

"고토쿠(孝德) 천황은 물론이고 나카노오에 왕자님의 신임을 받고 계십니다."

"나도 나카노오에 왕자 이야기를 들었다."

풀숲에 몸을 엎드린 채 사청이 낮게 말을 이었다.

"올해 47세지?"

"맞습니다."

"달솔 계백께서 언젠가 이야기 해주신 적이 있다."

풀숲 사이로 사청의 억양 없는 목소리가 흘러나왔다.

"달솔께서 왜국에 가셨을 때 친분을 맺었다고 하셨다."

"……."

"그런데 지금은 달솔의 혼이 떠돌고 계시겠군."

힐끗 검은 하늘을 올려다본 사청의 얼굴에 희미한 웃음이 떠올랐다.

"왜국의 무사들은 어떠냐?"

"아직 대국(大國)처럼 체계가 정비되지는 않았습니다."

대국(大國)은 백제를 말한다. 왜국의 백제방은 대국의 문물을 받아들이는 창구 역할을 해왔다. 갈증 난 사람처럼 문명(文明)은 물론이고 무기(武器), 무술, 전법까지 흡수하고 있는 것이다. 사청이 머리를 돌려 호리를 보았다. 이제 왜국은 사방에서 군호가 일어나고 있다. 고구려, 신라, 백제 3국으로 대륙까지 분할 점령했던 3국(三國)시대는 이제 정비되는 반면에 왜국은 이제 시작이다. 천황이 대를 이어가고 있지만 겨우 수백 리 반경의 영지에서 군림하고 있는 명예직이다. 그러니 왕실도 무술, 전법을 배워 대비해야 될 것이다. 그때 사청의 시선을 받은 호리가 물었다.

"장군, 이 싸움이 어떻게 될까요?"

"밀정인 네가 더 잘 알 것 아니냐?"

쓴웃음을 지은 사청이 하늘을 보았다. 시간을 알려는 것이다. 사청이 하늘을 우러른 채 말을 이었다.

"나는 이제 승부를 버렸다. 죽을 자리를 찾아다니는 백제 무사일 뿐이다."

그러나 사청의 목소리는 맑다.

눈을 뜬 영고는 지금이 자시가 조금 지났을 것이라고 생각했다. 전장(戰場)을 오래 다니다보면 눈을 뜬 순간에 시각을 알아맞힌다. 한 시진 반(3시간)쯤 잔 것 같다. 곤한 잠이다. 50대 중반의 나이여서 진중의 잠은 몸이 땅속으로 스며드는 것처럼 느껴진다. 그만큼 육신의 피로를 느끼는 것이다. 영고는 눈을 뜬 채 숨을 죽였다. 눈을 뜬 이유를 생각하는 중이다. 이 깊은 시각에 저절로 눈을 뜬 원인이 있다. 무엇인가? 주위는 조용하다. 먼 곳에서 부엉이 울음소리가 들렸다. 말 떼는 골짜기 아래쪽 개울가에 매어놓아서 이쪽은 적막에 덮여 있다. 영고는 상반신을 일으켰다. 진막은 좁다. 침실용이어서 위에 가죽을 덧대 만든 이슬가리개를 쳤고 사방의 벽은 검게 물들인 무명으로 둘렀다. 그래도 다섯 명이 둘러앉을 만큼은 되었다. 진막 안의 불도 꺼져 있었지만 영고가 어둠에 익숙해진 눈으로 옆에 놓인 가죽신을 집었다. 주위가 너무 조용했기 때문에 깨어난 것이다. 전장에 익숙한 몸이어서 신경이 예민해져 있다. 시끄러워도 깨지만 너무 조용해도 깨어난다. 이때는 귀로 소리 없는 압력이 들어가는 것 같다. 신을 신은 영고가 위쪽에 놓인 장검에 손을 뻗친 순간이다. 진막 밖에서 무엇인가 넘어지는 소리가 났다. 곡식 자루가 바위에 부딪치며 넘어지는 것 같다. 다음 순간 숨을 들이켠 영고가 입을 딱 벌렸다. 고함이 터져 나온 바로 그 순간.

"여봐라앗!"

영고의 고함은 그렇게 터졌다. 진막이 위에서 아래로 길게 찢기면서 사내 하나가 뛰어든 것이다. 사내의 손에 쥔 번뜩이는 장검.

"이놈!"

영고의 두 번째 고함은 제대로 터졌다. 몸을 굴려 장검을 쥐자마자 후려치듯 뽑으면서 상대의 몸통을 베었다.

"쨍!"

날카로운 쇳소리가 울렸고 그 순간 사방에서 외침과 신음, 부르는 소리와 칼날 부딪는 소리가 한꺼번에 일어났다. 영고는 칼날을 받은 사내를 올려다보았다. 이쪽은 상반신을 굽힌 채로 상대방을 칼로 밀어붙이는 자세. 사내의 얼굴이 바로 한 자(30cm) 거리에 떠 있다. 그때 사내가 영고의 볼에 더운 입김을 뿜으며 말했다.

"내 이름을 알고 저승으로 가거라."

다음 순간 와락 칼날을 밀어붙인 사내가 훌쩍 몸을 떼어 물러섰다. 그 틈을 놓칠 영고가 아니다. 그야말로 백전노장(百戰老將), 지금까지 수백 번 접전을 치렀지 않는가? 후려쳤던 칼날을 그대로 눕힌 채 사내가 물러난 만큼 뛰어 붙으면서 칼자루 끝으로 사내의 허리를 찍었다. 그 순간 영고가 숨을 들이켰다. 칼자루까지 사내의 겨드랑이 속에 빠졌다. 사내가 왼쪽 팔을 벌리면서 영고의 칼 쥔 손까지 겨드랑이로 끼어버렸다. 놀라 입을 딱 벌린 영고는 어느새 칼자루를 거꾸로 쥔 사내의 칼을 가슴에 받았다.

"억!"

숨을 들이켜면서 저절로 뱉어진 자신의 외침이 신음처럼 들렸으므로 영고는 이를 악물었다. 그때 칼날이 가슴 속으로 뚫고 들어오고 있다. 장검이다. 심장에 박힌 장검이 쑤욱 들어오는데 길기도 하다. 밖의 소음은 더 커졌다. 사방에서 외침이 울렸으며 모두 이쪽으로 몰려오는 것 같다. 영고는 번쩍이는 순간에 모든 것을 알 수 있었다. 놈들은 이곳을 목표로 삼았고 지금 성공했다. 둘은 나란히 서 있었는데 영고의 칼 쥔 오른손을 사내가 겨드랑이에 끼고 있는 기묘한 자세다. 그 자세에서 사내가 장검을 영고의 가슴에 깊게 박아 넣고 있는 것이다. 그때 사내가 또박또박 말했다.

"나는 백제 무사 사청. 적귀대 대장이며 한때 달솔 계백의 호위장으로 황산벌에서 싸웠던 나솔."

그때 칼자루까지 박혔던 장검을 사청이 다시 끌어당겨 빼내었다.

"잘 가거라, 이찬."

심장이 찢긴 영고는 이제 고통이 느껴지지 않았다. 눈을 치켜뜬 영고가 입을 열었지만 소리도 뱉어지지 않는다. 그러나 소리는 다 들린다.

"적귀가 이찬 영고를 베었다!"

진막 안에서 외침이 울리자 밖에서 함성이 일어났다. 그때 겨드랑이에 끼워진 팔이 풀리면서 영고는 땅바닥에 쓰러졌다. 다시 외침이 울렸다.

"가자!"

어둡다. 땅바닥에 볼을 붙이고 누운 영고는 이제 마음 놓고 깊은 잠을 잘 수 있다는 생각을 했다. 그러면 오래전에 죽은 처자식도 만날 수 있을 것이다.

"에에잇!"

호리의 기합 소리다. 장검을 후려친 호리가 넘어지는 신라군을 밀치고 달려 나갔다. 함께 달리던 사청이 옆에서 튀어나온 신라군의 창 자루를 칼로 내려쳤다. 창자루가 잘리면서 방향이 어긋난 창의 베어진 부분이 옆구리를 비껴갔다. 짙은 어둠 속, 바위 모서리를 돌았을 때 함성을 지르며 몰려오는 신라군 무리가 보였다. 사청이 낮게 소리쳤다.

"숨어라!"

호리와 사청의 주위에서 달리던 백제군이 일제히 바위틈과 나무 뒤로 몸을 숨겼다. 일대의 신라군이 달려 그들 위쪽을 스치고 지나갔다. 1백여 명이 넘는다. 골짜기 입구에서 숙영하고 있던 선봉대다. 밀물처럼 신라군이 지나갔을 때 화천이 바위틈에서 몸을 일으켰다. 이곳은 영고의 진막에서 아래쪽으로 1리 반(750m)쯤 떨어졌다. 사청이 소리 죽여 물었다.

"몇이 남았느냐!"

"예, 소인까지 셋이오."

호리가 헐떡이며 대답했다. 어금니를 문 사청이 다시 발을 떼었고 백제 군사들은 뒤를 따른다. 여섯에서 셋이 떨어졌다. 절반을 잃은 것이다. 그때 앞쪽에서 다시 군사들의 소음이 울렸으므로 넷은 멈춰 섰다. 이제는 골짜기를 벗어난 터라 은폐 장소가 넓어졌을 뿐만 아니라 신라군 진중을 벗어난 상태다. 사청은 다가오는 신라군이 모두 여섯인 것을 알았다. 그런데 이쪽을 향해 곧장 다가온다. 거리는 50여 보.

"베고 간다."

사청이 낮게 말했다.

"흩어져라."

넷이 일제히 어둠 속에서 흩어졌다. 베고 개울을 건너면 신라군 진에서 벗어나게 될 것이다. 발자국 소리가 다가왔다. 말소리도 들린다. 뒤쪽 골짜기의 소음은 아직 가라앉지 않았지만 거리가 떨어져서 작아졌다. 골짜기 뒤쪽으로 하늘이 붉어져 있다. 나머지 3개 조는 무사히 빠져나갔을까? 사청의 머릿속에 잠깐 걱정이 일어났다. 이쪽은 골짜기를 벗어나 직진해왔다. 나머지 3개 조는 거의 동시에 흩어졌으니 이미 골짜기를 벗어났어야 맞다. 그들도 절반 이상은 잃었을 가능성이 많다. 그때 신라군이 10여 보 앞으로 다가왔다.

"골짜기 안으로 너무 깊게 들어갔어. 방심한 것이라고."

앞쪽에서 신라군 하나가 말하는 소리가 똑똑히 들렸다. 그때 어둠 속에서 몸을 일으킨 사청이 앞쪽으로 내달렸다. 한 발, 두 발, 세 발짝을 디뎠을 때 앞쪽 신라군의 윤곽이 보였다.

"어엇!"

사청을 발견한 신라군이 주춤, 허리를 뒤로 젖혔지만 발을 멈추지는 못했다.

"척컥!"

칼이 신라군의 왼쪽 어깨에서 오른쪽으로 자르고 나간 소리다.

"으악!"

어둠을 깨는 것 같은 비명이 울렸을 때 주위에서 외침과 소음이 한꺼번에 일어났다. 칼날 부딪치는 소리가 따른다. 하나를 벤 사청이 앞쪽으로 발을 떼었을 때 옆으로 넘어지는 사내가 보였다. 호리다. 호리가 땅바닥에 넘어졌고 그 앞에서 신라군이 칼을 치켜들었다. 그 순간 사청이 달려들었고 신라군의 장검이 내려쳐졌다.

"쨍!"

사청의 칼이 신라군의 칼날을 받는 소리다. 신라군의 눈을 부릅뜬 얼굴이 바로 한 자(30cm) 앞에 떠 있다. 사청이 몸을 비틀고는 마주친 칼날 각도를 엇갈리게 해놓고 허리를 뒤로 젖혔다가 이마로 신라군의 얼굴을 박았다.

"퍽!"

이마에 신라군의 얼굴이 부딪치면서 뼈가 부서지는 소리가 났다. 백병전이다. 몸의 모든 부분이 무기가 되어야만 한다. 신라군이 그대로 엎어졌을 때 사청이 소리쳤다.

"호리! 당했느냐!"

"아니오! 돌에 걸려 미끄러졌습니다!"

옆쪽에서 호리가 소리쳐 대답했다.

"가자!"

사청이 다시 달리면서 소리쳤다. 신라군 여섯을 다 벤 것이다. 하지만 이번에 백제군 한 명이 또 당했다. 그래서 사청의 뒤를 따르는 백제군은 호리와 한 명뿐이다. 7명의 조(組)가 3명이 되어 달리고 있다. 개울로 뛰어든 사청이 눈을 부릅떴다. 이찬 영고를 베었으나 감동은 적다. 김춘추는 금방 영고 대신 다른 지휘관을 보낼 것이었다. 개울을 건넌 사청과 둘은 다시 내달렸다.

문독(文督) 연규가 죽었고 무독(武督) 구마달은 등에 상처를 입었다. 그리고 장덕 상태진이 돌아오지 않았다. 30명이 출전했다가 9명이 돌아왔다. 9명 중 3명이 부상자. 신라국 제2품 이찬이며 신라 왕 김춘추의 심복 무장 영고를 베어 죽였지만 진막 안은 숙연하다. 오전 묘시(6시) 무렵, 20기 남짓으로 줄어든 기마군들이 명천산(明天山) 산중의 암자 마당에 모여 서 있다. 날이 밝아오고 있어서 전장에서 돌아온 무사들의 피투성이가 된 모습이 드러났다. 사청이 자꾸 아래쪽 길을 보는 것은 상태진을 기다리는 것이다. 벌써 암자에 돌아온 지 두 시진이 지났다. 모두 입을 다물고 앉거나 서서 명을 기다리고 있다. 이곳은 영고를 죽인 골짜기에서 20여 리(10km) 정도 떨어진 산중턱이다. 사청이 주위를 둘러보며 말했다.

"낙오한 군사가 올 수도 있으니 오늘밤까지 기다리기로 하자."

모두 입을 열지 않았으므로 나뭇가지를 스치고 지나는 바람 소리만 들렸다. 그때 사청 옆으로 호리가 다가와 섰다.

"나리."

호리가 낮게 불렀으므로 사청이 머리를 들었다. 나무에 기대앉은 사청은 가죽 갑옷 차림이었으나 손질하지 않은 데다 전투 중의 칼자국과 스친 흔적으로 너덜너덜하다. 바지는 무릎 위쪽이 찢어졌고 가죽신은 오물로 더럽혀졌다.

"무슨 일이냐?"

사청이 낮게 물었다. 앞쪽 땅바닥에 한쪽 무릎을 세우고 앉은 호리가 지그시 사청을 보았다.

"목숨을 구해주신 인사가 늦었습니다."

"이놈이 실성했군."

쓴웃음을 지은 사청이 말을 이었다.

"백제 무사는 그런 인사는 안 한다."

"압니다. 하지만 저는 왜국 무사올시다. 그래서 인사를 참지 못하겠습니다."

"그럼 받았다."

사청이 다시 아래쪽을 보았다. 아래쪽에 정탐병을 내려 보냈기 때문에 누가 온다면 금방 신호가 올 것이다.

호리가 다시 사청을 보았다.

"나리, 백제가 부흥할까요?"

"나라의 운(運)을 어찌 알겠느냐?"

"대왕과 왕자, 대신까지 1백여 명이 모두 당으로 잡혀가지 않았습니까?"

"풍 왕자가 곧 오신다고 하지 않느냐?"

"가능성이 있겠습니까?"

"두고 봐야겠지."

"제가 보기에는 백제는 부흥하지 못합니다, 나리."

외면한 채 호리가 말을 이었다.

"그것을 나리께서도 알고 계시는 것 같습니다."

"……."

"나리께선 죽을 장소를 찾아다니시는 것 같기도 합니다."

"그렇게 보이느냐?"

쓴웃음을 지은 사청이 다시 아래쪽을 보았다.

"어떻게 보이건 상관없다. 물이 흐르는 것처럼 흘러가다가 죽을 뿐이다."

눈을 가늘게 뜬 사청의 눈동자에 초점이 멀어졌다.

"그러다 물줄기가 말라 멈추거나 먼 곳으로 흘러갈 수도 있겠지."

"그렇습지요."

호리가 머리를 끄덕였을 때 아래쪽에서 소음이 들렸다. 경비병의 외침이다. 그때 사청이 벌떡 일어섰다. 경비병이 풀숲을 헤치며 다가왔다.

"장군! 장덕이 옵니다!"

"뭣이!"

사청의 얼굴이 환해졌다. 서둘러 발을 뗀 사청이 곧 산을 올라오는 상태진을 보았다. 상태진은 절름거리고 있었는데 사청을 보더니 얼굴을 펴고 웃었다.

"나솔, 다리를 다쳐서 숨어 있다가 지금 오는 길입니다."

사청이 상태진 뒤를 따르는 군사 셋을 보았다. 다시 넷이 돌아왔다.

그러면 30명 중 13명이 생환한 셈이다.

"잘 왔어."

"영고를 죽였으니 대승입니다."

한 걸음씩 발을 떼면서 상태진이 말을 이었다.

"기습전은 성공이오, 나솔."

"저녁 때 본진으로 돌아가기로 하자."

다시 암자 마당으로 돌아온 사청이 조금 밝아진 얼굴로 말했다. 암자 마당은 활기가 일어나고 있다. 기다리던 상태진이 수하를 셋이나 이끌고 생환했기 때문이다. 사청이 둘러앉은 상태진과 호리, 무독 구마달에게 말했다.

"칠년산성에 미리 들어가 여 좌평을 맞아야겠다."

칠년산성을 여자진에게 넘겨주려는 것이다.

"가네다, 나솔은 내 목숨을 구해주었다."

호리가 낮게 말했다.

"목숨 빚을 졌어."

가네다는 묵묵히 듣는다. 오후 미시(2시) 무렵, 2백 기마군은 산비탈을 돌아 속보로 나아가고 있는 중이다. 2열로 나란히 선 기마군은 긴 종대를 이루고 있다. 낙엽이 쌓인 산비탈 길은 인기척은 물론이고 짐승의 흔적도 보이지 않는다. 호리가 말을 이었다.

"그리고 난 나솔에게 심복했다. 여기서 나솔과 함께 있을 테니 너 먼저 돌아가."

"이놈이 실성했군."

가네다가 혀를 찼다.

"망한 백제 부흥군을 따라다니겠다는 거냐? 그러다가 백제 땅에서 떠도는 귀신이 되겠단 말인가?"

"나솔이 백제 부흥군의 실체야. 나솔이 망하면 백제는 완전히 멸망한 것이나 같아."

호리가 머리를 돌려 가네다를 보았다.

"야마토로 돌아가 그렇게 전해라. 내가 나솔을 수행하면서 그것을 낱낱이 보고 돌아가겠다고."

"그러지."

머리를 끄덕인 가네다가 힐끔 앞쪽을 보았다.

"나솔이 나를 보내줄까?"

"잡아둘 이유가 없지."

호리가 자신 있게 말했다. 그리고 잠시 후에 기마대가 멈춰 섰을 때 호리가 가네다와 함께 사청에게로 다가가 섰다.

"나리, 청이 있습니다."

호리가 정색하고 사청을 보았다. 사청의 시선을 받은 호리가 말을 이었다.

"가네다를 야마토로 보내주십시오. 대신 저는 나리 옆에 남겠습니다."

"너도 함께 가도 된다."

사청이 바로 말했으므로 가네다의 어깨가 늘어졌다. 호리가 머리를 저었다.

"소인은 나리를 모시겠습니다."

"내 옆에 남겠다는 이유를 듣자."

"백제 부흥군의 현황을 끝까지 지켜보고 돌아갈 작정입니다."

"그래서 반면교사를 삼겠단 말인가?"

"백제 무장(百濟武將)의 이야기를 왜국 땅에 전해줄 수도 있을 것입니다."

"그때까지 살아남을 수 있을까?"

"운명입니다."

"좋아, 넌 가거라."

사청이 가네다에게 말했다.

"여기서 말 머리를 돌려 남쪽으로 가는 것이 나을 게다."

"왜국으로 가는 길은 압니다."

가네다가 허리를 굽히며 말했다.

"나리께서 돌려보내 주시니 감복할 따름이오."

"내가 널 포로로 잡은 것이 아니다. 노자는 있느냐?"

"얻어먹고 가지요. 남쪽 덕산포까지만 가면 왜선이 있습니다."

"덕산포라면 4백 리 길이야."

사청이 소리쳐 문독(文督) 하나를 불렀다. 군량과 장비를 맡은 관리다. 다가온 문독에게 사청이 물었다.

"군자금이 있느냐?"

"예, 사금을 15주머니 가지고 있습니다."

"한 주머니만 가져오너라."

문독이 두말 않고 돌아가더니 사금이 담긴 주머니를 가져왔다. 아이 주먹만 한 헝겊 주머니다. 사청이 주머니를 받아 가네다에게 건네주며 말했다.

"가면서 이것으로 밥과 잠자리를 얻고 뱃삯을 내도 될 것이다."

"황공하오."

얼굴이 벌겋게 달아오른 가네다가 두 손으로 사금을 받았다. 이 사금이면 왕후장상 부럽지 않게 침식을 해결할 수 있는 것이다. 가네다가 허리를 굽히며 말을 이었다.

"나리, 부디 무운장구하시고 소원을 이루시길 빌겠소이다."

"핫핫하."

사청의 웃음소리에 마석과 오금보가 다가왔다. 상태진은 부상자와 함께 은신처에 남았기 때문에 부장(副將)도 둘이다. 사청이 웃음 띤 얼굴로 말했다.

"내 무운(武運)을 말하는가? 나솔 사청의 무운은 황산벌에 묻혔다. 나는 지금 이름 없는 무장이 되어서 백제 땅을 떠도는 중이니 무슨 소원이 있겠느냐?"

사청이 머리를 끄덕였으므로 가네다는 몸을 돌렸다. 호리가 가네다를 배웅하려고 뒤를 따른다. 그들의 뒷모습을 보던 사청이 옆에 선 마석에게 말했다.

"계덕, 저 왜인들은 충직하다."

"예, 천황 시종장의 측근 무사라니 기반이 있는 무사지요."

마석이 대답하자 오금보가 거들었다.

"배우려는 욕심이 많습니다. 기마군의 전법도 자주 물어보더군요."

칠년산성의 대리 성주는 6품 아찬(阿飡) 용진이다. 기마군 대장이었던 아찬은 성주 김옥이 화살에 맞아 비명횡사한 후에 대리 성주가 되었으나 좌불안석이다. 더구나 왕이 대군을 이끌고 사비성으로 진군해가는 상황이다.

"전령이오!"

신시(오후 4시) 무렵, 또 전령이 뛰어 들어왔다. 이곳은 성안의 기마군 대장 숙소다. 달려온 전령은 대왕(大王) 전령단 소속의 14품 길사(吉士), 보군 1백 명을 지휘할 수 있는 수문장급 장수다. 대왕 김춘추의 전령인 터라 용진이 자리에서 일어나 맞는다.

"어서 오시게."

"아찬, 대왕의 전언이시오."

어깨를 편 전령이 똑바로 용진을 보았다.

"사흘 전, 백제 패장 사청을 쫓던 이찬 영고님께서 전사하셨소."

"저런."

놀란 용진이 숨을 들이켰다. 이찬 영고는 김춘추의 측근 무장이다. 전령이 말을 이었다.

"사청의 기습을 받으셨는데 대왕께서는 사청을 잡거나 목을 베어온 장수는 관등을 1등급 승진시켜줌과 동시에 금 1백 냥을 하사하신다는 명이시오."

"알겠네. 곧 성안에 방을 붙이겠네."

"할당된 군량을 기일 내에 보내라는 명이시오."

"기일에 맞춰 보내겠네."

명을 전한 전령이 곧 돌아갔을 때 부장 소달이 말했다.

"아찬, 사청이 신출귀몰하는 바람에 민심이 흉흉해졌소."

사청이 성주 김옥을 쏘았다는 소문은 이미 진즉 퍼졌다. 사청의 궁술은 백발백중이어서 1백 보 거리의 하늘을 나는 까마귀 머리를 맞혀 떨어뜨린다는 것이다. 백제군 밀정이 지금까지 활동할 리는 없고 전시여서 민간의 소문이 기승을 부린다.

"그놈이 계백의 호위장으로 이제 백제 부흥군 사이에서는 군신(軍神)

으로 불린다고 합니다."

소달이 정색하고 말했다.

"이곳에서 성주를 쏘아 죽이더니 이젠 이찬까지 죽였군요."

"흥, 적귀(赤鬼)가 군신으로 격상했구나."

턱수염을 손바닥으로 쓸어 모은 용진이 쓴웃음을 지었다.

"그러나 기름 떨어진 등불이다. 꺼지기 전에 한번 반짝이는 경우와 같아."

머리를 든 용진이 주위를 둘러보았다.

"사찬(沙湌) 종길은 어디 있는가?"

"예, 여기 있소."

관리 하나가 나서자 용진이 물었다.

"군량 준비는 얼마나 되었는가? 기일에 맞추려면 사흘 후에는 출발시켜야 하네."

"양곡이 1천 석 부족해서 도담성으로 마차를 보냈는데 이틀 후에 도착할지 걱정이오."

"이 사람아, 내가 일찍 마차를 보내라고 했지 않은가?"

버럭 화를 낸 용진이 발까지 굴렀다.

"도담성이 기마로 한나절 거리야! 지금 당장 기마군 5백을 보내 양곡 마차를 호위해 오도록 해!"

"예, 아찬."

"늦으면 자네는 성하고 내 목만 달아날 것 같은가?"

"그럴 리가 있습니까?"

"당장 떠나서 내일 중으로 양곡 1천 석이 마당에 놓여 있도록 해!"

"서두르지요."

종길이 나갔을 때 용진은 이맛살을 찌푸렸다. 칠년산성에 할당된 군수품은 양곡 4천 석과 마차 2백 대분의 사료, 화살 1만 개와 말 5백 필, 그리고 백제인 포로 3백 명이다. 백제인 포로는 전장(戰場)의 잡부로 쓰이는 것이다. 대왕 김춘추가 각 대성(大城)에 할당한 군수품이었으므로 지시를 어기면 중벌을 감수해야만 한다. 자리에서 일어선 용진이 성곽 순시에 나섰다. 지난번 사청의 적귀군이 야습해왔을 때 속수무책으로 당했던 터라 지금은 검문검색이 철저했고 백제인 포로를 잡으려고 모여든 신라인 무뢰배들도 예외가 아니다. 적의 첩자가 그 속에 끼어 있을 가능성이 많았기 때문이다. 성안 거리를 지나던 용진이 길가에서 뒤로 결박당한 채 끌려가는 백제인 포로 30여 명을 보았다. 각각 손을 뒤로 묶인 채 목에 삼줄이 매여 끌려가는 것이 짐승 무리 같다. 7~8명의 사내들이 손에 창을 쥐었고 칼을 찬 채 끌고 가는 중이었는데 신라 노예상이다. 그중 하나가 용진과 시선이 마주치자 벙긋 웃더니 건성으로 머리를 숙여 인사를 했다. 고관(高官)의 집사나 허가증을 받은 놈들이라 6품 아찬인 용진쯤은 우습게 본다.

“저놈이 대리성주 아찬 용진입니다.”

고관의 집사 행세를 하고 있는 좌군(佐軍) 성모가 말했다. 방금 용진이 옆을 지나간 것이다.

“기마군 대장이었다가 이번에 대리성주를 맡고 방비가 철저합니다.”

사청은 헤진 옷에 머리는 산발을 하고 맨발이다. 영락없는 포로 행색이었는데 포승에 묶여 있는 30여 명의 백제인은 모두 위장한 적귀군이다. 그들뿐만이 아니다. 이미 1백여 명의 적귀군이 이틀 사이에 칠년산성 안으로 침투했는데 대부분이 포로 사냥꾼에 끌려온 백제 주민이 되어 있다. 그들이 들어선 곳은 서문 근처의 저택 안이다. 이곳은 신라 상인(商人) 박모의 첩이 살던 집이었는데 이번에 적귀군 선발대가 박모와 일가족을 죽이고 점거한 것이다. 오후 미시(2시)가 되어가고 있다. 포승을 풀어 던진 사청이 주위를 둘러보며 말했다.

"오늘밤 자시에 서문을 열어야 한다."

"나리, 아직 계덕 오금보가 도착하지 않았습니다."

마석이 걱정스러운 표정을 짓고 말했다.

"벌써 도착할 시간이 지나서 불안합니다."

"내가 남문으로 나가볼 테니 그대가 이곳에 남아 있어야겠다."

"나솔, 제가 갑지요."

마석이 말렸지만 사청이 머리를 저었다.

"내가 지리를 익히려고 그런다."

잠시 후에 사청과 자원한 호리, 그리고 군사 하나가 신라군 복색을 하고 저택을 나왔다. 사청은 활을 든 궁수 차림으로 등에는 살통을 메었다. 성안에 군사가 가득 차 있는 터라 통행인의 절반 이상이 군사다.

"나리, 지난번 소인이 있을 때와는 달라졌습니다. 기찰이 심하네요."

옆에 붙어 선 호리가 말했다. 호리는 보군(步軍) 차림으로 허리에 장검을 찼다.

"거리마다 검문소가 있어서 밤에 통행 금지령이 내리면 통과하기가 어렵겠습니다."

과연 모퉁이에 검문소가 설치되었고 20여 명씩 군사들이 배치되어 있다. 그때 앞쪽으로 일단의 백제인 포로들이 끌려왔으므로 사청은 긴장했다. 오금보 일행도 백제인 포로로 가장해서 잠입할 예정이었던 것이다. 신라인 포로 사냥꾼들은 전(前) 군관 출신이 많다. 그래서 무술에 능했는데 가차 없이 백제인을 살상했다. 소문이지만 석 달 전 백제를 침공할 때 신라 왕이 '백제인의 씨를 말려라'라고 지시했다는 것이다. 그래서인지 지금도 신라 노예상들이 백제 민간인들을 가차 없이 살육해도 신라군은 제지하지 않는다.

"빨리 걸어!"

버럭 소리친 군관 복장의 신라 노예상이 가죽 채찍을 휘둘러 백제인 포로를 후려쳤다.

"으윽!"

긴 가죽 채찍이 백제인 사내의 등에 뱀처럼 휘감겼다가 떼어지면서 비명이 터졌다.

"저 새끼는 때려 죽여라!"

뒤쪽의 지휘자로 보이는 노예상이 소리쳤다. 턱수염을 길렀고 머리에 금박을 입힌 가죽 두건을 썼다. 고관(高官)의 집사쯤 되는 행색이다. 사내의 시선이 궁수 차림의 사청과 부딪쳤으나 오만한 표정으로 옮겨갔다. 군사 따위와는 시선 섞는 것도 아깝다는 시늉 같다. 사청은 먼저 시선을 돌려 포로들을 보았다. 많다. 남자가 50여 명, 여자와 아이가 70~80명 되었는데 여자들은 모두 젊다. 골라서 잡았기 때문이다. 반항하는 남녀는 모두 죽였을 것이고 노인이나 걷지도 못하는 아이들도 마찬가지였을 것이다. 백제인의 씨를 말리라고 한 신라 왕의 명이 실천되고 있다. 포로가 된 남녀, 아이는 노예로 팔려 백제 땅의 씨가 없어진다. 노예상 20여 명이 이끈 포로 대열이 지나갔을 때 사청이 호리에게 물었다.

"너희 왜국도 이러느냐?"

사청의 시선을 받은 호리가 발을 떼면서 대답했다.

"왜국은 수백 개의 번으로 나뉘어져서 이보다 더한 경우도 많습니다. 흥망성쇠가 수없이 반복되는 땅이라 백성들이 지옥 속에서 살지요."

"야마토 조정의 힘이 미치지 않는가?"

"조정 주변만 미칠 뿐 지방의 대영주들은 제각기 왕처럼 군림하고 있습니다."

그때 발을 멈춘 사청이 머리를 돌려 뒤를 보았다. 포로를 이끈 노예상들이 옆쪽 골목의 대저택으로 들어가고 있다.

"나리, 저 저택은 이찬(伊飡) 김윤의 지방관(地方館)입니다. 저놈들이 김윤의 집사였군요."

호리가 말했다. 이찬 김윤은 왕족으로 성골(聖骨)이다. 김춘추의 친척인 것이다.

서문은 통나무를 엮어서 문을 만든 데다 그 위에 쇠옷을 입히고 나서 쇠못을 수백 개 박았다. 두께가 두 자(60cm), 높이는 20자(6m), 양쪽 문을 활짝 열면 20자(60m)가 되어서 마차 2대가 나란히 통과할 수 있다. 백제의 공격을 수없이 받은 신라 국경의 성이어서 성벽의 높이도 20자(6m)에서 30자(9m)까지 빈틈없이 둘러쌓았다. 지난번 사청이 기습할 때는 방비가 허술한 상태였지만 지금은 다르다. 기습으로 성주까지 살해된 상황인 것이다.

"1백 명도 넘습니다."

군사가 서문 앞 초소 근처까지 어물쩍거리며 다가갔다가 돌아와서 말했다. 30대 중반쯤으로 이름도 모르는 군사였지만 사청을 따라 이곳 기습전에도 참가한 노련한 군사다.

"1개 조 20명씩 5~6개 조가 성문을 2중으로 감시하는데 성루에도 감시조가 2개 조나 있습니다."

"밖을 경비하느냐?"

사청이 묻자 군사는 머리를 저었다.

"2개 조는 안에서 나오는 방향을 방비하고 있습니다."

"지난번에 단단히 교훈을 얻었군."

쓴웃음을 지은 사청이 문득 물었다.

"네 이름이 무어냐?"

"예, 기중입니다."

군사의 눈빛이 강해졌다.

"제가 광릉군에서도 모신 적이 있습니다. 그때는 제가 기마군 사역병이었지요."

기마군 사역병은 말 사료를 대거나 말을 돌보는 기마군 잡병 역할이다. 머리를 끄덕인 사청에게 기중이 말을 이었다.

"제가 공을 세워 기마군으로 승격했을 때 나리께선 기마군 대장을 지내시다가 달솔 나리와 함께 귀국하셨지요."

"아아, 그런가?"

"그 후로 제가 광릉군에서 본국 남방의 기마군 전령으로 옮겨왔다가 이 전쟁을 만났습니다요."

사청과 호리는 벽에 기대서서 잠자코 듣기만 한다. 이곳은 서문이 바라보이는 주택가의 골목 안이다. 한가한 곳이어서 가끔 주민들이 오갔고 안쪽 양지바른 곳에는 군사 서너 명이 누워 쉬고 있다. 잡병인 것 같다.

"돌아가자."

벽에서 등을 뗀 사청이 말했을 때다. 골목 안쪽이 소란스러워지더니 일단의 병사들이 다가왔다. 앞장선 군관은 허리에 검정 띠를 둘렀으니 15품 대오(大烏) 관등이다. 뒤를 따르는 군사는 다섯. 숨을 들이켠 사청이 그들 쪽으로 다가가면서 낮게 말했다.

"할 수 없다. 놈들이 검문하면 베고 나간다."

그들과 같은 방향으로 나아갈 수는 없는 노릇이다. 양쪽에서 접근해 가는 터라 거리가 30보에서 20보로 빨리 가까워졌고 10보 간격이 되었을 때 군관이 소리쳤다.

"너희들 어디 소속이냐?"

"우린 기마군 사역병이오!"

대뜸 대답한 것이 기중이다. 목소리가 커서 골목이 울렸다.

"이 근처에 건초 저장한 곳이 있다고 해서 찾고 있소!"

군관의 얼굴에 쓴웃음이 번졌다.

"건초를 이런 곳에서 찾아?"

다가선 군관이 셋을 휘둘러보았다.

"여긴 관리 거처야! 그것도 모르느냐?"

"지금 이것저것 따질 때가 아닙니다, 대오 나리! 할당량을 채우지 못하면 난 매를 맞습니다!"

"어이구, 힘들겠다."

혀를 두드린 군관이 발을 떼었고 군사들도 피식피식 웃으면서 옆을 지났다. 다시 발을 뗀 사청이 기중을 보았다.

"네 임기응변이 놀랍구나, 어디서 배웠느냐?"

"죽을 고비를 여러 번 넘기면 정신이 나게 됩니다."

머리를 숙여 보인 기중이 말을 이었다.

“기마군 사역병을 하다 보니 어느 군(軍)에나 잡병이 있고 그 잡병이 없으면 군(軍)이 유지되지 않는다는 것을 알게 되었지요. 그렇지만 저 말단의 군관 나부랭이도 사역병이 어디에 얼마나 있는지 모를 것입니다. 이름 없는 존재들이니까요.”

“옳지.”

감탄한 사청이 머리를 끄덕였고 호리도 정색하고 기중을 보았다. 골목을 나온 기중이 말을 이었다.

“제가 저놈 기마군 부대의 사역병이라고 해도 저놈은 그런 줄 알고 보냈을 것입니다.”

“내가 너한테 배웠다.”

사청이 숨을 고르면서 말했다.

“내가 오늘 뛰어난 사역병 하나를 만났구나.”

“오금보가 잡혔습니다.”

저택으로 돌아온 사청에게 마석이 보고했다. 오후 신시(4시) 무렵, 저택 안 분위기는 흉흉하다. 마석이 말을 이었다.

“남문으로 들어오다가 포로 행색이 수상하다고 검문을 했다고 합니다.”

그러고는 옆에 선 사내를 돌아보았다.

“군사 하나가 용케 빠져나와 이곳으로 왔습니다.”

군사는 사냥꾼 행색으로 멀쩡했다. 오금보 또한 백제인 포로와 신라인 포로 사냥꾼으로 나누어서 성문을 통과할 계획이었던 것이다. 그때 군사가 굳은 얼굴로 말했다.

“남문 경비병 중 눈썰미가 밝은 놈이 하나 있었습니다. 그놈이 포로 행색을 하고 있는 아군 팔의 칼로 베인 흔적을 보았습니다. 전장에서 다친 흔적이었지요."

모두 군사를 둘러쌌고 마당에는 숨소리도 들리지 않았다. 군사가 사청을 보았다.

"사냥꾼 행색은 여덟, 포로는 스물셋이었으니 모두 서른하나였습니다."

군사의 목소리가 마당을 울렸다.

"그놈이 수상하다고 소리친 순간 남문 수비장이 호각을 불었고 군사 2백여 명이 우리를 둘러쌌습니다. 그때 계덕이 소리쳤습니다. 우리 모두 이곳에서 죽자고 말입니다."

마침내 군사의 눈에서 눈물이 흘러내렸다. 군사가 눈을 부릅뜨고 사청을 보았다.

"그러고는 소인에게 길을 뚫어주셨습니다. 아군 30명이 맨 앞에 서 있던 소인에게 길을 만들어 주려고 싸웠습니다."

"……."

"그래서 소인에게 오금보 조(組)가 모이지 못한다는 소식을 전하도록 한 것입니다."

30명이 장렬하게 전사한 것이다. 신라군의 칼에 맞아 죽지 않았다면 스스로 찔러 죽었을 것이다. 그것은 기밀을 누설하지 않으려는 의도다. 사청이 군사의 얼굴에서 시선을 떼고 말했다.

"알았다. 계덕과 네 동료들의 한은 오늘밤에 풀도록 하자."

몸을 돌린 사청에게 마석이 다가와 말했다.

"나솔, 군사가 153인이오."

"그런가?"

"오금보가 조장급 넷을 데리고 있었는데 다 죽었으니 조장이 부족하오."

"내가 조금 전에 데려간 기마군사 기중이 조장급이다. 조장을 시켜라."

"알겠소."

"군사를 7개 조로 나누고 대기시키도록."

여자진이 이끈 백제군 5천이 칠년산성 서쪽 20리 지점까지 와 있을 것이었다. 달솔 여자진은 사청의 제의에 따라 이례성에 보군 2천만 남겨놓아 허장성세를 보인 다음 정예군 5천을 이끌고 몰래 빠져나온 것이다. 마루에 앉아 있는 사청에게 호리가 다가왔다. 호리도 조장이다.

"나리, 술을 한 모금 드시지요."

호리가 술병을 사청 옆에 놓았다.

"잔은 없습니다."

저택 창고에 술병이 50여 개나 있었던 것이다. 사청은 술병을 군사들에게 모두 나눠주었는데 호리가 그중 한 병을 가져온 셈이다. 쓴웃음을 지은 사청이 술병을 집어 땅바닥에 조금 뿌려 혼령들께 예를 보이고는 병째로 한 모금을 삼켰다.

"나리, 성을 점령하시고 나면 어떻게 하실 작정이시오?"

옆에 선 호리가 물었으므로 사청이 빙그레 웃었다.

"내가 오늘밤에 죽을지도 모르지 않느냐?"

"나리께선 죽지 않으십니다."

"점괘에 나왔느냐?"

"나리께선 이미 귀신이시오."

"그렇군."

다시 웃은 사청이 이번에는 술을 세 모금이나 삼켰다.

"내가 적귀(赤鬼)인 것을 잊었다."

"이곳에 머무실 것입니까?"

"아니다."

머리를 저은 사청이 술병을 내려놓고 호리를 보았다. 초점이 먼 시선이다.

"난 사비성으로 간다."

"사비성으로 말씀이오?"

놀란 호리가 바짝 다가섰다.

"부여복신, 도침이 있는 곳으로 돌아가신단 말입니까?"

"아마 그때는 그자들이 사비성에 없을 것이다."

"그러면……."

"신라 왕 김춘추가 사비성에 들어가 있을 거야. 복신과 도침은 패퇴했거나 죽었을 터."

어깨를 부풀렸다가 내린 사청이 말을 이었다.

"나는 김춘추를 만날 것이다."

남문 수비장의 보고를 받은 용진이 이를 악물고 신음했다.

"이놈들이,"

호흡을 가눈 용진이 수비장을 노려보았다.

"다 죽였느냐?"

"예, 다 죽었소."

한 놈이 도망쳤다고 말한다면 모든 공이 허사로 된다. 겨우 한 놈이다. 한 놈이 뭘 한단 말인가? 어깨를 편 수비장이 똑바로 용진을 보았다.

"백제인 사냥꾼과 백제인으로 변장하고 성으로 침투할 계획이었습니다. 그러니 경비를 강화해야 될 것이오."

"오냐, 알았다."

머리를 끄덕인 용진이 옆에 선 부장 소달에게 말했다.

"성안의 주민 통행을 금지시키고 성문을 닫아라."

"예, 성주."

"순찰대를 1백 명씩 10개 조로 편성하여 모든 여관, 저택의 노예상과 백제인 포로들을 검문하도록."

"알겠소."

소달이 서둘러 청을 나갔을 때 용진이 아직도 꾸물거리는 남문 수비장에게 물었다.

"참, 네 부하들은 몇이나 다쳤느냐?"

"예, 그것이……."

수비장은 소달을 따라 나가지 않은 것을 후회했다.

"예, 80여 명이 다쳤소이다."

"뭐, 80?"

용진의 눈썹이 치켜 올라갔다.

"그놈들은 30인이라고 했지 않느냐?"

"예, 성주."

"그런데 네 부하는 80이 다쳐?"

"예, 그것이……."

"알았다, 나가라."

"예."

허둥지둥 청을 나가는 수비장의 등에서 식은땀이 흘러내렸다. 백제군 30 중 제대로 무기를 쥔 인원은 7~8명밖에 되지 않았다. 나머지 포로 행세의 백제군은 맨손으로 덤벼들어 무기를 빼앗아 싸웠던 것이다. 그리고 이쪽은 80인이 아니라 1백여 명이다. 사망 72인에 부상 32인인 것이다. 오후 유시(6시)가 되어가고 있다.

"사찬 종길은 지금 어디쯤 오고 있는가?"

조급해진 용진이 버럭 소리치자 장수 하나가 나섰다.

"전령이 올 때가 되었습니다."

사찬 종길은 도담성으로 모자란 양곡을 가지러 간 것이다. 신라 왕 김춘추가 칠년산성에 할당한 군수품이다. 기마군 5백까지 도우라고 보냈는데 어제 도착하도록 지시했지만 오늘 닿는다고 한다. 그래도 내일 모두 출발시키면 일정은 맞다. 그때 청 앞쪽에서 수선거리는 소리가 들리더니 과연 종길이 보낸 전령이 뛰어 들어왔다.

"성주, 해시(10시)가 조금 넘으면 양곡 마차가 도착할 것이오!"

"늦구나."

입맛을 다셨지만 용진의 어깨가 늘어졌다. 어쨌든 대왕께 보낼 군수품은 내일 출발에 차질이 없다. 이렇게 서두르지 않았다면 늦을 뻔했다. 머리를 든 용진의 시선이 옆쪽 장수에게로 옮겨졌다.

"우광, 그대가 군사 5백을 이끌고 서문으로 나가도록. 종길이 가져오는 양곡 마차에 백제군이 따라 붙을지도 모른다."

"예, 성주."

텁석부리 수염에 거구의 장수가 머리를 숙여 보이더니 청을 나갔다. 보군 대장 우광이다. 힘이 장사여서 한나절을 싸워도 지치지 않는 용장(勇將)이다. 매사에 치밀한 성품의 용진은 전(前) 성주 김옥의 전철을 밟지 않으려는 것이다.

저택 안의 사청이 밖으로 보낸 정탐병들의 보고를 받는다.

"기마군이 사방으로 뛰면서 주민 통행을 금지하고 있습니다."

정탐병 하나가 다급히 보고했을 때 다른 군사가 이었다.

"순찰조가 여관, 대저택의 행랑채를 수색하고 있습니다. 이곳도 곧 순찰대가 들이닥칠 것 같습니다."

밤, 술시(8시)가 되어가고 있다. 머리를 끄덕인 사청이 마당에 선 마석에게 지시했다.

"조금 먼저 시작해야겠다. 준비시켜라."

"그러지요."

쓴웃음을 지은 마석이 몸을 돌렸다.

"조금 먼저 세상을 떠나도 여한은 없습니다, 나솔."

오금보가 장렬하게 죽었다는 말을 들은 후부터 마석은 달관한 사람처럼 행동하고 있다. 마당은 소리 없이 부산해졌다. 어둠 속에서 조별로 제각기 움직이는 모습들이 꼭 귀신들이 모여 있는 것 같다.

"서문은 안 되겠습니다."

마석이 머리를 저으면서 말했다. 어둠 속에서 눈의 흰자위만이 번들거리고 있다.

"남문으로 바꾸시지요."

"그러는 게 좋겠습니다."

옆에 선 호리도 거들었다. 이곳은 서문에서 3백 보쯤 떨어진 절의 담장 앞이다. 작은 절이어서 대웅전도 다섯 칸밖에 되지 않았지만 마당은 넓다. 지금 적귀군 1백여 명은 절 마당에 모여 있는 것이다. 요사채에 있던 절의 중 여섯은 이미 입에 재갈을 물려 묶어서 창고에 가둬 놓았으므로 절은 임시 은신처가 되었다. 그런데 조금 전에 일대의 군사가 서문에 집결한 것이다. 숫자가 5~6백이나 되었으므로 적귀군 150으로 당하기에는 벅차다. 마석이 잠자코 서 있는 사청을 보았다.

"나솔, 갑자기 서문에 군사를 보강한 것이 의심스럽습니다. 놈들이 눈치챈 것이 아닐까요?"

마석이 말을 이었다.

"오금보의 부하가 잡혀서 계획을 실토했을지도 모릅니다."

사청이 입을 꾹 다물고 있었으므로 마석과 호리는 조바심이 일어난 것 같다. 이윽고 사청이 말했다.

"다른 문으로 옮기기에는 이미 늦었어. 5천 군사가 이동하는 게 쉽지가 않아."

술시가 지나 해시(10시)가 되어가고 있다. 이제 한 시진만 지나면 자시인데 좌평 여자진은 계획대로 서문으로 진입해올 것이다. 길게 숨을 뱉은 사청이 둘러싼 조장들을 보았다.

"발각이 되었다고 해도 이제는 물릴 수가 없어. 자시에 절의 종을 치고 곧장 성문을 기습한다."

바로 이곳 절의 종이다. 이 절에서는 수백 년 동안 자시에 종을 쳐왔던 것이다. 이 종 소리를 신호로 여자진이 서문으로 진입해 올 것이다. 마석과 호리가 얼굴을 마주보았다.

"따르지요."

마석이 쓴웃음을 지으며 말했고 호리는 결연한 표정으로 사청을 보았다.

"알겠습니다. 다시 기습을 해야겠군요."

절에 모인 적귀대는 7개 조에 모두 153명, 사청까지 각각 20여 인의 조원을 이끌고 있다. 그때 사청이 말했다.

"내가 먼저 가깝게 다가가 서문에 모인 신라군 주장(主將)들을 쏘겠다. 그래서 혼란해진 사이에 성문을 열라."

"성문을 여는 데 2개 조가 필요합니다. 제가 성문을 맡겠소."

마석이 말하자 사청이 머리를 끄덕였다.

"그럼 호리와 대덕 윤구가 좌우에서 지원하라. 나머지 2개 조는 내가 주장들을 쏘고 나서 먼저 정면 공격을 하면 주의가 나한테 쏠릴 것이다."

이로써 작전이 분명해졌다. 사청이 정면에서 3개 조를 이끌고 기습 공격을 하면 마석이 2개 조로 성문에 붙는 것이다. 호리와 대덕 윤구는 마석의 좌우를 지켜주는 역할이다. 주위를 둘러본 사청이 말을 이었다.

"한 식경 후에 종을 치는 군사 셋만 남겨놓고 출발이다."

별도 없는 그믐밤이어서 기습하기에는 적당했다. 그러나 오금보가 조원들과 함께 잡혀 죽은 데다 그것으로 성안의 신라군이 비상 상태가 되었다. 더구나 목표인 서문에 대규모 병력이 투입된 상황인 것이다. 153명의 적귀대로는 역부족이다. 그 시간에 보군 대장 대나마 우광이 서문에 도착해서 수문장에게 지시를 내리고 있다. 수문장은 고향 친구다.

"곧 사찬이 군량을 실은 마차와 함께 들어올 거야. 성문을 열 때 군량 마차 뒤를 잘 살피라고. 백제군이 묻어올지도 모르니까 말이야."

"알고 있어."

우광 또래의 수문장도 노련한 무장이다. 힐끗 성안에 시선을 준 수문장이 우광에게 물었다.

"지난번처럼 놈들이 미리 들어와 있는지도 모르지 않나?"

"그럴 수도 있지."

"부여복신이나 중 도침 같은 놈들 열 놈보다 적귀 한 놈이 더 힘든 상대야."

입맛을 다신 수문장이 말을 이었다.

"그놈이 계백의 귀신이 씌인 불사신이라고 소문이 났어."

"그놈이 전(前) 성주에다 이찬까지 기습해 죽였으니 그럴 만하지."

머리를 끄덕인 우광이 주위를 둘러보았다.

"이봐, 동순. 횃불이 너무 밝다. 횃불을 줄이고 그대도 횃불 옆으로 가깝게 가지 않는 것이 낫다."

"별 걱정을 다하는군."

그러면서도 수문장은 불 옆에서 비켜났다.

"마차는 1백 량 가깝게 됩니다."

척후장이 보고하자 여자진이 물었다.

"호위대는?"

"기마군 5백 기 정도입니다."

"군량을 들여오는 것 같습니다."

옆에 서 있던 덕솔 윤고가 말했다. 밤 해시 끝 무렵(11시), 주위는 칠흑 같은 어둠에 덮였고 조용하다. 그러니 5천 가까운 군사가 황야에 숨어 있는 것이다. 기마군이었지만 모두 말을 놔두고 이곳까지 전진해왔다. 이제 칠년산성은 5리(2.5km) 거리. 앞쪽으로 검은 산등성이 같은 물체가 보였는데 바로 성벽이다. 바람이 몰려와 잡초를 흔들고 지나갔다. 그들로부터 4백 보쯤 앞으로 마차 대열이 지나가고 있는 것이다. 여자진이 입을 열었다.

"지나가도록 놔둬라."

"좌평, 성문이 열릴 텐데 마차 뒤를 따라 진입하는 것이 어떻겠습니까?"

나솔 양기종이 묻자 여자진이 머리를 저었다.

"안에 나솔 사청이 잠입해 있을 것이다. 우리가 예고도 없이 마차 뒤를 따라 진입하면 나솔과 손발이 맞지 않는다."

"그렇습니다."

윤고가 동의했다.

"본래 계획대로 나솔이 성문을 열어 주기를 기다리는 것이 낫습니다."

황야에 엎드린 백제군 5천은 좌평 여자진이 끌어 모은 백제 남방(南方)의 전력이다. 여자진의 명성에 끌려 모여든 백제군이 7천이 되었다가 이제 5천 군사가 칠년산성 앞에서 대기하고 있다. 척후장이 물러갔을 때 여자진이 길게 숨을 뱉었다.

"황야에 엎드린 5천 군사가 마치 석 달 전 황산벌에서 달솔 계백이 거느렸던 5천 군사를 떠오르게 만드는구나."

둘러선 장수들은 대답하지 않았다. 모두 만감이 교차했기 때문일 것이다.

"곧 자시가 됩니다."

무거운 정적을 깨려는 듯 윤고가 말했다.

"오늘밤은 습한 것이 이른 눈이라도 내릴 것 같습니다, 좌평."

여름, 7월 10일에 황산벌에서 계백의 5천 군사가 백제의 혼(魂)이 되었다. 그로부터 석 달이 지난 지금, 백제 남방에서 일어난 부흥군 5천이 황야에 엎드려 공격을 기다리고 있다. 그때 여자진이 가라앉은 목소리로 말했다.

"자, 시간이 되어간다. 각 부대로 돌아가 대기하라."

그 시간에 사청이 3개 조를 이끌고 서문에서 150보 거리의 민가 지붕 위에 올라가 있다. 지붕 위에는 조장이 된 기중이 함께 엎드려 있었는데 민가 마당에 3개 조 60여 명이 들어가 있다. 민가를 점거한 셈인데 절에서처럼 가족들을 묶어놓았다. 지붕 위에서는 성문과 성루가 비스듬히 보였고 군사들의 배치 상태가 드러났다. 사청이 눈의 초점을 잡고 앞쪽을 응시했다. 성루 위에 장수 둘이 있다. 성루 양쪽에 횃불을 꽂아놓은 것은 비상시에도 아군에게 위치를 알려줄 필요가 있기 때문이다. 그 2개의 횃불만 꽂아놓은 채 아래쪽 화톳불도 다 끈 것은 기습을 예방하기 위해서다. 지난번의 기습 때 당한 경험이 있기 때문이다. 그래서 지금도 장수 둘은 횃불과 멀찍이 떨어진 끝 쪽에 서 있다. 그때 어디선가 새 소리가 들렸다.

"휘리리리리."

어둠 속에서 새가 낮고 길게 울다가 그쳤다. 기중이 머리를 돌려 사청을 보았다.

"나솔, 신호가 왔습니다."

"들었다."

각궁에 화살을 먹이면서 사청이 대답했다. 방금 새 소리는 마석이 위치를 잡았다는 신호다. 마석은 성벽에서 1백 보 떨어진 민가에 들어간 것이다. 새 소리는 화살촉 끝에 구멍을 냈기 때문인 것이다. 신호용 화살은 14종류나 있다. 그때 다시 귀뚜라미 소리가 났다. 신호음이다. 이것은 마석의 지원조가 자리를 잡았다는 신호다. 기중이 물었다.

"나솔, 들으셨습니까?"

"들었다."

상반신을 세운 사청이 시위를 당기면서 말했다. 이제 기중은 숨을 죽였다. 아래쪽 마당에서 기다리는 군사들도 들었을 것이다. 사청은 시위가 만월이 되도록 당기고는 먼저 우측 끝의 적장을 겨누었다. 거리는 1백40보, 바람도 없는 밤이어서 오조준을 할 것도 없다. 어둠에 눈이 익은 데다 장수의 얼굴도 드러나 있다. 가죽 갑옷 위에 철망을 덮은 중무장한 철갑을 걸쳤지만 목과 얼굴은 드러났다. 이윽고 숨을 들이켰던 사청이 살 끝을 쥐었던 손가락을 떼었다. 그 순간 화살이 유성처럼 날아갔다.

"쌕!"

파공음이 들린 순간 수문장 동순이 퍼뜩 머리를 숙였지만 늦었다.

"억!"

저절로 입에서 신음이 나왔고 오른쪽 눈에 깊숙이 꽂힌 화살이 뇌를 뚫고 들어갔다. 두 번 다시 신음도 뱉지 못한 수문장이 뒤로 반듯이 넘어졌는데 상반신이 성벽에 걸리더니 곧 훌쩍 두 다리가 들렸고 성 밖으로 떨어져 버렸다.

"아앗!"

놀란 외침, 비명은 주변 군사들한테서 일어났다. 성벽 위에 올라가 있던 군사들이 우르르 수문장이 떨어진 성 아래를 내려다보았고 몇 명은 화살에 맞았다고 소리를 질렀다. 그 순간 군관 하나가 가슴을 움켜쥐고 주저앉았다. 가슴에 살이 박힌 것이다.

"적의 기습이다!"

몇 명이 소리쳤을 때다. 절의 종이 울렸다.

"궁! 궁! 궁!"

가까운 곳에 있었기 때문에 종소리는 크게 울렸다. 우광은 성루 반대쪽에 서 있었는데 수문장 동순이 살에 맞았다는 소리를 듣는 순간 주저앉았다. 용맹한 장수라고 소문이 났지만 무식한 장수는 아니다. 그렇지 않다면 사졸일 때 개죽음을 당했을 것이다.

"엎드려라!"

우광이 소리쳤다.

"성안 쪽에서 쏜 것이다!"

그때 종소리가 울렸으므로 우광은 머리끝이 솟는 느낌을 받는다. 종소리와 기습이 연결되었음을 직감한 것이다.

"궁! 궁! 궁!"

그때 옆쪽 군관이 소리도 지르지 못하고 앞으로 쓰러졌는데 뒤통수에 화살이 박혔다. 성벽 위로 머리를 내놓고 있다가 맞은 것이다.

"이놈."

우광이 이를 갈았다. 속수무책인 것이다. 어둠 속이어서 어디에서 화살이 날아오는지 알 수가 없다. 놈은 명궁이다. 우광이 숨을 들이켰다. 전(前) 성주 김옥을 쏘아 죽였다는 적귀(赤鬼) 사청이 떠올랐기 때문이다. 그때였다. 아래쪽에서 함성이 일어났다. 당황한 함성이다.

"기습이다!"

여럿이 소리쳤는데 서로 부르고 대답하느라고 법석이다.

"적이 화살을 쏩니다!"

누군가가 소리쳤다. 아래쪽 군사들에게 화살이 쏟아지고 있는 것이다.

"이런."

우광은 자신이 이곳 서문의 지휘관이라는 것을 깨달았다. 수문장 동순은 이미 이 세상 사람이 아니다.

"각자 자리를 지켜라!"

우광이 벽력같이 고함을 쳤다.

"놈들은 몇 명 되지 않는다!"

이쪽은 6백여 명이다. 그때였다. 성 밖에서 외침이 들렸다.

"문을 열어라!"

처음에는 한두 사람이 소리쳤다가 이쪽 성루가 소란한 바람에 듣지 못했다. 그래서 여럿이 소리를 쳤다.

"양곡 마차다! 어서 문을 열어!"

"대나마! 양곡 마차가 왔소!"

군사 하나가 우광에게 소리쳤다.

"마차들이 오고 있습니다!"

우광이 벌벌 기어서 바깥쪽 성벽으로 다가가 내려다보았다. 과연 어둠 속에 마차들이 다가오고 있다. 마차 몇 대는 이미 성문 앞쪽에 멈춰서 있다.

"누구냐!"

우광이 버럭 소리쳤을 때 아래쪽 기마군 하나가 화를 내었다.

"난 급벌찬 천순이야! 목소리를 들으니 우광이구나! 문 안 열고 뭐 하는 거야!"

"지금 성안에서 기습을 받고 있소!"

우광이 버럭 소리쳤을 때 급벌찬 천순도 맞받았다.

"그럼 빨리 문을 열어야 할 것 아닌가! 곧 사찬도 오실 거야!"

양곡을 가지러 갔던 사찬 종길이다. 맞는 말이었으므로 우광이 다시 벌벌 기어서 안쪽 성벽 아래에다 대고 소리쳤다.

"성문을 열어라! 어서!"

옆에 있던 군사들도 소리쳤다.

"양곡 마차가 들어온다! 어서 문을 열어라!"

그때 다시 화살 한 대가 날아와 우광 옆의 군사 얼굴에 맞았다.

"으아악!"

비명이 터졌으므로 우광은 목을 움츠렸다. 칠흑 같은 밤이다. 이런 어둠 속에서 화살이 날아오는 것을 어쩌란 말인가? 하루 종일 싸워도 지치지 않는 우광이었지만 보이지 않는 화살은 어쩔 수 없다.

"잠깐만!"

마석이 소리쳤으므로 막 뛰쳐나가려던 2개 조 40여 명의 적귀군이 주춤했다. 모두 결사의 표정, 그때 군사 하나가 소리쳤다.

"신라군이 성문을 열고 있소!"

군사들이 술렁거렸고 마석이 손을 들어 제지했다. 앞장선 마석이 먼저 그것을 본 것이다.

"나솔도 아직 움직이지 않는다!"

사청이 먼저 치고 들어가기로 되었는데 아직 움직이지 않는 것이다. 깊은 밤, 성문 근처의 소란이 들려오고 있다. 종은 조금 전에 그쳤고 이제 적귀군의 돌격이 시작되기 직전. 그런데 갑자기 신라군이 성문을 열다니, 그때였다.

"아, 불화살!"

군사 하나가 소리쳤다. 과연 불화살이 검은 하늘로 솟아오르고 있다. 사청이 보낸 신호다. 중지, 기다리라는 신호다.

"이게 무슨 일인가?"

그때 서문의 육중한 문짝이 열리는 소리가 들렸다.

"이것이 웬일인가?"

당황한 마석이 혼잣소리처럼 말했을 때 군사 하나가 알려왔다. 사청의 전령이다.

"계덕! 밖에서 양곡 마차가 들어오려는 것이오!"

가쁜 숨을 뱉으며 군사가 말을 이었다.

"양곡 마차 때문에 문을 열지 않을 수 없습니다."

"이것이 무슨 조화인가?"

오히려 당황한 마석이 군사에게 물었다.

"나솔께선 뭐라고 하시더냐?"

"여 좌평께서 운이 좋으시다고 했소. 황야에 숨어 계셨다면 양곡 마차 뒤를 따라 들어오실 수가 있을 것이라고 하셨소."

그때 성문이 활짝 열리더니 마차들이 들어오기 시작했다. 마차 주위로 기마군도 따라 들어온다. 그러나 성문 주위에 깔린 군사들과 섞이면서 분위기가 뒤숭숭해졌다. 조금 전 이쪽에서 화살 공격은 그쳤지만 이미 수십 명의 사상자가 났기 때문이다.

"나솔께서 다시 신호를 보낼 때까지 대기하라고 하셨소."

군사가 서둘러 말하고는 어둠 속으로 사라지자 마석이 어깨를 늘어뜨렸다. 불안했기 때문이다.

"바짝 붙어라!"

앞장선 나솔 양기종이 낮게 말하고는 서둘러 발을 떼었다. 검은 무리가 그 뒤를 따른다. 마치 구물거리는 검은 물결 같다. 짙은 어둠 속 황무지를 덮으며 소리 없이 밀려가는 것이다. 2백 보쯤 앞에 마지막 마차와 기마군 1백여 기가 나아가고 있다. 그 뒤를 양기종이 이끈 선봉대 1천여 명, 이어서 본대 4천이 소리 없이 따르고 있다

"성문 주변에 군사들이 깔렸소!"

앞쪽에서 달려온 정찰병이 양기종에게 보고했다.

"대략 5~6백은 되는 것 같습니다."

이제 성문과의 거리는 3백 보 정도. 그때 이번에는 뒤쪽에서 전령이 달려왔다. 좌평 여자진의 전령이다.

"나솔, 돌격하라는 지시오."

전령이 헐떡이며 말하자 양기종이 어깨를 폈다.

"옳지, 이쯤이면 되었다."

허리에 찬 칼을 빼든 양기종이 뒤를 돌아보았다.

"성문 안으로 들어가기 전까지는 함성을 뱉지 말라!"

낮게 말한 양기종이 앞장서 뛰기 시작했고 뒤를 부하들이 따른다. 1천여 명의 군사들이다. 함성을 지르지도 말도 꺼내지도 않았지만 1천이 뛰는 발자국 소리가 울리지 않을 수가 없다.

"어엇!"

먼저 마지막 마차 뒤를 따르던 기마군들이 놀라 흩어졌다. 갑자기 뒤에서 지진이 난 것처럼 땅이 울리더니 어둠 속에서 검은 무리가 덮쳤으니 대경실색한 것이다. 몇 명은 옆으로 말을 달려 달아났지만 곧 빗발 같은 화살을 맞고 말과 함께 쓰러졌다. 백제군은 이제 마차를 지나 달려간다. 성문과의 거리가 3백 보에서 2백 보, 2백 보에서 1백 보로 가까워졌을 때에서야 성루에서는 덮쳐오는 검은 해일을 보았다.

"아앗! 저것이 무엇이냐!"

누군가 소리치더니 이어서 또 하나가 악을 쓰듯 외쳤다.

"백제군이다!"

이제 거리가 50여 보.

"막아라! 아니! 성문을 닫아라!"

그러나 그것이 이미 불가능하다는 것을 아는 터라 고함 소리가 공허하게 울렸다.

"성주! 서문으로 백제군이 들어왔소!"

성주 용진에게 보고한 장수는 순찰대장 고준상, 눈이 반쯤 뒤집혀 있다.

"지금 외성 동쪽으로 밀려오고 있습니다! 전군(全軍)을 이곳으로 모아야……."

"전령!"

용진의 눈도 뒤집혔다. 자다가 나온 용진은 허리 갑옷만 걸친 차림이다. 청 안도 뒤숭숭하다. 장수들이 모여들고 있었는데 모두 눈동자가 흔들리고 있다. 전령 장수가 뛰어 들어오기까지 순찰대장 두 명이 더 왔고 자세한 상황이 전달되었다. 용진이 전령에게 소리쳤다.

"모든 군사를 내성 앞으로 모아라! 그래서 밖으로 백제군을 몰아낸다. 백제군은 1천도 되지 않는다!"

조금 진정이 된 용진의 목소리도 차분해졌다.

"오늘이야말로 백제군 잔당을 쓸어버릴 절호의 기회다!"

그때 밖에서 함성이 울렸으므로 용진이 깜짝 놀랐다.

"저것이 무슨 소리냐!"

장수 서너 명이 청 밖으로 뛰어 나가더니 곧 돌아왔다. 얼굴이 굳어 있다.

"백제군 선발대 같습니다."

"선발대라고?"

"예, 수백 명인데 불화살을 쏘고 있습니다."

"이런."

자리를 차고 일어선 용진이 소리쳤다.

"성문을 닫아라! 놈들은 그물 안에 들어온 고기다!"

칠년산성 안의 신라군은 7천5백, 순찰대장들의 보고를 들으면 진입한 백제군은 1천 남짓이라고 했다.

"이번에도 적귀 사청 놈인가?"

이를 악물었다가 푼 용진이 위사가 건네주는 어깨 갑옷을 걸치면서 말을 잇는다.

"이번에는 내가 귀신을 잡을 것이다."

양기종은 서문에서 남문으로 빠졌고 덕솔 윤고는 곧장 내성을 향해 나아갔다. 그 뒤를 여자진이 따랐으며 1천 명을 이끈 덕솔 하경문이 동쪽의 신라군 진영을 공격했다. 그리고 나머지 1천은 유격군이 되어서 맡은 지역을 소탕하는 중이다. 이미 칠년산성 내부의 요소를 파악하고 입성하자마자 부대를 나눠 운용한 터라 순찰대장들은 각개 부대만을 보고 달려와 보고를 한 것이다. 성안의 길마다 뛰어 돌아다니는 말굽 소리가 진동을 했고 이번에도 또 화재가 일어났다. 지난번 몇 백의 적귀대가 지른 화재로 성안 주택이 엄청난 손실을 입었는데 지금은 5천 군사가 작심을 하고 화공(火攻)을 펼치는 것이다. 한 식경도 되지 않아서 성안은 불바다가 되었다. 불길을 피하려고 집에서 뛰쳐나온 주민들로 성안은 아수라장이다. 바로 백제군의 작전이다. 이러니 신라군이 제대로 전법을 쓸 수가 없다. 곧 신라군은 쫓기고 백제군이 쫓는 상황으로 변하면서 도처에서 일방적인 살육이 일어났다. 사기가 꺾이면 열 명의 군사가 한 명을 당하지 못한다. 그런데 백제군은 5천이다. 더구나 잘 훈련되고 한(恨)으로 뭉친 군사들이다. 사방에서 신라군의 비명과 울부짖음이 터졌고 시체가 늘어났다.

"내성에 5백여 명이 있습니다."

내성 서쪽의 작은 동산에 적귀대가 모였을 때는 축시(오전 2시) 무렵이다. 내성 정찰을 하고 나온 군사 하나가 소리쳐 보고했다. 동산은 지대가 조금 높아서 성안의 화광이 거의 다 보였다. 이제 칠년산성은 불바다가 되어 있다. 주민 대부분은 거리로, 마당으로, 외성 안의 연못가로 몰려와 있었지만 불에 타죽는 숫자도 늘어났다. 지금도 곳곳에서 살육이 일어나고 있었는데 백제군에 투항한 포로는 3천이 넘었다. 나머지는 죽거나 지금도 도망 중이다. 성 밖으로 도망치지 못하는 이유는 용진이 백제군의 침입 보고를 듣자마자 순찰대를 보내어 4개 성문을 걸어 잠갔기 때문이다.

"대백제가 번성했을 때도 함락시키지 못했던 칠년산성을 이제야 손에 넣었구나."

사청이 활을 쥔 채 말했다. 내성에서도 사방에서 쏘아댄 불화살로 화재가 일어나고 있는 것이다. 그때 마석이 물었다.

"나솔, 왜 진입하지 않으시오?"

내성 안으로 진입하지 않느냐고 묻는 것이다. 내성 성문도 2개, 정문과 후문뿐이었고 성벽 높이는 20자(6m) 가량 되었지만 군사는 5백여 명만 남았다. 성주 용진이 내성 앞으로 군사를 모았지만 도중에 모두 격파되었기 때문이다. 마석과 조장들의 시선을 받은 사청이 쓴웃음을 지었다.

"포위되었으니 불에 타죽지 않으려면 나올 것이다."

과연 일각도 되지 않아서 내성 정문이 열리더니 먼저 군사들이 쏟아져 나왔다. 이쪽 백제군을 향해 덤비는 것이 아니라 불길에 쫓겨 도망쳐 나온 것이다. 이미 정문 앞에는 여자진이 직접 이끈 정병 1천여 명이 대기하고 있던 참이다.

"죽여라!"

장수 하나가 외치는 것을 신호로 살육이 시작되었다. 내성에서는 군사들만 도망쳐 나온 것이 아니다. 하인, 시녀, 관리 가족들까지 불길에 쫓겨 나왔지만 백제군은 가리지 않았다. 처참한 살육이 시작되면서 비명과 외침이 밤하늘을 가득 메웠다.

"어허, 참혹하구나."

사청 옆에 서 있던 마석이 한탄했지만 동조하는 사람은 없다. 사청도 우두커니 서서 현장을 내려다볼 뿐 입을 열지 않는다. 적귀대 1백여 명은 이제 동산에 모인 채 움직이지 않았다. 마무리를 여자진의 주력군에게 맡긴 것이다. 이윽고 내성에서 빠져 나오는 사람 숫자가 줄어들었고 대신 안의 화염은 더욱 높아졌다.

"칠년산성이 불바다가 되었습니다."

성 위를 둘러보며 호리가 말했을 때 사청의 얼굴에 쓴웃음이 번졌다.

"사비성은 엿새 동안 밤낮으로 탔다고 한다. 지금 사비성은 성곽만 남아 있지, 안은 폐허라고 하는구나."

"소인도 들었습니다."

호리가 내성 앞에 쌓인 수백 구의 시신을 내려다보면서 말을 이었다.

"사비성 안 5부 5방의 거리는 흔적도 없이 사라졌고 시체 태우는 연기가 한 달 동안 이어졌다고 했습니다."

"신라 왕이 백제인은 다 죽이라고 했다."

사비성은 폐허가 되었고 안에 있던 군관민(軍官民)은 살해당했다. 살아남은 자들은 모두 소정방에게 이끌려 한 달 후에 당으로 끌려갔는데 그 숫자가 2만여 명이다. 지금 좌평 여자진은 칠년산성에서 그 앙갚음을 하는 중이다. 그때 아래쪽에 있던 적귀대 척후가 다가와 소리쳤다.

"나솔, 여 좌평의 전령이오!"

적귀대는 지금도 사청을 나솔로 부르는 대신 제1품 관등인 좌평도 6품 나솔의 발 아래로 본다. 이미 멸망한 나라의 관등 구분이 희미해진 것이다. 곧 장수 하나가 언덕을 올라 사청에게 다가왔는데 덕솔 윤고다.

"나솔, 대공(大功)을 세우셨소."

윤고가 소리쳐 치하했다.

"좌평께서 칠년산성을 함락시킨 1등 공(功)은 바로 나솔이라고 하셨소."

다가선 윤고의 얼굴에 피가 번져 있다. 머리에서 흘러내린 피다. 사청이 윤고에게 물었다.

"다치셨습니까?"

"창을 투구에 맞았소. 밤중이라 누구 창인지도 모르겠소."

쓴웃음을 지은 윤고가 손바닥으로 피를 닦더니 사청과 나란히 서서 불타는 성안을 둘러보았다.

"좌평이 이곳에서 한 달쯤 머물 수는 있겠다고 하셨소."

"과연 그렇습니다."

머리를 끄덕인 사청이 말을 이었다.

"신라 왕이 사비성을 치고 돌아오는 길에 이곳을 회복하려고 하겠지요."

"신라 왕이 오기 전에 남쪽으로 내려갈 것이오."

덕솔은 연하이며 관등도 낮은 사청을 공대하고 있다. 이제는 멸망한 나라의 관등이기 때문인 것 같다. 문득 그것을 느낀 사청이 긴 숨을 뱉고 나서 윤고를 보았다. 윤고는 40대 후반으로 계백과 비슷한 연배다.

"덕솔께서는 좌평과 함께 계시겠지요?"

"그렇소."

윤고가 흐려진 눈으로 사청을 보았다.

"나솔은 또 떠나실 작정이오?"

"예, 덕솔."

갑자기 목이 멘 사청이 헛기침을 했다.

"허나 살아 있는 동안에는 좌평이나 덕솔께서 부르시면 언제든지 달려오지요."

"어허."

긴 숨을 뱉은 윤고가 다시 불길에 싸인 칠년산성을 보았다. 불길은 조금씩 가라앉는 것 같다. 비명과 아우성도 조금 낮아졌다.

"우리는 성안에 잡혀온 백제 주민을 데리고 남방으로 갈 거요. 거기서 풍 왕자를 기다렸다가 다시 거사할 거요."

"그때 다시 뵙지요."

몸을 세운 사청이 윤고를 향해 머리를 숙여 예를 보였다.

"덕솔, 좌평께 인사 전해주십시오."

윤고가 숨을 들이켜더니 머리만 끄덕여 보였다. 목이 멘 것 같다.

서방(西方)의 벽산포. 백제는 동서남북 중의 5개 방(方)에 37개 군(郡), 200성(城)의 행정 조직으로 75만 호, 6백만여 인구를 보유하고 있었는데 이것은 본국(本國)의 통계다. 해외 담로라고 부른 22개의 해외 영지는 그 이상의 주민을 보유하고 있었다. 사청이 서방 벽산포에 도착한 것은 칠년산성을 떠난 지 나흘째가 되는 날 오후 미시(2시) 무렵이다.

"나솔, 바닷가 진(陳)에 당군(唐軍) 2백 명 정도가 주둔하고 있습니다."

정찰을 하고 돌아온 조장 기중이 보고했다.

"바닷가에 당선(唐船) 2척이 매여 있는데 무역선 같습니다."

사청은 짙은 숲에 둘러싸인 산중턱에 서 있었는데 이쪽에서는 산에 가로막혀 바닷가는 보이지 않았다.

"주민은 모두 피신했는지 민가는 모두 비었고 개들만 돌아다니고 있었습니다."

사청이 머리를 끄덕였다. 벽산포는 무역항이다. 반년 전만 해도 바닷가에 수십 척의 무역선이 떠 있었고 주민 수가 2만 가까이 되었지만 지금은 당군 2백여 명이 포구를 지키고 있을 뿐이다. 주민이 다 도망간 이유는 뻔하다. 당군이 노예로 잡아가기 때문이다. 바로 배만 태우면 되는 것이다. 그때 옆에 서 있던 마석이 말했다.

"나솔, 주민들은 근처 산이나 외진 섬으로 피신했을 것이오. 멀리 도망치지는 못했을 테니까요."

사청의 시선을 받은 마석의 얼굴이 일그러졌다.

"멸망한 왕국의 백성은 짐승보다도 못합니다. 이것이 모두 누구 책임입니까?"

그때 사청 옆에 서 있던 상태진이 숨을 들이켰지만 입을 열지는 않았다. 상태진은 다리를 절지만 이제 말을 타는 데는 지장이 없다. 사청은 외면했다. 군주와 신하들의 책임이다. 이제 백제 왕국은 멸망했고 백성들은 살해당하거나 노예가 되어서 잡혀간다. 수백 년간 원수로 지내온 신라의 왕은 백제인을 다 죽이라고까지 했다. 그래서 주민과 상인들로 들끓던 항구가 당군(唐軍) 수백 명만 지키고 있는 귀신 마을로 변하였다. 이윽고 사청이 머리를 들고 둘러선 조장들을 보았다.

"오늘밤에 항구를 기습한다."

"몰살하지요."

사청의 시선을 받은 상태진이 표정 없는 얼굴로 말했다.

"한 놈도 빠져나가지 못하게 하겠습니다."

"배도 나포해야 된다."

사청이 말을 이었다.

"쪽배를 타고 가서 무역선을 빼앗도록."

"소인이 배를 맡지요."

호리가 나섰다.

"소인이 배를 자주 타봐서 구조를 압니다."

이미 수십 번 작전을 해온 터라 주장(主將)과 조장(組長)들의 역할 분담은 바로 끝났다. 밤이 되기를 기다려 적귀대는 산중턱에 흩어져 휴식을 취하고 있다.

"나솔, 주민 하나를 데려왔습니다."

골짜기 안까지 정탐을 나갔던 군사가 주민 하나를 데려왔을 때는 신시(오후 4시) 무렵이다. 40대쯤의 사내는 남루한 차림에 잔뜩 겁을 먹은 표정이었는데 사청 앞에 다가와 무릎을 꿇었다.

"편하게 앉게."

사청이 부드럽게 말하고는 물었다.

"말했겠지만 우린 백제군이네. 저쪽 벽산포에 당군이 몇이나 있는지 자세히 아는가?"

"예, 나리."

사내가 두 손을 땅바닥에 짚고는 사청을 보았다.

"진에 3백 명쯤 있사온데 그놈들은 노예 사냥꾼들입니다."

사청이 머리만 끄덕였고 사내의 목소리에 열기가 스몄다.

"지금 진의 막사에 백제인이 2백여 인이나 갇혀 있습니다. 부두에 떠 있는 무역선 두 척에 싣고 가려는 것인데 1백 명쯤 더 잡으면 떠날 것입니다."

무역선이 노예선인 것이다. 사청이 다시 물었다.

"주민들은 어디에 숨어 있는가?"

"깊은 골짜기로 찾아 들어갔지만 이제는 당군이 지리를 잘 알아서 많이 잡힙니다."

사내의 눈에 금방 눈물이 고였다.

"소인도 처자가 저놈들한테 잡혀간 터라 저도 아예 같이 끌려가는 것이 낫겠다 싶어서 산을 내려오다가 백제군을 만난 것입니다."

둘러선 군사들이 숙연해졌고 사청도 저절로 길게 숨을 뱉었다. 망국(亡國)의 백성이다.

해시(오후 10시), 사청이 어둠에 잠긴 앞쪽을 응시하고 있다. 당군 숙소는 7개 소, 본래 벽산포의 상인 창고였던 건물 2채와 백제 수군(水軍) 본영을 장수가 부장들과 함께 썼고 군사들은 주위의 저택 4채에 합숙을 하고 있었으니 호화판 생활이다. 사청은 1개 조(組) 20명을 이끌고 있었는데 직접 본영에 묵고 있는 당군 장수를 맡았다. 주장(主將)은 주장이 치려는 것이다. 시선을 돌린 사청이 바다 쪽을 보았다. 바다에서 반짝이는 등불이 보였다. 무역선에서 켠 등이다.

"날이 차구나."

사청이 혼잣소리처럼 말하자 옆에 엎드려 있던 군사가 저 보고 한 말인 줄 알고 얼른 대답했다.

"예, 눈이 내릴 것 같습니다."

"네 이름이 무엇이냐?"

활을 쥔 군사가 번들거리는 눈으로 사청을 보았다. 이제 사청도 자주 군사들의 이름을 묻고 외운다. 이미 적귀대의 7할은 외웠지만 옆쪽 군사는 모른다. 30대쯤의 군사가 바로 대답했다.

"예, 연중입니다."

"웅진성에 연씨가 많지."

"예, 웅진성 근처가 고향입지요."

"이번 전쟁 때 어디에 있었느냐?"

"좌평 의직의 기마군이었습지요."

"그렇구나."

사청이 머리를 끄덕였다. 의직은 백제의 마지막 충신 중 하나다. 의자왕에게 당군을 서둘러서 치라고 건의했지만 좌평 상영의 방해로 뜻을 이루지 못했다. 의자왕이 결정을 내리지 못하고 머뭇거리는 사이에 오랜 항해에 지쳤던 당군이 기력을 회복하고 재빠르게 탄현을 빠져나와 의직의 백제군을 패퇴시킨 것이다. 의직이 이끈 백제 주력군이 패함으로써 달솔 계백의 5천 군사는 마지막 혈전을 벌일 수밖에 없었다. 그때 연중이 말했다.

"제가 좌평 나리의 가시는 길을 도와드렸지요."

놀란 사청이 연중을 보았다. 연중의 두 눈이 번들거리고 있다.

"난전 중에 좌평께서 여러 번 칼을 맞고 말에서 떨어지셨는데 금방 숨이 멎지는 않으셨지요."

"……."

"소인이 옆을 지키고 있었더니 부르셨습니다. 나를 보거라, 하셨지요."

연중의 목소리가 떨렸다.

"다가오는 당군을 막으면서 좌평 나리께 붙었더니 말씀하셨습니다, 얼른 목을 치라고요."

"……."

"소인이 머뭇거렸더니 크게 소리치셨습니다. 아, 백제여! 이렇게 망하는가! 그러고는 다시 저를 보셨지요."

그때 연중이 외면하고 말했다.

"제가 정신없이 칼을 휘둘러 나리의 목을 쳤습니다."

"잘했다."

사청이 낮게 말했을 때 밤하늘에 새 울음소리가 울렸다. 그 순간 연중이 벌떡 일어섰고 사청도 뒤를 따랐다. 무역선을 탈취했다는 신호다. 사청이 내달리기 시작했고 검은 무리가 소리 없이 본영으로 접근했다. 다른 막사도 마찬가지일 것이다.

"됐다!"

본영으로 달려간 사청이 짧게 외쳤다. 앞장섰던 연중과 또 다른 군사가 활을 쏘아 경비군 둘을 쓰러뜨린 것이다. 어둠 속이었지만 20보 거리다. 심장과 목을 관통당한 당군이 비명도 뱉지 못하고 쓰러졌다. 칼을 빼든 사청이 대문 안으로 달려 들어갔다.

"아앗!"

담장 밖에서 외침이 울린 것은 옆쪽 당군 막사로 적귀대가 몰려 들어갔기 때문일 것이다. 단숨에 마당을 건너 본영 마루 위로 뛰어올랐을 때 기척을 들었는지 군사 둘이 옆쪽 방에서 뛰어 나왔다.

"에잇!"

아직 옷도 제대로 갖추지 못한 당군 무장들이다. 사청이 옆으로 휘두른 칼에 하나가 허리를 베여 쓰러졌다. 그 순간 다른 하나가 덮치듯이 다가와 칼을 내리쳤지만 사청이 몸을 틀었다. 당군의 칼이 대청 마룻바닥을 찍었을 때 사청의 칼날이 되돌아가 목을 쳤다. 목이 반쯤 잘린 무장의 머리가 뒤로 젖혀지더니 핏줄기가 뿜어졌다. 사내가 쓰러지기도 전에 청을 뛰어 건넜던 사청은 마루 끝 방에서 나오는 사내를 보았다. 손에 칼을 쥐었지만 아직 바지도 제대로 입지 않았다. 육중한 체격, 긴 수염, 이곳 당군의 주장(主將)이다. 이제 사방은 함성과 비명으로 가득 찼다. 사청이 사내를 노려보았다. 저놈이 목표인 것이다.

4장 아아, 백제여

"아앗!"

기합은 당군 장수가 먼저 뱉었다. 장검을 치켜들고 달려오면서 뱉은 기합이다. 사청이 주춤 멈춰 서고는 장수를 일별했다. 그 짧은 순간 장수의 온몸이 허점투성이임을 보았다. 전장(戰場)에서 단련된 무사는 눈 깜박하는 순간에도 빈틈을 본다. 사방이 적으로 가득 차 흉기가 난무하는 공간인 것이다. 검법과 힘이 통하지 않는다. 오직 누가 더 짧은 순간에 상대방의 빈틈에 흉기를 집어넣느냐로 승부가 난다. 그러려면 몸 전체가 촉수로 변해야 한다. 백병전에서 살아남는 군사는 바로 몸 전체가 흉기이며 촉수가 되어야 하는 것이다. 사청은 당장(唐將)이 장검을 내려치는 순간까지 기다렸다가 몸을 비틀어 피했다. 장검은 사청의 어깨를 스치고 떨어져 마룻바닥에 한 치나 깊게 박혔다. 그 순간 사청이 내지른 칼날이 당장의 턱을 뚫고 올라가 뇌 속까지 들어갔다.

"컥!"

당장의 입에서 그런 신음이 울렸고 쩍 벌린 입에서 피가 뿜어 나왔다. 사청이 발로 당장의 가슴을 차면서 칼을 뽑았을 때 당장의 눈동자는 이미 흐려져 있다. 통나무처럼 뒤로 쓰러진 당장의 몸에서 경련이 일어났다. 그때는 이미 사방에서 외침과 함성이 울리고 있다. 함성은 모두 적귀대의 입에서 터지고 있는 것이다. 그로부터 한 식경(30분)쯤 지났을 때 사청이 불을 환하게 밝힌 본영의 청에 서서 보고를 받는다. 적귀대는 3명이 전사했고 6명의 부상자를 내었다. 그러나 당군은 몰사했다. 무역선 두 척에 있던 30여 명의 선원들과 3백여 명의 군사까지 죽은 것이다. 투항자가 40여 명 있었지만 모두 베어 죽였으며 창고에 갇혀 있던 백제 포로 202명을 구해내었다. 7살부터 40대 장년까지의 포로다. 더 어리거나 더 나이든 남녀는 죽이고 건강한 노예만 골라놓은 것이다.

"네 식구를 찾았느냐?"

문득 사청이 머리를 돌려 담장 구석에 서 있는 사내에게 물었다. 그러자 사내가 손바닥으로 눈물을 훔쳤다.

"예, 지금 옆집 마당에 있습니다."

"그럼 가 보거라."

사내가 적귀대의 안내를 맡았던 것이다. 사내가 무릎을 꿇고 절을 하더니 허둥지둥 어둠 속으로 사라졌다.

"나솔, 창고에 양곡과 피륙 등이 가득 쌓여 있습니다. 금붙이도 많습니다."

상태진이 말했으므로 사청이 주위의 군사들을 보았다.

"공을 세운 군사들에게 금붙이 등 값나가는 재화를 아낌없이 나눠주고 양곡은 우리가 열흘쯤 먹을 것만 남겨두고 주민들에게 다 나눠주도록."

"그러지요."

장덕 상태진의 얼굴에 쓴웃음이 떠올랐다. 백제군은 전쟁이 끝나서야 논공행상을 했기 때문이다.

"군사들이 기뻐 날뛰겠습니다, 나솔."

"상황에 따라서 논공행상을 하는 거야."

"과연."

옆에 서 있던 마석이 피투성이가 된 손을 마른 풀로 닦으면서 머리를 끄덕였다.

"지금은 나솔께서 군주(君主)시니까요."

그러더니 곧 외면하고는 상태진과 함께 어둠 속으로 사라졌다. 사청이 머리를 돌려 아직도 옆에 남아 있는 호리를 보았다.

"넌 왜 따라가지 않느냐?"

"장덕이나 계덕이 나눠주겠지요."

"백제 무사는 전장에서 재물을 나누지 않았다."

"알고 있습니다, 나리."

"그러나 내 기준에만 군사들을 맞추면 안 된다."

호리의 시선을 받은 사청이 외면하고 말을 이었다.

"난 억지로 군사들을 끌고 다닐 생각은 없다."

호리가 숨을 들이켰을 때 마당에서 조장(組長) 기중의 모습이 드러났다.

"나솔, 포로 중에서 사내 하나가 나솔을 뵙고자 합니다."

사청이 청 끝으로 나가자 기중이 옆에 서 있던 사내를 가리켰다.

"이 사내입니다."

사청의 시선을 받은 사내가 허리를 깊게 굽혀 보이더니 말했다.

“소인은 벽산성주 한솔(汗率) 백준의 집사 우진입니다.”

어둠 속에서 사내의 눈이 금방 눈물로 번들거렸다.

“장군께서 군사를 보내시어 신라 노예상에게 끌려가신 성주 부인과 따님을 구해주십시오. 이곳에서 60리 떨어진 상주현 마을에 끌려가 있습니다.”

이곳 마을도 텅 비었다. 신라군 정찰대 30여 명이 마을 중심부의 저택을 숙소로 삼았고 그 옆쪽에 신라 노예 사냥꾼들이 묵고 있다. 저택 창고는 노예들의 숙소로 쓰였는데 이쪽의 경비가 삼엄하다. 외부 침입자 경계가 아니라 도망가지 못하도록 안을 감시한다.

“먼저 신라군을 없애기로 하지.”

사청이 말하고는 옆에 선 호리를 보았다. 이번에도 호리가 따라왔다. 자원한 것인데 이제 상태진이나 마석 등은 그러려니 한다. 호리가 사청의 위사장 노릇을 하고 있는 것이다. 그때 호리가 말했다.

“나리, 노예상도 20명 가깝게 됩니다. 저한테 다섯 명만 주시면 자고 있는 놈들을 소리 없이 죽이겠습니다.”

“그렇다면 먼저 창고 경비부터 없애라.”

선선히 허락한 사청이 눈으로 앞쪽을 가리켰다.

“두 놈부터 먼저 죽이고 방으로 들어가면 일행인 줄 알 것이다.”

호리가 머리를 숙여 보이더니 뒤쪽에 늘어선 군사를 추려 소리 없이 사라졌다. 인시(오전 4시) 무렵, 벽산포에서 사청은 호리와 함께 20기의 기마군만 인솔하고 이곳에 온 것이다. 신라군 30여 명은 보초 3명만 집 밖에 세워두고 깊은 잠에 빠져들어 있다. 기마 정찰대여서 말 30여 필이 집 안에 매여 있다. 호리가 다섯을 이끌고 사라진 것을 확인한 사청이 발을 떼었다. 뒤를 15명의 군사가 소리 없이 따른다. 이제는 모두 백전(白戰)의 용사가 되어서 몸이 굳은 군사도 없다. 이윽고 골목 끝에 선 사청이 앞쪽을 보았다. 30보 앞쪽에 신라군 둘이 대문 앞에 서서 이야기를 하고 있다. 그 옆쪽 담장에는 또 한 명이 기대앉아 있었는데 셋 중 우두머리 같았다. 주위를 둘러본 사청이 손에 쥐고 있던 활에 화살을 먹였다. 그러고는 다시 살통에서 화살 두 개를 꺼내 새끼손가락 사이에 낀다. 군사들이 숨을 죽이고 사청을 보았다. 이제 모두 어둠에 익숙해져 있어서 사청의 손짓 한 번도 놓치지 않는다. 숨을 들이켠 사청이 활을 들고는 시위를 당겼다. 화살촉이 겨냥한 곳은 앉아 있는 신라군이다. 곧 시위가 만월처럼 부풀었다가 손을 뗀 순간에 화살이 날아갔다. 뒤쪽에 선 군사들은 날아간 화살이 앉은 군사의 이마에 박히는 것을 보았다. 군사는 앉은 채로 입만 쩍 벌리더니 조금 머리를 젖혀 담 벽에 기댔다. 이마에 깊숙이 화살이 박힌 채 기대앉은 것이다. 그에게서 다섯 걸음 옆쪽의 군사 둘은 이야기를 계속하고 있다. 그때 사청의 두 번째 화살이 날아갔다. 이번에는 왼쪽 군사다. 옆쪽 관자놀이에 살이 박힌 군사가 벌떡 넘어졌을 때 앞에 서 있던 군사가 입을 딱 벌렸다. 놀란 표정이다. 그러나 아직 영문을 모른다. 허리를 굽힌 사내가 넘어진 군사를 보려는 듯 잠깐 주춤했을 때 세 번째 화살이 날아가 목을 꿰었다.

"컥!"

신음 소리가 그렇게 났다. 입을 쩍 벌린 사내가 화살을 움켜쥐고 이쪽으로 몸을 돌렸다. 고함을 치려고 입을 다시 벌렸지만 성대를 관통한 화살 때문에 신음만 울릴 뿐이다. 그때 날아간 네 번째 화살이 사내의 치켜뜬 오른쪽 눈에 깊숙이 박혔다. 뇌까지 관통한 화살촉이 뒤쪽으로 나오면서 군사가 쓰러졌다.

"가자."

활을 던진 사청이 칼을 빼들면서 말했다. 그 순간 군사들이 바람처럼 옆을 스치고 달려간다. 둘씩 셋씩 짝을 지어서 대문 안으로 들어서자마자 좌우로 갈라섰고 한 패는 소리 없이 청으로 뛰어올랐으며 한 패는 뒷마당으로 달려간다. 기습에 이골이 난 군사들인 것이다. 곧 방문이 소리 없이 열리면서 방 안에서 자고 있던 신라군이 살육을 당하기 시작했다. 방마다 둘씩 셋씩 귀신처럼 스며들어간 적귀대가 소리 없이 살육을 하는 것이다. 비명도 지르지 못하고 절명한 군사가 태반이다. 몇 명은 신음을 뱉었지만 옆에서 자던 군사를 깨우지는 못했다. 살육이 끝난 것은 반 식경(15분)도 되지 않았다. 다섯을 끌고 노예 사냥꾼 숙소를 기습했던 호리는 깨어 일어난 사냥꾼 셋과 칼부림을 하는 소동을 벌였지만 이쪽도 부상자 한 명 없이 노예 사냥꾼들을 제압했다. 사청이 신라 군사들을 소탕하고 도우러 왔기 때문이다. 방 하나에 들어가 있던 사냥꾼 여섯이 투항을 하고 마당으로 끌려 나왔지만 곧 처참하게 도륙을 당했다. 노예 사냥꾼 일당도 한 명도 살아 도망치지 못했다. 이제 산 사람은 창고 안의 잡혀온 노예들뿐이다. 마당으로 풀려 나온 노예들은 30여 명. 그중 절반이 여자와 아이들이다. 모두 남루한 차림에 머리도 헝클어졌지만 얼굴에 생기가 번져 있다. 백제군이 해방시킨 것을 아는 것이다. 그때 사청을 수행해온 조장 기중이 소리쳤다.

"우린 대백제군 적귀대로 나솔 사청 나리께서 직접 오셨소."

기중이 아직 어둠에 덮인 마당을 둘러보았다.

"이 중에 벽산성주 가족이 계시는가?"

그때 사내 하나가 소리쳤다.

"계시오!"

모두의 시선이 사내에게로 모였다. 사내가 손으로 뒤쪽에 선 여자들을 가리켰다.

“여기 마님과 아가씨가 계십니다.”

여자 둘은 서로 감싸 안고 있었는데 시선을 받더니 그중 나이든 여자가 말했다.

“내가 한솔 백준의 처올시다.”

여자의 목소리가 마당을 울렸다.

“이렇게 구해주셔서 어떻게 은혜를 갚아야 할지 모르겠습니다.”

사청이 청에서 내려와 여자에게 다가가 섰다.

“나솔 사청입니다.”

머리를 숙여 보인 사청이 부인에게 말했다.

“저희들은 곧 떠납니다. 그러니 부인께서도 준비를 하시지요.”

“고맙습니다.”

그때 사청의 시선이 부인 옆에 선 낭자에게로 옮겨졌다. 시선이 마주친 순간 낭자는 머리를 숙여 인사를 했지만 입을 열지는 않았다. 몸을 돌린 사청이 기중과 호리에게 지시했다.

“곧 출발한다. 준비해라.”

그러나 사청의 머릿속에 뒤쪽 낭자의 모습이 깊게 박혀서 눈동자가 흐려졌다. 갸름한 얼굴, 시선을 잠깐 올렸을 때 반짝이던 맑은 눈, 곧은 콧날과 꾹 닫힌 입술, 전장의 핏덩이 속에서 피어오른 흰 꽃송이 같다.

“노예 사냥꾼 놈들의 소지품에 귀물이 많습니다.”

기중이 보고했으므로 사청이 눈동자의 초점을 잡았다.

“포로로 잡혔던 사람들한테 나눠주도록 해라. 그것으로 당분간은 살아야지.”

"신라군이 양곡도 꽤 갖고 있으니 그것도 나눠주겠습니다."

기중이 활기 있게 말하고는 포로로 잡혔던 주민들에게 소리쳐 전했다. 마당에서 환성이 일어났고 이쪽저쪽으로 뛰는 군사와 주민들로 떠들썩해졌다. 그때 사청의 옆으로 호리가 다가와 섰다.

"나리, 무역선 두 척을 어찌하시렵니까?"

벽산포에서 나포한 당(唐)의 무역선을 말하는 것이다.

"왜 그러느냐?"

"요긴하게 쓰일 것이니 불사르지 마시지요."

"요긴하게 쓰이다니? 내가 해적이라도 되라는 말이냐?"

"그 배로 야마토에 가실 수가 있습니다."

사청의 시선을 받은 호리의 두 눈이 번들거렸다.

"이곳에서 노예상만 죽이고 다니실 것입니까?"

"시끄럽다."

"야마토에 계시던 풍 왕자가 오신다지만 복신이나 도침이 기다리고 있는 것 같지도 않습니다. 그렇지 않습니까?"

"왜놈이 별걸 다 관여하는구나."

"왜국 야마토와 백제는 천년 형제국이었습니다, 나리."

"부자국(父子國)이 아니었더냐?"

그때 뒤쪽에서 인기척이 났으므로 사청이 몸을 돌렸다. 한솔 백준의 부인과 딸이 다가서 있다. 둘은 옷차림만 매만졌을 뿐 갈아입을 옷이 있을 리가 없다.

"저희 두 모녀가 나솔께 폐를 끼치는 것 같습니다."

부인이 정색하고 말을 이었다.

"군사한테 들었는데 벽산포에 주둔하셨다니 그곳에만 데려다 주시면 저희들이 살길을 찾겠습니다."

"그러시지요."

사청이 머리를 끄덕였다.

"벽산포에 부인 댁 집사가 있습니다. 그 집사의 말을 듣고 우리가 이곳에 온 것이지요."

"집사 우진이 그곳에 있군요."

부인의 목소리에 생기가 떠올랐고 옆에 선 낭자의 얼굴도 밝아졌다. 그때 기중이 다가와 말했다.

"나솔, 떠날 준비가 되었습니다."

머리를 끄덕인 사청이 부인과 낭자를 번갈아 보았다. 그때 지금까지 입을 열지 않았던 낭자가 말했다.

"어머님과 저도 말을 탑니다, 나리."

신라 왕 김춘추는 사비성이 50여 리(25km) 거리로 다가온 계성산 기슭에서 두 군데에서 달려온 전령을 만났다. 오시(오전 12시) 무렵, 중군의 진막 안이다. 먼저 이례성을 치려고 간 잡찬 유홍이 보낸 전령이 소리쳐 보고했다.

"전하, 승전 보고를 드리오."

전령은 6품 아찬 박무, 직접 보고를 드릴 수 있는 직책이다. 김춘추가 옥음(玉音)을 내렸다.

"말하라."

"잡찬 유홍이 이례성을 공략, 공취하고 백제군 1천여 명의 목을 베었습니다."

박무의 목소리가 진막을 울렸다. 득의양양한 표정이다. 머리를 끄덕인 김춘추가 물었다.

"이례성을 지키던 좌평 여자진의 수급은 취했느냐?"

"예, 그것이."

어깨를 부풀렸던 박무가 말을 이었다.

"난전 중에 죽은 것 같아서 시체를 뒤지고 있습니다."

머리를 끄덕인 김춘추가 옆에 서 있는 대장군 품일을 보았다.

"이찬, 칠년산성에서 온 전령을 불러라."

"예, 전하."

품일이 옆에 선 장군에게 낮게 말하고는 곧 어깨를 늘어뜨렸다. 칠년산성이 함락되었다는 것은 이미 밀정을 통해 보고를 받은 것이다. 그러나 지금 칠년산성에서 도망쳐 나온 장수 하나가 보고를 하려고 기다리고 있다. 곧 장수가 온몸이 먼지와 마른 피로 범벅이 된 자 하나를 데려왔으므로 진막 안이 조용해졌다.

"전하, 칠년산성에서 온 일길찬 유문석이 보고를 드린다고 합니다."

장수가 소리치자 10보 밖에서 꿇어앉은 유문석이 머리를 들고 김춘추를 보았다.

"전하, 칠년산성이 이례성에서 나온 여자진의 백제군에게 함락되었습니다."

유문석이 한 마디씩 힘주어 말을 잇는다.

"성주대리 아찬 용진 이하 장수 대부분이 전사했으며 살아 나간 군사는 1천여 명밖에 되지 않습니다."

그러고는 유문석이 두 손을 땅에 짚고 엎드렸다.

"제 목을 베어 떨어진 사기를 올려 주십사 머리를 달고 왔습니다."

그때 김춘추가 아직도 옆쪽에 선 유홍의 전령 박무에게 말했다.

"너희들은 여자진이 나간 빈 성을 쳤던 것 같다."

이미 유문석이 보고를 할 때부터 사색(死色)이 되어 있던 박무도 무릎을 꿇고 엎드렸다. 김춘추가 말을 이었다.

"칠년산성은 나중에 다시 찾기로 하자. 이미 패망한 무리가 마지막 몸부림을 치는 것에 불과하다."

정색한 김춘추가 박무와 유문석을 번갈아 보았다.

"이례성과 칠년산성의 배후에 적귀대 사청이 있다. 그놈을 잡아야 한다."

도열한 수십 명의 장군들이 일제히 머리를 숙이며 소리쳤다.

"황공합니다."

그 시간에 백제 남방(南方)을 순시하던 신라군 삼천당 소속의 정찰대가 상주현의 마을에서 같은 정찰대가 몰살당한 것을 발견했다. 노예상 20여 명도 몰살당했는데 자다가 기습을 당한 것이다.

"우군(右軍) 소속의 정찰대입니다."

시체를 살핀 군사 하나가 정찰대장 원신에게 소리쳤다.

"나하고 안면이 있는 군사를 찾았습니다!"

정찰대장 원신은 11품 나마(奈麻) 벼슬로 50여 명의 기마군을 이끌고 있다. 몰살당한 정찰대가 부대는 달랐지만 두고 볼 수 없는 노릇이다. 원신이 기마군 둘을 불러 70리 북쪽에 위치한 삼천당 본진으로 전령을 보내는 한편 적의 흔적을 찾기로 결심했다.

"기마군의 자취가 남쪽으로 나 있소."

잠시 후에 군사 하나가 달려와 말했다.

"20여 기입니다."

말 발자국을 살핀 원신이 머리를 끄덕였다. 30대 중반의 원신은 10년이 넘도록 기마 척후만 지내다가 작년에야 11품 나마로 승진했다.

"몇 시진 안 되었다."

말에 오른 원신이 번들거리는 눈으로 군사들을 보았다.

"잡을 생각은 버리고 천천히 쫓는다."

50기의 정찰대는 천천히 발자국을 쫓기 시작했다. 미시(오후 2시) 무렵이다.

"대장, 이놈들이 백제군 정찰대라면 위험합니다. 우리가 본대로 따라 들어가는 것이 아니요?"

부장이 다가와 걱정스럽게 말했으므로 원신이 웃었다.

"그럼 본대를 잡는 것이지. 그러니까 이렇게 조심스럽게 따르지 않나?"

벽산포에 진을 친 적귀대는 모처럼 휴식기를 맞았다. 그야말로 동가식서가숙하면서 황폐해진 조국(祖國)을 도둑 무리처럼 숨어 다니던 적귀대다. 벽산포는 식량뿐만 아니라 적귀대에게 평안(平安)을 주었다. 상주현의 마을에서 돌아온 지 이틀째가 되는 날 아침, 군사들과 함께 주먹밥으로 식사를 하는 사청에게 마석이 다가왔다.

"나솔, 북쪽 15리 지점에서 신라군 정찰대가 좌측 선부령 쪽으로 지나갔습니다. 상주현에서부터 추적해 왔던 것 같습니다."

"우리가 서둘러 회군하느라고 발자국을 덮지 못했어."

"하지만 정찰대가 선부령 쪽으로 꺾어졌다니 다행입니다."

"곧 이곳도 떠나야겠군."

사청이 혼잣소리처럼 말했을 때 마석이 한 걸음 다가섰다.

"나솔, 벽산성주 부인이 중태올시다. 의원도 없는 터라 열만 식히고 있는데 며칠 살지 못할 것 같소."

사청의 시선을 받은 마석이 길게 숨을 뱉었다.

"전장에서 수백, 수천의 죽음을 겪다가도 방에서 죽는 사람을 보면 정신이 듭니다."

"신라군에 맞아서 그렇게 된 것 아닌가?"

"그래도 방에서 누워 있으니 인간처럼 느껴집니다. 인간은 그렇게 죽는 것이지요."

"전장에서 죽는 군사는 짐승인가?"

"그렇지 않습니까?"

"계덕은 짐승 무리 수장이군."

먹다 만 주먹밥을 내려놓은 사청이 자리에서 일어나 마석을 흘겨보았다. 마석은 스물여섯, 사청보다 네 살 연상이었지만 바다 건너 광릉군에서부터 생사고락을 함께 겪은 심복이다. 때로는 사청의 집사 노릇도 한다. 나이든 집사 동조가 적귀대를 따라다닐 수가 없었기 때문에 웅진성 근처 산속으로 피신한 후부터 더욱 그렇다. 사청이 마석과 함께 바닷가의 세 칸짜리 민가로 들어선 것은 잠시 후였다. 마당에 있던 한솔 백준의 집사가 사청을 보더니 놀라 허리를 굽혔다.

"나솔께서 오셨습니까?"

커다랗게 소리친 건 집 안에 알리려는 것이다. 그때 방문이 열리면서 백준의 딸 오선의 모습이 드러났다. 사청을 본 오선이 머리를 숙여 보였으나 입을 열지는 않았다.

"부인께서 위중하시오?"

다가간 사청이 묻자 오선이 청에서 내려와 두 손을 모아 쥐었다. 정중한 태도다.

"네, 아직 의식은 있으십니다."

"허, 의원이 없어서 약도 구할 수가 없소. 위쪽 옥금성에 신라군이 들어가 있지만 의원과 목수, 대장장이는 포로로 잡아가지 않고 부린다니 내가 의원을 데려오리다."

"아닙니다."

어느덧 얼굴이 붉어진 오선이 물기를 띤 눈으로 사청을 보았다.

"나솔께서 마음 써주시는 것만으로도 감사합니다."

"한솔께 대한 예의올시다."

사청이 똑바로 오선을 보았다.

"오늘 저녁까지 데려올 테니 기다리시오."

그때 방에서 여인 하나가 나오더니 오선에게 말했다.

"아씨, 마님께서 나솔 나리를 모시고 들어오시라고 합니다."

오선이 당황한 표정을 지었으나 사청이 먼저 발을 떼었다. 방 안으로 들어선 사청은 여인의 부축을 받고 일어나 앉은 부인을 보았다. 이틀 사이에 부인은 놀랄 만큼 변했다. 얼굴이 백지장처럼 핏기가 가신 대신 눈에는 열기가 있다. 방 안에서 피비린내가 풍겼는데, 피를 쏟았기 때문이다. 신라군의 발길에 채여 내상을 입고 있다가 긴장이 풀리면서 쓰러진 것이다. 진맥을 보는 군사가 부인의 상태를 보더니 내장이 터졌다고 했다. 그러면 며칠 살지 못한다. 사청이 앞쪽에 앉았을 때 부인이 입을 열었다.

"나솔 덕분에 노예 신세는 면했지만 이제 이승을 떠날 때가 되었습니다."

"부인, 제가 위쪽 옥금성에 가서……."

"들었습니다."

부인이 번들거리는 눈으로 사청을 보았다.

"제가 제 병을 압니다. 저는 오늘밤을 넘기지 못합니다."

머리를 돌린 부인이 옆쪽에 앉아 있는 오선을 보더니 말을 이었다.

"내 딸 오선이 하나 남은 혈육입니다. 아비는 석 달 전에 전사했고 어미인 제가 오늘밤에 이승을 떠날 테니 저 애 하나가 이 전쟁터에 남았군요. 나솔, 부디 제 딸을 거두어 주십시오."

그때 머리를 돌린 사청이 오선을 보았다. 오선은 두 손으로 얼굴을 덮고 있었는데 어깨가 가늘게 흔들렸다. 사청이 머리를 끄덕였다.

"제가 아직 미혼입니다. 그러지요."

"나솔."

부인의 열기 띤 눈에서도 눈물이 흘렀다.

"제가 저승에서 혼이 되어 나솔의 무명(武名)을 지키지요. 내가 꼭 은혜를 갚아 드리겠소."

"낭자와 인연을 맺어주셔서 오히려 제가 은혜를 입었습니다."

"아아, 조상이시여."

그때 피비린내가 맡아졌고 부인이 황급히 두 손으로 입을 가렸지만 늦었다. 부인의 어깨가 흔들리면서 피가 뿜어졌고 막은 손가락 사이로 피가 흘러내렸다. 시중드는 여인과 오선이 다가와 피를 닦고 부인을 눕혔을 때 사청이 말했다.

"부인, 약속을 지킬 테니 마음 놓고 정양하시지요."

부인이 가쁜 숨을 뱉으며 사청을 응시했는데 말은 하지 않았다. 그러나 치켜뜬 두 눈에는 감사의 정(情)이 가득 담겨 있는 것이 느껴졌다. 그리고 그날 저녁, 술시(8시) 무렵이 되었을 때 전(前) 벽산성주이며 대백제국(大百濟國) 제5품 한솔(汗率) 관등이었던 백준의 처 가양 부인이 숨을 거두었다. 숨을 거두기 전 가양 부인은 옆에 나란히 앉은 딸 오선과 사위 사청의 작별 인사를 받았다. 그래서 부인은 웃음 띤 얼굴로 이승을 떠났다. 그날 밤, 적귀대의 본진으로 사용되고 있는 벽산포 중심의 12칸 저택 청에서 부장(副將)들의 회의가 소집되었다. 지금 초상이 난 바닷가의 저택에 사청이 가 있었으므로 나머지 부장 대부분이 모였다. 부장 중 좌장인 장덕 상태진이 말했다.

"조금 전 나솔께서 내일 오후에 부대를 이동시킨다는 지시를 내리셨네."

주위를 둘러본 상태진이 말을 이었다.

"이번 이동은 육로 이동이 아니야. 이번에 나포한 무역선으로 남쪽 바닷가로 이동하는 것이네."

그러자 부장들이 술렁거렸다. 머리를 끄덕이는 부장도 있긴 했다. 호리다. 그러나 대부분이 낯선 표정이다. 그때 상태진의 시선이 호리에게로 옮겨졌다.

"이보게, 호리. 그대가 무역선 두 척을 운용할 수가 있겠는가?"

"됩니다."

대번에 대답한 호리가 어깨를 폈다.

"소인이 그 동안 군사들을 점검해보았는데 수군(水軍) 출신이 20명 가깝게 되었소. 수군 육전대(陸戰隊) 출신까지 더하면 40명이 넘었습니다. 키 잡는 것과 돛을 펴고 접는 방법을 한 시진만 가르치면 됩니다."

"너무 쉽게 말하는군."

조장 두어 명이 말했지만 비꼬는 분위기는 아니다. 오히려 배를 타고 바닷길로 나간다는 것에 안도하는 분위기가 퍼져 가고 있다. 그때 상태진의 시선이 마석에게로 옮겨졌다.

“이보게, 계덕. 나솔께서는 어쩌실 생각이던가? 그대가 옆에 있었으니 잘 알 것 아닌가?”

“무슨 말씀이오?”

마석이 되묻자 상태진이 혀를 찼다.

“알면서도 시치미를 떼는가? 그, 한솔 따님 말일세.”

“전시라 오늘밤에 시신을 뒤쪽 산에 매장하기로 했습니다.”

“그건 나도 알아. 나는 지금 그 따님을 묻고 있어.”

주위가 조용해졌다. 다시 시선이 마석에게로 옮겨졌다. 마석이 되물었다.

“그 따님이 어쨌단 말씀이오?”

그러자 상태진이 어깨를 부풀렸다가 내리더니 마석을 쏘아보았다.

“나솔께서 어쩌실 작정이신가? 그 따님하고 혼인을 약속하셨지 않은가 말이네. 물론 그 부인의 청을 거부하기가 어려웠겠지만 부인이 생기셨어, 그러니…….”

이제는 상태진의 말끝이 흐려졌다. 장덕 상태진은 적귀대 장수 중 가장 연장자다. 34세로 사청보다 10년도 더 연상이며 직위도 7품이니 사청보다 1품 낮을 뿐이다. 그러나 황산벌에서 돌아온 사청을 주장(主將)으로 모시고 적귀대를 함께 이끌어 왔다. 그때 마석이 입맛을 다시고 말했다.

“그것은 나솔께서 결정하시겠지요. 우리는 따르기만 하면 됩니다.”

“옳습니다.”

조장 기중이 바로 거들었다.

“우리가 주장께서 하시는 일을 상관할 수가 있습니까?”

그러자 상태진이 마무리를 했다.

"누가 뭐 어쩌자는 건가? 궁금했을 뿐이네."

"저는 이곳에서 작별하겠습니다."

오선이 말했으므로 몸을 돌리려던 사청이 시선을 주었다. 밤, 자시(12시)가 넘었다. 부인의 시신을 매장하고 이제 막 집에 돌아온 참이다. 그러고는 내일 오후에 나포한 무역선으로 함께 떠나자고 말했던 것이다. 사청의 시선을 받은 오선이 머리를 숙여 절을 했다.

"나리께선 목숨을 구해 주셨고 어머니 장례까지 치러 주셨습니다. 그것만으로도 갚을 수 없는 은혜를 입었습니다. 이젠 이곳에서 작별하겠습니다."

사청의 얼굴에 쓴웃음이 번졌다.

"이곳에 아직 정처를 잡지 못한 피난민 1백여 명이 있소. 나는 그들까지 싣고 갈 작정이오."

"……."

"그대 혼자만 싣고 가는 것이 아니요. 나는 그들을 남쪽 안전한 섬에 내려주고 내 갈 길로 갈 것이오."

짙은 어둠 속, 둘은 저택의 청 앞마당에 마주보고 서 있다. 장례를 도운 사람들은 뿔뿔이 흩어졌고 주위는 조용해졌다. 모두 둘을 위해 자리를 피해 준 것 같다. 오선이 입을 열지 않았고 사청도 한동안 우두커니 서 있었다. 뒤쪽 산에서 부엉이가 울었다. 부인 가양을 매장한 산 쪽이다. 그때 오선이 머리를 숙인 채 말했다.

"어머니를 안심시켜 주시려고 마음에도 없는 약속을 하신 줄 압니다. 그러니 이제 어머니가 마음 놓고 떠나셨으니 나솔께서도 부담을 느끼지 않으셔도 됩니다."

사청은 잠자코 서 있었다. 겨울이다. 찬바람이 몰려와 옷자락을 날렸다. 대백제가 멸망한 지 이제 석 달이다. 석 달 동안 대백제는 황무지가 되었다. 마을은 비었고 불에 탔으며 주민은 모두 산속에 숨었거나 북쪽 고구려로, 또는 배를 타고 왜국이나 대해(大海)를 건너 동방의 담로로 떠난다. 남은 주민들은 신라 노예 사냥꾼에게 잡혀 거래되거나 살해되기 때문이다. 이윽고 사청이 입을 열었다.

"참으로 가벼운 여자로다. 내가 더 할 말이 없구나."

혼잣소리처럼 사청이 말을 이었다.

"나는 군신(軍神) 계백의 혼을 머리 위에 이고 사는 무장이다. 저승에 떠 있는 그대 모친께 부끄럽지도 않느냐?"

숨을 죽인 오선의 머리 위로 사청의 말이 물벼락처럼 떨어졌다.

"내 짐을 덜어 주겠다는 그대 처신이 내 얼굴에 오물을 끼얹었다."

몸을 돌린 사청이 마당을 건너 어둠 속으로 사라졌지만 오선은 움직이지 않았다. 그날 밤, 축시(오전 2시)가 조금 지났을 때 침소에 누워 있던 사청이 눈을 떴다. 밖에서 숙직하던 군사가 기척을 내었기 때문이다.

"무슨 일이냐?"

사청이 묻자 군사가 헛기침부터 했다.

"나솔, 저, 마님이 오셨소이다."

"누구?"

몸을 일으킨 사청이 묻자 군사가 다시 말했다.

"마님이 오셨다니까요."

순간 침상에서 일어선 사청이 문을 열었다. 밖은 아직도 칠흑처럼 어둡고 춥다. 찬바람이 매섭게 몰아치는 마루 끝에 군사와 오선이 서 있었다. 군사는 개가죽 겉옷에 털모자로 귀까지 가렸지만 오선은 맨 머리에 장옷을 여며 쥐고 서 있을 뿐이다.

"들어오시오."

사청이 말하고는 비켜서자 오선이 마루 위로 올랐고 군사는 얼른 돌아섰다. 오선이 방으로 들어서자 문을 닫은 사청이 부싯돌로 초 심지에 불을 붙이면서 물었다.

"웬일이오?"

"제가 생각이 짧았습니다."

사청의 등에 대고 오선이 말했다. 불을 붙인 사청이 촛대를 세우자 오선이 다시 말을 이었다.

"나리의 처분을 기다리는 것이 도리였습니다. 부담을 덜어 드린다는 핑계는 거짓이었습니다."

"……."

"제가 상처를 덜 받으려는 수작이었습니다. 버림받기는 싫었거든요."

그때 촛대를 탁자 위에 올려놓던 사청이 촛불을 불어 껐다. 방 안이 다시 어두워졌을 때 사청이 말했다.

"침상으로 오시오."

오선은 숨을 죽였고 사청의 말이 이어졌다.

"옷을 벗고 오시오."

사청이 먼저 침상으로 오르는 소리가 들리더니 곧 혼잣말이 울렸다.

"그러고 보니 오늘이 첫날밤이로군."

오선은 속치마만 걸친 채 침상에 올랐는데 사청이 팔목을 잡고 끌어당기자 순순히 안겼다. 사청이 오선의 속치마를 벗겼다. 깊은 밤, 주위는 짙은 적막에 덮여 있다. 알몸이 된 오선의 몸은 작고 따뜻하다. 그러나 몸은 굳어서 나무토막처럼 뻣뻣하다. 사청이 오선의 알몸에 이불을 덮어주고는 자신의 옷을 벗었다. 문득 굳은 채 숨을 죽이고 있는 오선에게 말을 걸어 분위기를 부드럽게 만들고 싶었지만 입을 열지 않았다. 곧 알몸이 된 사청이 다시 오선을 안았다. 오선이 얼굴을 사청의 가슴에 묻더니 더운 숨결을 뱉는다. 사청은 오선의 몸을 눕히고는 위에 올랐다. 사지를 웅크렸던 오선이 체념한 듯 몸을 늘어뜨린 채 사청을 올려다보았다. 어둠 속이었지만 오선의 검은 눈동자가 드러났다. 시선이 마주치자 사청은 다시 입을 열고 싶은 충동이 일어났다. 위로든 설명이든 아무것이나 쏟아내고 싶었다. 그러나 이번에도 사청은 입을 열지 않았다. 사청은 거침없이 몸을 합쳤다. 그 순간 오선의 입에서 낮은 소리가 터졌다. 오선의 몸은 아직 준비가 되지 않아, 사청 또한 몸에 전해지는 강한 압박에 어금니를 물어야만 했다. 하지만 그는 멈추지 않았다. 바다 건너 담로인 광릉군에서 여자를 많이 겪었던 사청이다. 당(唐)의 영토에 진입했을 때 거침없이 당녀(唐女)를 겁탈한 적도 여러 번이다. 승자의 권리인 것이다. 그때 오선이 두 손을 뻗어 사청의 팔목을 잡았다. 방 안에 가쁜 숨소리와 함께 낮은 신음이 이어지고 있다. 사청은 오선이 처음이라는 것을 알 수 있었다. 하지만 교합은 본능이었다. 서서히 오선의 몸이 열리고 있었고, 축축해지고 있었다. 이윽고 사청에게 절정의 순간이 찾아왔고, 오선은 그의 허리를 두 손으로 감싸 안았다. 그러다가 제 행동에 놀란 듯이 얼른 손을 떼었지만, 거친 숨소리에 섞인 신음은 이어지고 있다. 방 안을 채운 열풍이 조금씩 가라앉았다. 사청은 오선의 알몸을 껴안고 있었는데 이제는 자연스럽다. 오선의 거친 숨결이 가슴 위로 흐르고 있다. 이윽고 사청이 몸을 떼고 옆으로 누웠다. 오선이 서둘러 옷을 찾았지만 어둠 속인 데다 알몸이어서 손을 몇 번 더듬거리자 사청이 이불을 끌어 오선의 알몸을 덮어주면서 말했다.

"내일 배로 탐라도에 갈 것이오."

오선이 숨을 죽였다. 탐라도는 백제 남방(南方)에서 뱃길로 이틀 길이다. 백제 남방 소속의 큰 섬이지만 바람이 많고 농경지가 없어서 주민은 1천 남짓. 백제는 수비장으로 10품 계덕(季德) 휘하에 50여 명의 현지인 군사를 징발하여 자치(自治)시켰지만 지금은 무주공산(無主空山)이 되어 있을 것이다. 사청이 말을 이었다.

"농경지는 적지만 섬이 크니 경작할 땅도 얼마든지 찾아낼 수 있을 것이오. 당(唐)과 신라는 탐라에 관심을 보이지 않으니 당분간 그곳에 머물도록 하시오."

그때 오선이 사청을 보았다.

"낭군께선 저한테 돌아오실 겁니까?"

목소리는 또렷했지만 말끝이 떨렸다. 기를 쓰고 말한 때문이다. 사청이 손을 뻗어 오선의 허리를 당겨 안았다. 부드러운 허리 살이 만져졌고 오선이 선선히 사청의 가슴에 안겼다.

"돌아오지요."

"언제 말입니까?"

"기약할 수는 없소."

오선의 어깨를 감싸 안으면서 사청이 말을 이었다.

"내 머리 위로 달솔 계백의 혼이 떠 있는 것처럼 그대 머리 위로도 내 혼이 떠 있을 것이오."

"죽어서 혼으로 오시려고요?"

이제 오선의 목소리는 떨리지 않았다. 빈틈없이 사청에게 안겨 있기 때문인 것 같다.

"주민 1백여 명도 싣고 가는 터라 농사를 지을 씨앗과 양곡도 남겨 둘 것이오."

"기다릴게요."

이제는 오선이 사청의 허리를 감아 안으면서 말했다.

"살아서만 돌아와 주세요, 낭군."

오선이 사청의 가슴에 얼굴을 붙였다. 다시 숨결이 가빠지고 있다.

"풍향이 조금씩 바뀐다!"

기진맥진한 호리가 소리쳤을 때는 저녁, 유시(6시) 무렵이다. 배는 이미 대해(大海)로 떠내려 온 상태였지만 주위의 군사들도 탄성을 뱉었다.

"다행이다."

사청도 호리를 격려했다. 무역선 두 척은 당선(唐船)으로 대해(大海)를 건너도록 만들어졌다. 선체도 커서 길이가 2백 자(60m) 폭이 20자(6m)인 미끈한 선체로 선원 30명에 양곡 5백 석을 싣도록 제작되었다. 사람만 싣는다면 각각 2백 인씩 싣고 석 달 동안 항해할 수 있도록 만들어진 것이다. 그 대선(大船)을 호리의 지휘로 수군(水軍), 수병(水兵) 출신의 병사 20인씩을 골라 선원(船員)으로 급조했으니 제대로 운용될 리가 없다. 한나절 동안 벽산포 안에서 시운전을 한 후에 각각 포로로 잡혔던 주민과 근처에서 소문을 듣고 모여든 주민 2백여 명을 나눠 싣고 출발했다. 그러나 벽산포 앞바다로 나오자마자 일이 벌어졌다. 바닷바람을 만나 배가 서쪽으로 떠내려간 것이다. 배들이 떨어질까 봐 두 배를 굵은 밧줄로 묶어 놓았기 때문에 배는 두 시진(4시간)이나 대해(大海)로 떠내려 왔다. 서풍이 워낙 거세어서 호리도 어쩔 수가 없었다. 앞쪽 배에 탄 호리는 돛을 제대로 조작했지만 뒤쪽의 배가 서툴러서 잘못하다가는 함께 전복할 수도 있다. 호리가 길이가 50자(15m)나 되는 밧줄을 타고 뒤쪽 배로 건너가 돛을 조작해주는 등 죽을 고생을 했지만 지금 배는 망망대해에 떠 있다. 이미 백제 땅은 보이지도 않는다.

"이제 옆바람이 좀 가라앉았으니 이대로 나가다가 남동쪽으로 돌리지요."

어깨를 늘어뜨린 호리가 사청에게 말했다.

"군사들이 돛 잡는 법도 조금 알게 되어서 다행입니다, 나리."

"조금 더 항해술을 익힌 후에 바다로 나왔어야 했다."

사청이 쓴웃음을 짓고 말했다.

"너무 서둘렀어."

"아니오, 나솔."

호리를 도와 동분서주했던 마석이 나섰다.

"신라군 정찰대가 선부령에서 이쪽으로 되돌아오고 있었습니다. 눈치를 챈 것 같아서 조바심이 났지요."

군사들의 시선이 모였고 마석이 말을 이었다.

"벽산포에서 50리(25km) 거리인 아진산에 머물고 있었는데 불안했습니다."

머리를 끄덕인 사청이 2층 누각으로 오르면서 말했다.

"그럼 선장인 호리 말대로 당분간 바람을 타고 가다가 조금 더 잦아들면 남동쪽으로 돌리기로 하자."

아직 서풍이 셌으므로 두 척의 배는 돛을 비스듬히 세워 바람을 최대한 적게 받으면서 서남쪽으로 달리고 있다. 계단을 오른 사청이 문을 젖히고 누각으로 들어섰다. 이곳이 무역선 수장(首長)의 방인 것이다. 안쪽 창가에 앉아 있던 오선이 일어나 사청을 맞았다. 배를 탄 후에 처음

둘이 있게 된 셈이다. 누각에서 부르고 지시하는 소리가 다 들리는 터라 오선도 내막을 다 알 것이다.

"아래쪽 창고에 여자들이 있으니 그대가 내려가서 일을 분배시키는 것이 좋겠소."

사청이 다가가 말했다. 배가 흔들렸으므로 서 있던 오선이 넘어질 뻔해서 사청이 허리를 감아 안아 세웠다. 오선의 얼굴이 빨개졌지만 팔을 뿌리치지는 않았다. 사청이 말을 이었다.

"나이든 아낙들이 있을 테니 배 안에서 여자들이 할 수 있는 일을 상의해서 그대가 지시를 하시오."

사청이 오선의 허리를 한 손으로 안고 한 손은 창틀을 쥐었다. 배가 계속해서 흔들렸기 때문이다. 오선이 머리를 끄덕였다.

"알겠습니다."

"내가 조장 하나를 딸려 보내리다."

그러고는 사청이 문을 열고 아래쪽에다 대고 소리쳤다.

"조장 연중 있느냐?"

"예, 나솔."

금방 연중이 아래쪽에서 대답했다. 좌평 의직의 목을 받은 기마군이다. 이제 연중은 조장이 되어 부하 20명을 거느린다. 사청이 소리쳐 지시했다.

"아씨가 창고에 내려가 여인들의 일을 분담시켜 줄 것이다. 네가 옆에서 거들어라!"

"예, 나솔."

배 안의 모두가 들었을 것이다. 그때 오선이 누각을 나와 계단을 내려가자 모두의 시선이 모였다. 오선은 의젓하다. 벽산성주의 딸이었으니 자연스럽다.

자시(밤 12시) 무렵, 2층 누각에 누워 있던 사청이 아래쪽의 부르는 소리에 눈을 떴다.

"나리!"

호리의 목소리다. 품에 안겨 있던 오선이 서둘러 몸을 떼었고 사청이 자리를 차고 일어섰다.

"무슨 일이냐?"

짙은 밤, 바람은 아직 가라앉지 않았다. 아직도 대선(大船)은 바람을 타고 서진하는 중이다. 옷을 입은 채였으므로 누각 밖으로 나서자 호리가 계단 밑에서 말했다.

"뒤쪽에서 배 두 척이 다가옵니다."

"무엇이?"

놀란 사청이 단숨에 계단을 내려오자 호리가 손으로 동쪽을 가리켰다.

"저기 불 두 개가 보이지 않습니까?"

과연 호리의 손끝에 불빛 두 점이 보였다. 칠흑 같은 밤, 점 두 개가 반짝이고 있었지만 또렷하다. 어느새 사청의 옆으로 마석과 연중 등 조장들이 다가와 서 있다. 상태진은 뒤쪽 배에 타고 있는 것이다. 호리가 말을 이었다.

"당선(唐船)이 분명합니다. 거리는 20리(10km) 정도, 당으로 돌아가고 있는 것 같습니다."

"같이 붙어 있느냐?"

사청이 묻자 호리는 머리를 저었다.

"우리야 배에 서툴러서 묶어 놓았지만 저들이야 익숙한 뱃사람들입니다. 떨어져 있습니다."

머리를 끄덕인 사청이 호리에게 말했다.

"배에 불을 질러라."

"예?"

놀란 호리가 눈을 크게 뜨자 사청이 쓴 웃음을 지었다.

"불이 난 것처럼 해서 저놈들을 유인하자는 것이야."

"아아."

호리가 숨을 들이켰고 마석과 연중 등이 긴장했다. 사청이 마석에게 말했다.

"장덕에게도 알려라. 배에 2백여 명의 군사를 싣고 가면서 이 기회를 놓칠 수가 없다."

"예엣!"

마석이 선미 쪽으로 내달려가자 사청이 호리에게 지시했다.

"저놈들이 바짝 접근할 때까지 기다렸다가 갈고리로 끌어당긴다. 내가 광릉군에서 그렇게 당선(唐船)을 잡았다."

"예에!"

호리가 뛰어갔고 제각기 일을 맡은 조장들이 소리쳐 지시하는 바람에 배 안이 떠들썩해졌다. 뒤에 매인 상태진의 배에서도 마찬가지다. 곧 사청이 탄 배의 뒤쪽에서 불길이 솟았는데 기름을 부었기 때문에 금방 번졌다. 그러나 바닥에 놋쇠 판을 깔고 그 위에 불을 지른 것이어서 불길만 높았을 뿐이다.

"기다려라!"

사청이 소리쳐 지시했다.

"놈들이 배를 붙일 때까지 경솔하게 움직이면 안 된다!"

사청은 광릉군에서 당선을 나포한 경험이 있다. 그때는 접전을 벌인 끝에 다가가 부딪쳤지만 지금은 유인하는 것이다. 더구나 바람이 아직도 세서 당선이 비켜 가면 그만이다. 이쪽은 항해술도 미숙한 것이다. 불이 일어난 지 반 식경쯤 되었을 때 돛대 끝에 서 있던 감시병이 소리쳤다.

"당선 두 척이 이쪽으로 옵니다!"

강한 서풍을 타고 흐르는 터라 거리는 어느덧 10리(5km)쯤으로 가까워졌다. 당선들은 불을 켜고 있었으므로 선수가 이쪽으로 향해 있는 것을 알 수 있다. 배 안은 긴장으로 덮였다. 어느덧 활을 손에 쥔 사청이 다시 소리쳤다.

"갈고리 조가 가장 중요하다. 내가 신호를 보내면 일제히 갈고리를 걸어라!"

"예엣!"

난간에 나란히 엎드린 갈고리 조의 조장 연중이 대답했다. 그때 호리가 말했다.

"나리, 밧줄을 풀고 제가 뒤쪽 배로 옮겨 가겠습니다."

"할 수 있겠느냐?"

사청이 묻자 호리가 눈을 치켜떴다.

"옆쪽으로 오면 배를 붙일 수가 있을 것 같습니다."

"그럼 넘어가라."

"예, 나리."

"당선은 2척이다. 불이 난 이 배를 구하려고 2척이 다 붙을 리는 없다. 그래서 호리가 밧줄을 풀고 뒤쪽 배로 옮겨가 나머지 당선에 붙겠다는 것이다. 호리가 서둘러 뒤쪽 배로 옮겨가더니 곧 매어놓은 밧줄이 풀렸다. 바람도 아직은 세다.

"거리가 5리(2.5km)요?"

난간 사이로 동쪽을 본 연중이 소리쳤다. 바람을 타고 당선은 빠르게 다가오고 있다. 사청은 심호흡을 했다. 이제는 해전(海戰)이다.

"거기 선주가 누구야!"

다가온 무역선은 더 크고 높았다. 그래서 연중은 분주하게 널빤지를 모으고 있다. 무역선 난간에 선 사내가 소리쳤으므로 이쪽은 마석이 대답했다. 당어(唐語)다.

"우린 신라 사신을 싣고 가는 사신선(船)이오! 어서 구해주시오!"

"신라 사신이라니?"

놀란 듯 목소리가 높아졌다.

"사신이 타고 있어?"

"예! 아찬 김복선이 황제께 보내는 친서를 갖고 있소! 어서 도와주시오!"

"허, 이런."

더 말할 것이 있겠는가? 당 황제에게 가는 사신선이다. 만일 위급할 때 구해주지 않는다면 3대(代)까지 경을 칠지도 모른다. 신라 왕 때문이 아니라 당 황제가 걸리기 때문이다.

"배를 붙여라!"

당선(唐船)은 소동이 일어났다. 등불을 밝히고 우왕좌왕하면서도 대선(大船)이 점점 옆구리를 붙여왔다. 그때 뒤쪽의 불길이 옆쪽으로 옮겨 붙었으므로 사청은 두어 걸음 비켜서야 했다. 놋쇠 판 위에다 불을 질렀지만 어느새 옮겨 붙은 것이다. 이대로 두면 실화(實火)가 된다.

"갈고리 준비!"

사청이 낮게 말했으나 난간에 엎드린 갈고리수가 모두 긴장했다. 갈고리수 뒤쪽의 누각 뒤편에는 널빤지를 눕힌 돌격수 50여 명이 대기하고 있다. 무역선 2척에 각각 1백여 명의 적귀대가 타고 있는 것이다. 거기다 난민 1백여 명과 말 떼까지 싣고 있어서 양곡은 열흘분밖에 되지 않는다. 이윽고 어둠 속에서 당선의 거대한 선체가 다가왔다. 키잡이가 익숙한 모양으로 선체를 옆면에 조금씩 붙인다. 30자에서 25자, 20자, 바람이 세고 파도가 높았지만 거선(巨船)은 흔들리지 않는다. 이윽고 10자(3m)가 되었을 때 당선에서 소리쳤다. 선장인 것 같다.

"거기서 갈고리를 걸어주게! 우리가 위쪽에서 물을 뿌려줄 테니까 고정시켜!"

"그러지요!"

마석이 대답했을 때 배가 5자 거리로 붙었다. 그때 사청이 소리쳤다.

"갈고리를 걸어라!"

"예엣!"

연중의 대답을 신호로 10여 개의 갈고리가 내걸리면서 당선이 끌어당겨졌다.

"널빤지!"

다시 사청이 소리치자 뒤쪽에서 적귀대가 일제히 뛰쳐나와 널빤지를 당선에 붙였다. 당선 높이가 10자(3m)쯤 높아서 뛰어 올라가야 한다.

"아니, 이건!"

그때서야 당선 쪽에서 당황한 외침이 울렸다. 지금까지 지휘했던 선장이 소리쳤다.

"뭐야!"

그때 사청이 살을 먹여놓고 있던 활을 겨누면서 누각 뒤쪽에서 몸을 드러내었다.

"휙!"

시위를 떠난 살이 20보 거리밖에 안 되는 선장의 목을 꿰뚫었다.

"쳐라!"

그때서야 마석이 널빤지 위의 군사들을 따라 올라가며 소리쳤다.

"우왓!"

함성이 일제히 일어났다. 사청은 두 번째 살을 날려 당선(唐船) 지휘관 하나의 가슴을 맞혀 쓰러뜨렸다. 그때는 이미 30여 명이 당선으로 뛰어 들어갔고 나머지 20여 명도 널빤지 위로 뛰는 중이었다.

"당선을 묶어라!"

갈고리조의 연중이 소리쳤다. 당선을 이쪽 배와 아예 묶어놓으려는 것이다.

"불을 꺼라!"

불을 맡은 조장이 소리치자 선창에서 난민 남자들이 뛰쳐나와 번진 불을 끄기 시작했다. 이미 당선에서는 살육이 일어나고 있다. 당선은 백제에서 포로와 노획물을 잔뜩 실은 무역선인데 반해 이쪽은 병력만을 채운 병선(兵船)이다. 전투가 될 리 없다. 오직 살육이 시작되었을 뿐이다. 머리를 돌린 사청이 뒤쪽을 보았다. 호리가 조종하는 이쪽 배가 나머지 당선(唐船) 옆으로 접근하고 있다. 아직 붙지는 않았지만 이쪽 배가 가로막듯이 위치하고 있어서 당선은 피할 수가 없을 것 같다. 그때 옆쪽에 인기척이 났으므로 사청이 머리를 돌렸다. 오선이 옆에 서 있었는데 시선이 마주치자 심호흡을 하는 것 같다. 그 순간 사청의 얼굴에 웃음이 떠올랐다. 오선이 손에 장검을 쥐고 있었기 때문이다.

"검술을 배웠소?"

사청이 묻자 오선이 머리를 끄덕였다.

"제 몸 하나는 지킬 수 있습니다."

그때 위쪽 당선에서 함성이 울렸다. 어느새 배를 장악한 것 같다. 호리도 당선(唐船)을 잡았다. 그러나 그쪽 당선은 앞쪽의 소동을 보고 도망치려고 했기 때문에 호리가 선수로 당선의 키를 받아 부러뜨렸다. 그래서 같은 자리에서 맴도는 당선을 잡은 것이다. 이쪽도 선원들만 남겨놓고 당의 무역상, 노예 사냥꾼들은 한 명도 남김없이 다 죽였다. 그리고 바다에 던졌으니 물고기 떼가 좋아할 것이었다. 이제는 배 4척이 함께 묶였는데 당선 2척에도 노예로 팔려갈 백제인 2백여 명이 있었으므로 백제 주민이 5백 가깝게 되었다. 거기에다 적귀대가 250여 인, 말이 3백여 필, 당선 2척에는 온갖 귀물이 실려 있었다. 더구나 이번 싸움에서 적귀대는 셋이 죽고 다섯이 부상을 입었으니 최소의 피해다. 수장시킨 당인(唐人)이 1백 명도 넘었으므로 대승이다. 배를 조종할 선원 20여 명은 살려놓았기 때문에 이쪽 2척의 항해에도 도움이 될 터였다.

"나솔, 이곳이 진남군에서 가깝다고 합니다."

다음 날 오전, 묘시(6시) 무렵이 되었을 때 일찍 순시를 나온 사청에게 마석이 보고했다. 옆에는 호리도 다가서 있다. 마석이 말을 이었다.

"바람에 떠밀려서 이곳까지 온 것 같습니다."

진남군은 대륙 남방의 백제 담로(해외영토) 중 하나였는데 광릉군에서도 1천여 리 아래쪽이다. 그때 호리가 말했다.

"나리, 서풍이 그칠 것 같지 않소. 벌써 나흘째 서풍이 불고 있는데 잠시 상륙했다가 동북풍이 불기를 기다리는 수밖에 없습니다."

그리고 7백 명이 넘는 군민(軍民)을 먹일 식량도 부족했다.

"대륙에 배를 붙이려면 며칠이 걸리느냐?"

사청이 묻자 마석이 대답했다.

"이틀이면 닿는다고 합니다."

사청이 머리를 끄덕이자 둘은 서둘러 돌아섰다. 4척의 무역선은 서로 묶여 떨어지지 않는 장점이 있지만 방향을 잡기가 어렵다. 키가 부서진 무역선 한 척까지 있어서 두 척씩 묶인 기괴한 모습으로 서풍에 밀려가는 중이다. 그날 오후에 주선(主船)의 갑판으로 적귀대의 장수들이 모두 모였다. 신시(4시) 무렵 바람은 조금 약해졌지만 파도가 거칠어졌다. 거선(巨船)을 두 척 붙여 놓았어도 두 발로 서 있기가 어렵다. 사청이 둘러앉은 장수들을 보았다.

"진남군 태수 연복은 당에 투항한 후에 백제 담로를 깨뜨리는 선봉에 선 놈이야. 이번에 우리를 발견한다면 기를 쓰고 공을 세우려고 들겠지."

사청의 얼굴에 희미하게 웃음이 떠올랐다.

"난민을 탐라로 실어다주고 신라 남쪽을 황폐화시키려던 내 계획에 잠깐 차질이 생겼다."

그러자 장수들이 서로의 얼굴을 보았다. 부장(副將) 격인 상태진에게도 사청은 이야기하지 않았기 때문이다. 사청이 말을 이었다.

"바람이 우리를 이곳으로 보내준 것도 다 하늘의 뜻일 것이다. 바람이 그칠 때까지 이곳에 머물다가 떠나기로 하자."

"나솔."

상태진이 사청을 불렀다. 사청의 시선을 받은 상태진이 말을 이었다.

"배가 대륙 쪽으로 흘러가는 것을 보더니 차라리 대륙에 숨어 사는 것이 낫다는 사람들이 많아졌소."

잠깐 말을 그친 상태진이 긴 숨부터 뱉었다.

"탐라는 백제령이니 곧 신라군이 진입하지 않겠소? 그럼 또 쫓기거나 노예로 잡힐 것이 아니요?"

상태진이 번들거리는 눈으로 사청을, 그리고 장수들을 보았다.

"진남군에 숨어 들어가면 백제인 사이에 끼어 당인(唐人)으로 살 수가 있을 테니 이것이 바로 천풍(天風)이라면서 기뻐하는 사람들이 많소."

사청이 시선만 주었으므로 상태진이 외면하고 말을 맺는다.

"나솔, 백성들이란 그저 배부르고 편히 살 곳이 있으면 누구 백성이건 가리지 않소. 담로였던 광릉군, 하상군의 백제인도 이제 당인(唐人)으로 살아가고 있지 않습니까?"

사청이 마침내 머리를 돌렸으므로 마석이 눈을 치켜뜨고 상태진을 보았다. 험악한 모습이다.

"장덕, 우리들이 목숨을 걸고 노예였던 것을 풀어주었더니 배은망덕한 소행으로 갚는구려. 그런 백성은 다 바다에 처넣고 갑시다. 다 필요 없소."

선단(船團)이 육지에 접근했을 때는 이틀이 지난 저녁 무렵이다. 접안 시설이 있는 곳은 당군(唐軍)이 지키고 있을 것이므로 한적한 어항을 찾아, 해안을 따라 항해를 하다가 마침내 배를 대기 적당한 곳을 찾았다. 밤 자시(12시)가 넘은 시간이다. 무역선 4척은 천천히 어항으로 접근했다. 당군의 눈에 띄지 않으려고 배의 불을 모두 껐기 때문에 가까운 곳에서 보아도 섬인 줄 알 것이었다. 이윽고 선두에 선 호리의 무역선이 부두에 배를 대었고 차례로 나머지 배들이 붙었다. 포로가 된 선원들이

나서서 재빠르게 움직인 덕분에 배 4척은 나란히 부두에 묶였다. 항해하는 것보다 두 배는 더 힘든 작업이다. 어항은 조용했다. 배에서 뛰어내린 사청이 서둘러 척후조를 사방으로 보내 놓고 상태진에게 말했다.

"피난민은 모두 내려서 저곳으로 모이도록 하게."

사청이 눈으로 옆쪽 공터를 가리켰다. 2백 보쯤 떨어진 마을에서 개 짖는 소리가 들리더니 곧 개의 비명소리가 나면서 뚝 그쳤다. 진입한 척후조가 베어 죽인 것 같다. 주위는 어수선했다. 피난민들이 뛰었고 배에서 말과 양식, 자루를 끌어내는 군사들이 분주하게 오간다. 피난민 중 남자는 부역을 시켰기 때문에 마치 개미떼가 짐을 지고 지나는 것 같다. 그때 어둠 속에서 사청의 옆으로 오선이 다가왔다.

"나리, 이곳이 진남군입니까?"

오선과는 어젯밤부터 이야기도 나누지 못했다. 사청이 밖에서 지휘하느라고 누각에 들어가지 못했기 때문이었다. 사청이 오선을 보았다.

"아니, 진남군 위쪽인 것 같소."

"이곳에서 머무실 것인가요?"

"풍향이 바뀔 때까지는 기다려야 할 것 같소."

"피난민들은요?"

다가선 오선이 사청에게 다시 물었다.

"바람이 바뀌면 다시 싣고 가시려고요?"

"그건 왜 묻소?"

사청의 시선을 받은 오선이 잠깐 망설이다가 대답했다.

"제가 어제부터 난민들의 말을 들었습니다. 집사가 옆 배의 중론도 듣고 왔습니다."

"무슨 중론이오?"

"배가 탐라로 가다가 풍랑을 만나 대륙으로 밀려 온 것이 차라리 낫다고 합니다."

밤바람이 오선의 옷자락과 머리칼을 날리고 있다. 겨울밤이다. 오선이 몸을 웅크리며 말을 이었다.

"나리, 탐라로 갔다가 나리가 떠나시면 저 난민들은 누구를 의지합니까? 신라군이 오면 여지없이 노예가 되어 잡혀 갈 것입니다. 탐라에서도 도망질을 하느니 차라리 당인(唐人)이 되어서 살겠다고 합니다."

"군사들은 배은망덕하다고 하오. 당(唐)도 신라를 도와 백제를 멸망시킨 원수 아니오?"

사청이 앞쪽을 응시한 채 말했다. 오선의 머리칼이 흩날렸고 장옷 차림의 오선이 더 몸을 웅크렸으므로 사청이 자신의 곰털 겉옷을 벗어 오선의 어깨 위를 감싸 주었다. 놀란 오선이 입을 열었지만 말이 나오지 않는다. 곰털 겉옷을 걸친 오선은 이제 포대기에 싸인 아이 모습이 되었다.

"나리……."

오선이 입을 떼었을 때 사청이 지나는 조장 기중에게 소리쳤다.

"피난민들을 다 모았느냐?"

"예, 나솔."

기중이 소리쳐 대답하자 사청이 머리를 끄덕이며 오선을 보았다.

"군사들도 모두 모아라!"

다시 지시한 사청이 발을 떼면서 오선에게 말했다.

"그대도 따라오시오."

잠시 후에 사청이 공터로 들어서자 주위가 조용해졌다. 폐선 한 척이 엎어져 있었으므로 사청이 폐선 위에 올라가 피난민들을 둘러보았다. 피난민들은 모두 노예상에게 잡혀 신라로, 당(唐)으로 끌려가던 백제인(百濟人)들이다. 나라를 잃고 짐승처럼 쫓겨 다니다가 승전국인 신라, 당의 노예상에게 잡혔다. 나이 들거나 병자, 너무 어린 아이는 그 자리에서 죽였고 지금 공터에 모인 피난민은 건강한 남녀, 7살 이상의 어린아이이다. 그때 사청이 피난민을 향해 소리쳤다.

"너희들은 백제인이다. 알고 있느냐?"

사청의 목소리가 바람을 타고 바다 쪽으로 흘러갔다. 폐선 뒤쪽에 선 오선이 곰털 겉옷으로 몸을 감싼 채 사청의 외침을 듣는다. 다시 사청의 외침이 이어졌다.

"나는 너희들을 백제령 탐라로 실어다 줄 생각이었지만 그곳도 곧 신라령이 된다는 것을 잊었구나!"

오선이 곰털 겉옷에 머리를 파묻었다. 사청의 말끝이 처연하게 들렸기 때문이다. 그때 다시 사청이 외쳤다.

"백제인이었다는 것만 기억해라. 너희들의 고향 산천만 머릿속에 박아 놓아라. 내가 너희들을 이곳에서 다 보내주마. 배에 실렸던 양곡과 재물도 다 나눠주마!"

진남군 태수 연복이 위쪽 감곡군의 어항에 백제군(百濟軍)이 상륙했다는 급보를 받았을 때는 저녁 무렵이다. 급보를 보낸 사람이 감곡군 태수 공위였으므로 연복이 이맛살부터 찌푸렸다. 진남군의 도성인 안현성의 청 안이다. 전령이 건넨 공문(公文)을 읽은 연복이 눈을 치켜뜨고 물었다.

"그래서? 백제군이 상륙했다면 내가 어느 군(郡)이 되었건 달려가야 된다는 말이냐?"

"아니올시다."

전령으로 온 군관은 예상하고 있었는지 느글느글한 표정으로 대답했다.

"태위께서는 백제군이 필시 진남군을 칠 것이니 조심하시라는 말씀을 하셨습니다."

"걱정은 고맙다고 해라."

"그런데 태위께서 동북면 병마사께 상소를 올렸습니다. 동북면 병마사는 당연히 황제 폐하께 상주를 했겠지요."

"무슨 말이냐?"

"저희 감곡군 어항에 상륙한 무역선은 4척이었습니다. 그런데 어항 주민들의 말을 들으면 그 배에 백제인 1천여 명이 타고 있었다는 것입니다."

군관의 말에 열기가 스몄고 청 안이 조용해졌다. 진남군 태수 연복은 당에 항복한 후로 태위 직을 그대로 유지했다. 지금 청에 모인 관리 대부분도 백제인이다. 군관이 말을 이었다.

"주민들의 말에 의하면 그들은 떼를 지어 진남군 쪽으로 남하했다고 합니다. 기마군도 수백 기가 있어서 밤에 보았지만 위용이 대단했다고 합니다."

"배는 어떻게 되었느냐?"

"예, 두 척은 불에 태우고 두 척은 풍랑이 센데도 떠났는데 어디로 갔는지는 모른다고 했습니다."

"이런."

입맛을 다신 연복의 시선이 청 안의 관리들에게로 옮겨졌다. 화살이 자신에게로 겨눠진 것 같았기 때문이다.

"도대체 어느 놈이 이쪽으로 온단 말이오?"

연복은 55세, 두 아들이 있었는데 각각 군(郡)의 병방과 호방을 맡고 있다. 요직이다. 그때 병방을 맡은 장남 연차가 말했다.

"제가 기마군 2천을 이끌고 북쪽으로 가겠습니다. 수백 기의 잔병이라니 단숨에 소탕을 하지요."

"가만."

손을 들어 말린 연복이 눈을 가늘게 뜨고 전령을 보았다.

"네 태위께서 병마사께 상소를 하셨다니 잘하신 일이다. 또한 나한테까지 미리 알려주시니 이런 은혜가 없다, 그런데."

연복이 한 마디씩 자르듯 말한다.

"백제군은 우리 진남군만의 적이 아니야. 내가 한때 백제령의 진남군 태위였다고 해서 나만 백제군을 맞으라는 법은 없다."

전령이 입만 벌렸고 연복이 말을 이었다.

"나는 황제께 직보를 할 예정이니 너는 서둘러 네 태위께 돌아가 상하 양면에서 백제군을 맞자고 말씀드려라."

"예에."

"너도 들었다시피 우리는 기마군 2천으로 북상할 테니 감곡군도 그만큼 병력을 내어 주시면 좋겠다고 말씀드려라."

"예에."

"내가 그렇게 황제께 직보한다고도 말씀드리고 말이다."

"예."

"참, 동북면 병마사께도 내가 상소를 보내지."

연복이 잊었다는 듯이 말했는데 동북면 병마사는 장안(長安)의 끈이 떨어져 곧 갈릴 줄 알고 있기 때문이다. 전령이 서둘러 돌아갔을 때 이제는 연복이 측근들을 모아놓고 상의한다.

"백제 잔병이라면 어느 놈이란 말인가?"

연복이 주위를 둘러보며 물었다.

"담로였던 군(郡)이 널렸는데 하필 이곳으로 어떤 놈이 온단 말이……."

그때 호방인 차남 연성이 말했다.

"위쪽 덕산군과 광릉군에도 피난민이 수백 명 몰려왔습니다. 배를 타고 오다가 뒤집혀 물에 빠져 죽은 백제인은 그 몇 배가 될 것입니다."

"그건 알지만 이번에는 기마군이라고 하지 않느냐!"

연복이 짜증을 냈다.

"혹시 복신이나 도침이 당군에 밀려서 아예 이곳으로 오는 것이 아니냐?"

그때 장남 연차가 나섰다.

"우선 북쪽으로 기마 척후대를 보내고 북방에 전령을 보내 경계를 강화시키지요."

35살이 된 연차는 연복의 뒤를 이어 진남군의 태위가 될 것이다. 당(唐)에 항복할 때 그런 조건을 내걸었기 때문이다. 머리를 끄덕인 연복이 지시했다.

"그놈들과 접전은 될 수 있는 한 피하고 감곡군의 원병이 올 때까지 기다리기로 하자. 우리만 애쓸 필요는 없다."

이제 연복에게 백제는 적국(敵國)이다.

"이곳에서 마적이 되어도 좋겠소."

상태진이 말했지만 얼굴은 그늘이 졌다. 오후 미시(2시) 무렵 기마군

190기는 대륙 안쪽의 산기슭에서 식사를 하고 있다. 겨울이지만 오늘은 따스한 날씨다. 바람도 없는 날씨여서 군사들은 털옷을 말안장에 매달아 놓았다. 사청이 잠자코 소갈비를 뜯었다. 민가에서 약탈해온 소를 잡아먹는 중이다. 상태진의 말대로 마적처럼 약탈하는 생활이다. 대륙에 상륙한 지 오늘로 엿새째가 되는 날이다. 상륙한 날 배에 실린 재물과 양곡 대부분을 피난민에게 나눠주고 떠나보냈다. 그러고는 4척 중 성한 2척에 각각 선원들과 군사 20명씩을 싣고 도피시킨 것이다. 어항에 매어 놓았다가는 금방 당군(唐軍)에 발각되어 나포되거나 불에 태워질 것이기 때문이다. 뱃길에 익숙한 호리가 지휘하고 있으니 떠돌다가 열흘쯤 후에 지난번 도착했던 어항으로 돌아올 것이다. 다시 상태진이 고기를 씹으면서 말을 이었다.

"나솔, 군사들 중에서도 여러 명이 이곳에 머물고 싶은 모양이오. 대부분이 부모처자를 잃은 몸이니 본국(本國)에 미련이 적은 것 같소."

그때 옆쪽에서 잠자코 고기를 뜯던 마석이 혼잣소리처럼 말했다.

"여기서 죽으면 부모처자 혼은 만나지 못할 텐데 그러는군."

"당장 사는 것이 힘드니까요."

조장 연중이 대답했다. 연중이 좌평 의직의 머리를 취했다는 사실이 알려지면서 주위에 군사들이 모인다. 더구나 연중도 30대 중반으로 나이도 들었다. 연중이 말을 이었다.

"이곳도 한때 백제령이 아니었습니까? 동족이 모여 사는 곳이 고향이지요. 혼령들도 바다를 건너 오실지도 모릅니다."

이제는 마석도 입을 다물었고 모닥불 주위에 잠깐 정적이 덮였다. 뼈를 던진 사청이 문득 오선을 떠올렸다. 오선은 집사, 하녀와 함께 배를 태워 보냈다. 일단은 배가 안전할 것 같았기 때문이다. 여전히 풍랑은 셌지만 해안 가깝게 바람을 피해 떠도는 터라 이곳보다는 낫다. 그러나 그것도 임시변통이다. 오선을 어떻게 해야 될 것인가? 오선을 배에 태운 것은 상태진과 마석 등 휘하 부장들이다. 아예 사청이 말을 꺼내지도 못하게 미리 오선과 시종들을 배에 태워 보낸 것이다. 모두 사청의 심사를 헤아렸기 때문이다. 그때 마석이 입을 열었다.

"나솔, 이곳에서 진남군 안현성까지는 7백여 리요, 우리 적귀대로는 사흘 거리입니다. 안현성에 잠입해서 역적 연복의 목을 베고 돌아오는 것이 어떻겠습니까?"

둘러앉은 조장급 지휘관 7~8명 중 두엇이 크게 머리를 끄덕였고 두어 명은 외면했으며 나머지 두엇은 사청을 보았다. 사청의 얼굴에 쓴웃음이 번졌다.

"난 내 수하 군사의 목숨 하나와 연복의 머리를 바꾸지 않을 거네."

"왜 그렇습니까?"

"연복의 머리는 가치가 없기 때문이지."

상태진이 머리를 끄덕였고 사청이 말을 이었다.

"연복을 죽인다고 해도 대세는 변하지 않고 원한도 풀리지가 않아."

"그럼 우리는 무엇을 합니까?"

마석의 목소리가 떨렸고 눈빛이 강해졌다.

"나솔, 목표가 없는 군사는 군사가 아닙니다. 난민입니다."

"그래서 아무나 붙잡고 싸우다 죽잔 말인가?"

그렇게 물은 것은 상태진이다. 상태진이 굳어진 표정으로 말을 이었다.

"나는 나솔을 따른 지가 계덕, 그대보다 오래되지 않았지만 앞으로 나솔의 지시대로 따를 것이네."

상태진이 눈을 들어 앞쪽 황무지를 응시했다. 끝도 보이지 않는 황무지다.

"나에겐 나솔이 대백제이고 나솔이 고향일세. 언제부터인가 그렇게 생각을 했더니 마음이 편해졌네."

"과연."

마석이 어깨를 늘어뜨리면서 말했다.

"장덕께선 나솔께 다 넘기셨군요. 그럼 나도 맡기겠소."

"바람이 세어지는군."

개털 덧옷을 추켜올리면서 사청이 말했다. 곰털 덧옷은 오선에게 주어 보냈기 때문에 사청은 개털 덧옷만 입는다.

"오늘 저녁은 일찍 숙소를 찾아 들기로 하지."

사청이 자리에서 일어서자 모두 따라 일어섰다. 조장들이 흩어졌을 때 뒤에 남아 있던 마석이 상태진에게 말했다.

"장덕, 느슨해진 간부들의 군기가 잡혔소. 장덕은 과연 지장이오."

"난 진심일세."

상태진의 시선이 앞쪽을 걷는 사청의 뒷모습을 스치고 지나갔다.

"난 나솔보다 먼저 죽는 것이 소원일세. 이 진심은 꼭 통할 걸세."

저녁 무렵에 기마대는 작은 마을에 닿았다. 이곳은 당령(唐領)이다. 전쟁이 없는 땅이어서 마을은 평온했다. 아이들이 길가에 서서 진입하는 기마대를 바라보고 있다. 마적대도 출몰한 적이 없었기 때문일 것이다. 마을 한복판의 꽤 큰 기와집 앞에 멈춰선 사청이 말에서 내렸다. 그때 기마군 두 명이 대문으로 다가가 문을 두드렸다.

"거, 누구요?"

안에서 묻는 소리가 들리더니 육중한 나무 대문이 열렸다. 하인들이 모습을 드러냈으므로 군사들이 밀치고 들어갔다.

"오늘 저녁 숙소로 쓸 테니 방을 비워라."

"누구시오?"

"진남군 정찰대다."

"아니, 진남군 정찰대가 여기까지……."

그때 군사가 발길로 말이 많은 하인의 배를 걷어찼다. 신음을 뱉으며 하인이 나뒹굴자 안에서 집사가 뛰어나왔다. 뒤를 10여 명의 하인들이 따른다. 그때는 이미 사청이 안마당으로 들어온 후다.

"진남군 정찰대가 감곡군까지 와서 무슨 행패요? 이 집은……."

나이든 집사가 목청을 돋우어 소리치다가 멈췄다. 다가선 조장 연중이 허리에 찬 칼을 빼 들었기 때문이다.

"쓸데없는 말 한 마디만 더 하면 머리통을 떼어주마."

연중이 잇새로 말했다. 입이 딱 닫힌 집사가 눈동자만 굴렸다. 염소수염을 기른 40대쯤의 사내다. 연중이 거침없는 백제어로 물었다.

"이 집 주인이 누구냐?"

"예, 전(前) 태위 조병구 대감의 사택이오."

집사의 어깨가 펴졌다.

"대감께서 정양하시려고 낙향하셨지만 곧 조정으로 상경하실 것이오."

"나오라고 해라."

연중이 말하자 집사가 눈을 크게 떴다.

"일개 정찰대가 대감을 나오라고 한단 말이오? 감곡군 태수도 문안 인사를 드리려고 청 아래에 서서 묻는데 어찌……."

"악!"

집사가 어깨를 움켜쥐고 비틀거렸다. 그러나 칼등으로 쳐서 어깨뼈가 부서졌을 뿐이다.

"빨리 나오지 못하느냐!"

연중이 소리쳤을 때 사청은 이미 옆쪽 행랑채 마루에 걸터앉은 후였다. 놀란 하인들이 중문(中門) 안으로 쏟아져 들어갔다. 저택이 커서 안채는 문을 세 개 통과해야 되는 것이다. 사청에게 상태진이 말했다.

"마을 외곽에 경비를 세워 통제를 했습니다. 마을이 골짜기에 위치한 데다 출입구가 앞뒤 둘뿐이어서 이곳을 진(陳)으로 삼기에도 적당합니다."

사청이 머리만 끄덕였다. 더구나 이곳은 바다에서도 60여 리밖에 떨어지지 않았다. 그때 하인들의 호위를 받으며 사내 하나가 중문 밖으로 나왔는데 기세가 사납다.

"진남군 정찰대라니? 대장이 어떤 놈이냐?"

나온 사내가 대뜸 삿대질을 하면서 소리쳤다. 40대 후반쯤으로 비단 바지저고리를 입고 머리에 금장식을 했다. 중키에 혈색이 좋았고 턱수염이 길다. 사내의 시선이 마루에 앉은 사청에게로 옮겨졌다. 시선이 마주친 순간 사내의 눈동자가 흔들렸다. 심상치 않은 분위기를 느낀 것이다. 그때 연중이 머리를 돌려 사청을 보았다. 마당은 갑자기 조용해졌다.

"베어 죽일까요?"

연중의 목소리가 마당에 쫙 깔린 느낌이 들었고 사내가 숨을 들이켠 듯 어깨가 올라갔다. 그때 사청이 말했다.

"먼저 하인들을 잡아 가두어라."

"예."

"반항하는 놈은 베어 죽여라."

그 순간 연중이 칼을 날려 도망치려는 하인 하나의 머리통을 베어 떨어뜨렸다. 군사들이 우 달려들자 마당은 순식간에 비명으로 뒤덮였다. 피 맛에 굶주린 군사들이 먼저 하인 몇을 베어 죽이려고 덤볐기 때문이다. 주인인 태위 조병구는 아연실색한 표정으로 그 자리에 서 있었는데 한 발짝도 떼지 못했다. 얼굴이 백지장처럼 변했고 입은 반쯤 벌어졌지만 다무는 것을 잊은 것 같다. 이윽고 마당에 시체 대여섯 구가 널브러졌고 나머지는 안채로 끌려갔다. 그러나 조병구는 그 자리에 그대로 서 있다. 앞쪽 마루에 앉은 사청이 따로 지시를 하지 않았기 때문이다. 그때 사청이 조병구에게 말했다.

"네 방으로 안내해라."

그러고는 덧붙였다.

"나는 바다를 건너온 백제 장군이다."

그 순간 숨을 들이켠 조병구의 눈동자가 어지럽게 흔들렸다. 사청이 다가가자 조병구가 비틀거리면서 한 걸음 물러서며 물었다.

"바, 바다를 건너왔단 말이오?"

"그렇다."

사청이 뱉듯이 말하고는 턱으로 안채를 가리켰다.

"앞장을 서라."

조병구가 허둥거리며 앞장을 섰다. 정신이 반쯤 나간 표정이다.

"하녀가 10여 명 있습니다."

마석이 마루에서 말했다.

"마을에도 젊은 여자가 20여 명 있는 것 같습니다."

사청이 머리를 들고 앞에 앉은 간부들을 보았다. 안채의 청 안이다. 양초를 밝힌 청에서 사청은 지휘관들과 함께 주먹밥과 삶은 고기로 식사를 하는 중이다. 청 안이 잠깐 조용해졌다. 모두 소리 없이 밥을 씹고 삼킨다. 마을은 15가구가 살고 있었는데 그중 11가구가 조병구의 집사, 소작인들의 가구다. 나머지는 조병구의 친척들이었으니 조씨 마을이라고 불린다. 이윽고 사청이 말했다.

"허락한다."

사청의 목소리가 청을 울렸다.

"허나 질서를 지키도록."

"알겠습니다."

머리를 숙여 보인 마석이 어둠 속으로 사라졌다. 방금 마석은 군사들이 욕정을 풀 허락을 받은 것이다. 이제 곧 마을의 젊은 여자들은 군사들에게 끌려가 성욕의 대상이 될 것이었다. 사청이 앞에 앉은 상태진에게 말했다.

"이미 우리 소문이 동북방에 다 퍼졌을 거야. 당분간 이곳에 주둔하면서 적정을 살피기로 하지."

"군사들도 지쳤으니 휴식이 필요합니다."

상태진이 정색하고 말했다.

"여자들을 풀어 주신 것은 잘하신 일이오. 군사들은 목석이 아닙니다."

"장덕, 나도 인간일세."

쓴웃음을 지은 사청이 먹다 만 주먹밥을 내려놓았다.

"나만 아내를 취하고 군사들은 금욕을 하라고 지시할 수는 없네."

"나솔께서 왜 마님을 택하셨는지 군사들도 다 압니다."

상태진이 위로하듯 말했을 때 곧 안채에서 여자들의 비명이 울렸다. 여자들을 잡아가는 것이다. 사청이 둘러앉은 간부들에게 말했다.

"그대들도 가보게. 억지로 금욕할 필요는 없어."

"이곳은 적국이고 전쟁 중입니다."

일어선 상태진이 얼굴을 일그러뜨리며 웃었다.

"전시(戰時)에는 전시 상황을 따라야지요."

청에 혼자 남은 사청이 주위를 둘러보다가 벽 쪽에 서 있는 기중을 보았다. 기중은 연중과 마찬가지로 이제야 조장(組長)이 되었는데 광릉군에서부터 사청 휘하의 기마 군사였던 인연이 있다.

"너는 왜 가지 않느냐?"

아직도 여자의 비명이 울리고 있었지만 군사들에게는 음욕을 돋우는 반주 소리로 들릴 것이다. 사청이 묻자 기중이 넓은 얼굴을 펴고 웃었다.

"나리, 소인이 위사장입니다."

쓴웃음을 지은 사청이 길게 숨을 뱉었다.

"그렇구나."

"밤이 늦었으니 술상을 차려올까요?"

밤 해시(10시)가 되어가고 있다. 사청이 머리를 끄덕이자 곧 어둠 속으로 사라졌던 기중이 술상을 받쳐든 여자와 함께 나타났다.

"나리, 이 여자가 태위의 딸입니다. 조장들이 나리께 모시고 가라고 합니다."

고개를 든 사청이 여자를 보았다. 여자는 체념한 듯 시선을 내리고 있었는데 불빛을 받은 자색이 곱다. 상심한 표정도 그린 듯이 고왔으므로 사청의 시선이 떼어지지 않았다. 그때 여자가 사청 앞에 술상을 내려놓고 앉았다.

"나리, 소인은 물러가 있겠습니다."

낮게 말한 기중이 물러가면서 청의 미닫이문을 닫았다. 이제 청 안에는 둘만 남았고 사청이 술병을 들고 잔에 술을 채웠지만 여자는 두 손을 맞잡고 앉은 채 석상처럼 움직이지 않았다. 밖의 소음은 조금씩 그쳐 가고 있다. 문을 닫았으므로 소음이 덜 들리기도 할 것이다. 사청이 한 모금에 술을 삼키고는 잔을 내려놓았다. 술상에 안주는 마른 육포 한 접시가 놓였을 뿐이다. 사청은 잠자코 다시 잔에 술을 채웠다. 문득 계백의 얼굴이 떠올랐다. 황산벌에서 자신을 떠나보내던 계백의 얼굴이 선명했다. 그것이 오래전 일 같지만 넉 달밖에 되지 않았다. 술잔을 든 사청이 다시 한 모금에 술을 삼켰다. 백제는 멸망했다. 이젠 고향이 없다. 빼앗긴 것이다. 남아 계셨던 어머니도 돌아가셨고 충성을 바칠 임금도, 왕국도 사라졌다. 그리고 지금 바다 건너 대륙으로 떠내려온 신세가 되었다. 어떻게 살 것인가? 지금 밖에서는 군사들이 짐승이 되어 음욕을 채우고 있다. 반항하면 가차 없이 베어 죽일 것이다. 이제 대백제(大百濟)의 정예군은 짐승 떼 같은 마적의 무리로 변하고 있다. 백제 무사는 사라지게 될 것인가? 백제 혼은 어느 곳에 떠 있게 될 것인가? 복신과 도침, 흑치상지까지 나서서 내부 분란에 싸인 부흥군에 끼어들고 싶지도 않다. 그것은 하늘에 떠 있는 계백, 의직, 성충, 흥수의 혼을 모욕하는 것이다. 그때 앞쪽에 앉아 있던 여자가 머리를 들고 사청을 보았다.

"백제군(軍)이 당을 치려는 것인가요?"

여자의 맑은 눈이 사청을 응시하고 있다.

"왜 그렇게 묻는가?"

사청이 되묻자 여자가 대답했다.

"바다를 건너오지 않았습니까? 그럼 장안성으로 가시는 길입니까?"

"그렇다."

사청이 지그시 여자를 보았다. 둘은 지금 백제어를 쓴다. 대륙에서 백제어를 모르는 사람은 없다. 백제어가 한어보다 더 넓게 사용되고 있다. 사청의 시선을 받은 여자의 눈동자가 흔들렸다. 태위의 딸이라면 학문을 닦는 것은 물론이고 좋은 배필을 만나려면 기예나 무공까지 닦는 시대다. 여자는 20대 초반쯤 되어 보였는데 차츰 눈빛이 강해졌고 목소리도 또렷해졌다. 여자가 다시 입을 열었다.

"군사들이 집안 하녀와 소작인의 젊은 여자까지 데려갔습니다. 대백제군이 마적단처럼 약탈하고 강간을 합니까?"

"너희 당군(唐軍)도 백제 땅에서 그랬다."

다시 술잔을 든 사청이 쓴웃음을 지었다.

"백제인을 학살했고 노예로 잡아갔으며 강간하고 나서 죽였지."

한 모금에 술을 삼킨 사청이 다시 여자를 보았다.

"허나 넌 온전할 테니 마음을 놓아도 된다."

여자는 입을 다물었다. 여자의 부친 조병구는 지금 방에 갇혀 있지만 좌불안석일 것이다. 술잔을 내려놓은 사청이 여자에게 말했다.

"침구를 펴라."

여자가 일어나 구석에 쌓아놓은 침구를 마룻바닥에 깔았다. 그러자 사청이 옷을 입은 채로 누우며 말했다.

"조금 더 앉아 있다가 나가면 내가 널 상관한 줄 알 테니 아무도 건드리지 않을 것이다."

눈을 감은 사청이 말을 이었다.

"이곳에 며칠 묵는 동안 내 여자 행세를 해라. 그럼 온전할 테니까."

그러고는 입을 다물었으므로 여자가 사청의 발치에 쪼그리고 앉아 사청을 보았다. 어느덧 밖의 소음은 그쳐 있었다. 그러나 군사들의 음욕은 풀리고 있을 것이었다. 여인들이 어느덧 익숙해져 있었기 때문이다. 다음 날 아침 청에 앉은 사청 앞으로 밖에 내보냈던 척후 둘이 돌아와 보고했다.

"진남군에서 기마군 2천을 북상시켜 사방을 찾고 있습니다. 그리고 감곡군의 기마군과 보군이 각 현마다 공문을 붙여 백제군을 수색하는 중입니다."

"어디까지 왔다더냐?"

사청이 묻자 하나가 대답했다.

"진남군의 기마군은 아직 이곳까지는 닿지 않았지만 감곡군 수색대는 아래쪽 30리 떨어진 산비탈을 지나갔습니다."

척후 하나가 말을 이었다.

"이곳 조 태위 마을은 군사들이 꺼리는 터라 몰려오지는 않겠지만 동향을 살피려고 전령을 보내기는 할 것입니다."

"그렇겠지."

머리를 끄덕인 사청이 상태진에게 지시했다.

"마을 주민이 빠져나가지 못하도록 하고 마을에 들르는 외부인은 꼭 잡도록."

"예, 이 집 창고에 양곡이 수백 석이나 쌓여 있으니 1년은 견딜 수 있습니다."

상태진이 호기 있게 말했지만 시선은 마주치지 않았다. 과연 척후의 말대로 오후 미시(2시) 무렵에 기마군 3기가 마을로 달려 들어왔다. 적귀대는 말 떼를 마을 뒤쪽 골짜기에 숨기고 몇 명이 주민으로 가장한 채 마을 입구에서 기마군을 맞았지만 1백 명 가까운 주민을 다 숨길 수는 없는 노릇이다. 마을 안으로 들어온 당(唐)의 기마군은 감곡군의 기마 전령이었다. 먼저 조 태위의 집 안으로 들어왔던 전령 장교가 청 위를 보더니 눈을 가늘게 떴다. 개털 상의를 입은 사내 하나가 혼자 앉아 있었기 때문이다. 조 태위의 저택을 몇 번 와본 적이 있던 터라 와락 의심이 난 전령이 물었다.

"그대는 누구요? 집사 아관은 어디 갔는가?"

"사흘 전에 죽었다."

사내가 쌀쌀맞게 대답했으므로 전령이 눈썹을 치켜 올렸다.

"난 감곡군 중랑장 휘하의 비장 요문수다. 넌 누구냐?"

그러자 사내가 대답했다.

"난 대백제군 적귀대장 휘하의 조장 연중이다."

"엇."

놀란 요문수가 숨을 들이켰을 때 청 양쪽 담 옆에서 사내들이 나왔다. 뒤쪽에서 저택 대문이 닫히는 소리가 났다. 밖에서 밀어 닫은 것이다. 사태를 짐작한 요문수가 허리에 찬 칼을 뽑을 엄두도 내지 못하고 주춤거렸을 때 연중이 말했다.

"자, 감곡군에서 몇 명이 나왔느냐? 그리고 지금 주변 상황이 어떠냐?"

요문수가 다가선 군사들을 보고는 어깨를 늘어뜨렸다. 살아 돌아갈 희망이 보이지 않았기 때문이다. 그때 연중이 웃음 띤 얼굴로 다시 물었다.

"다 이야기를 하면 살려주마. 살아서 네 처자를 다시 만나게 해줄 것이다."

요문수가 털썩 땅바닥에 무릎을 꿇자 부하 둘도 따른다. 머리를 든 요문수가 입을 열었다. 이런 건 비밀도 아니다.

나흘 동안을 쉬고 조 태위 마을을 떠날 때는 저녁 무렵이다. 낮에는 밀정이 나다닐 것이므로 저녁을 택한 것이다. 말에 오른 사청에게 조 태위가 다가왔다. 그동안 조 태위는 건넌방에 갇혀 있었지만 포박도 당하지 않았고 가족들도 무사했다.

"장군."

사청을 부른 조 태위가 말고삐를 잡고 서서 사청을 올려다보았다.

"내 딸을 보호해주셔서 고맙소."

조 태위가 말하자 사청이 쓴웃음을 지었다.

"태위, 당신 딸이야 무사했지만 마을의 젊은 여자들은 다 당했지 않소?"

"나는 아비 입장에서 말하는 것이오."

조 태위의 얼굴에도 쓴웃음이 떠올랐다.

"지금 어디로 가시오?"

"알아서 무엇 하시려나? 난 이미 고향을 잃은 떠돌이 무장이오."

"당(唐)에 투항하신다면 내가 황제께 말씀드리리다. 대국(大國)에서 큰 뜻을 펼쳐 보지 않으시겠소?"

"날 어떻게 보고 그런 말을 하시오?"

조 태위가 더 바짝 다가서더니 목소리를 낮췄다.

"장군은 일국의 군주상(君主相)이오. 이 근처에 머무시면 장안성 황제께 내가 친서를 보내리다. 황제께서는 받아들이실 것이오."

"이만 가겠소."

사청이 말고삐를 채자 조 태위가 입맛을 다시더니 말을 잇는다.

"언제라도 마음을 먹는다면 연락을 해 주시오."

말에 박차를 넣은 사청이 앞장을 섰고 190기의 기마군이 뒤를 따른다. 기마군이 마을을 벗어났을 때 옆을 걷던 상태진이 말했다.

"나솔, 조 태위가 당의 재상 유문술과 막역한 사이인 데다 곧 병부상서 직임을 받아 장안성에 들어간다고 합니다."

"나하고는 상관없는 일이야."

"당(唐)에 투항하는 백제 장수가 늘어나고 있으니 그럴 만하지요."

기마군은 이제 속력을 내어 달려가고 있다. 유시 끝 무렵(7시)이 되어가고 있어서 대륙의 황야는 이미 어둠에 덮였다. 오늘밤의 목적지는 해안 근처의 마을, 지난번에 상륙했던 곳이다. 이미 정탐조를 보낸 터라 적귀대는 거침없이 달려가고 있다. 해안 마을까지는 1백여 리, 두 번쯤 쉬면 자시(12시) 무렵에 도착할 것이었다.

"계덕, 우리가 척후를 보냈나?"

사청이 물었을 때는 30여 리를 속보로 달린 후였다. 이제 짙게 어둠이 덮인 산기슭을 돌아 적귀대는 2열종대로 달려가는 중이다. 잘 훈련된 기마대여서 전방 10리 앞에는 꼭 척후조 10명씩을 두고 선봉, 중군, 후군으로 나뉘어서 움직인다. 어떤 지형, 어떤 환경에서도 대오를 흩트리지 않는 것이다. 척후와 선봉의 거리는 5리(2.5km), 선봉과 중군의 거리는 3리(1.5km), 후군은 2리(1km) 떨어져 있다.

"왜 그러십니까?"

뒤쪽을 따르던 마석이 물었으므로 사청이 어둠에 덮인 앞쪽을 보았다.

"척후가 이상이 없다는 신호를 보내지 않았다."

사청이 속보로 달려가면서 말했다.

"일각(15분)에 한 번씩 울리는 신호음 말이야. 계덕은 들었나?"

"선봉이 들었겠지요."

이번 선봉은 50기를 이끈 상태진이다. 사청은 마석, 기중과 함께 80여 기를 이끌고 중군에 서고 연중과 다른 조장 하나가 50여 기를 인솔하여 후군을 맡고 있다. 사청이 머리를 기울이며 말했다.

"내가 한 식경 가깝게 척후의 새소리를 듣지 못한 것 같다."

척후는 호각을 불어 새소리를 내었는데 감쪽같다. 새소리와 똑같은 것이다. 그때 마석이 말했다.

"자갈밭을 지나면서 말굽 소리에 묻혔을 수 있습니다, 나솔."

그때였다. 사청은 밤하늘에서 빗방울이 떨어지는 느낌을 받았다. 소리다. 서늘한 느낌. 후루룩거리는 소리, 화살이다.

"살이다!"

벽력같이 소리쳤지만 이미 늦었다. 화살이 소낙비처럼 덮쳐 왔다. 우선 몸통이 큰 말들이 화살에 맞고 비명을 지르며 날뛰었다. 군사들의 비명은 거의 없다.

"분산!"

사청이 다시 소리친 순간 말이 앞다리를 치켜들며 뛰어올랐으므로 사청은 기를 쓰고 말목에 몸을 붙였다. 그 순간 왼쪽 어깨에 강한 충격이 왔다. 맞았다.

"돌파!"

마석의 외침이 울렸다. 이때 외침은 지휘관으로 제한된다. 군사들은 외치면 안 된다.

"서쪽으로!"

마석이 외쳤고 말과 함께 쓰러졌던 군사들도 일제히 서쪽으로 내달렸다.

"후위에 신호를!"

사청이 소리치자 뒤쪽 전령이 바로 호각을 불었다. 이번에는 날카로운 쇳소리가 난다. 급변 사건, 습격을 받았다는 신호다. 그 순간 말이 옆으로 뒹굴었다. 살에 맞은 것 같다.

"산으로!"

땅바닥으로 뒹굴었던 사청이 상반신을 세우면서 외쳤다. 왼쪽 어깨에 박힌 화살을 부러뜨린 사청이 칼로 짚고 일어서 다시 소리쳤다.

"놈들은 산중턱에서 매복하고 있다! 소리 죽여 올라가 죽여라!"

그 순간 주위가 순식간에 조용해졌다. 이것이 바로 정예군의 진면목이다. 상처 난 말 떼들만 울부짖으며 날뛸 뿐 군사들은 딱 입을 다물었다. 칠흑 같은 밤, 이제 내막은 분명해졌다. 적은 산중턱에서 매복하고 있다가 지나는 적귀대를 기습한 것이다. 짙은 어둠 속이었지만 2열 종대로 내달리는 기마군은 소리만 듣고도 화살을 날릴 수가 있다. 이제 사청도 산기슭에 붙어 산 위로 올라가고 있다. 화살은 뚝 그쳤고 이제는 산 전체가 조용해졌다. 적도 이쪽의 행동을 아는 것이다. 먼저 어설프게 화살을 날렸다가는 이쪽의 표적이 된다. 더구나 산은 나무가 울창하고 잔 나무가 무성하다. 겨울이어서 마른 풀이 지천으로 덮여 있다. 사청은 적과의 거리가 50보 이내라고 판단하고는 10보쯤 전진한 뒤 나무둥치에 기대 멈춰 섰다. 아직 적과의 접전은 일어나지 않았다. 그러나 바로 앞이다. 거리는 30여 보 남짓, 그때 눈을 치켜뜬 사청이 소리쳤다.

"화공(火攻)!"

뒤에서 바람이 불고 있는 것을 그제야 느낀 것이다. 바람이 산기슭에서 산 위쪽으로 솟아오르고 있다. 사청의 외침이 메아리로 돌아왔지만 잠시 어떤 기척도 들리지 않았다. 사청이 어깨의 통증을 느끼고는 어금니를 물었다. 적은 수백이다. 화살이 쏟아진 위세만 보아도 궁수가 3백여 명, 그렇다면 최소한 5~6백, 이쪽의 3배 이상이다. 사청이 숨을 내쉬었다가 다시 들이켰다. 그때다. 왼쪽에서 번쩍이는 불꽃이 일어났다. 그때 그곳으로 화살이 쏟아졌지만 불꽃이 더 커졌다. 그때 그 옆쪽에서 다시 불꽃이 일어났다. 그러더니 사청의 오른쪽에서도 불꽃이 피어올랐다. 그러더니 순식간에 불길이 커지면서 위쪽으로 불길이 올라간다. 순식간이다. 세 번 호흡할 사이에 불길이 1백여 보 거리로 넓혀졌다. 백제군이 그만큼 산개되어 있었기 때문이다. 그리고 불길이 올라간다.

"와앗!"

그때서야 함성과 함께 놀란 외침이 일어났다. 위쪽에서 외침이 일어난 것이다.

"기다렸다가 죽여라!"

누군가가 아래쪽에서 소리쳤다. 백제군이다. 그때는 이미 산중턱으로 불길이 거세게 올라가는 중이다. 산이 이제는 불덩이가 되어 있다.

"으아악!"

산중턱에서 비명소리가 울렸다. 그러더니 불덩어리가 된 사내들이 아래쪽으로 쏟아져 내려오기 시작했다.

"자, 기다렸다가 죽여라!"

사청이 소리쳤다. 이쪽은 모두 나무둥치나 바위 옆에 은신한 채 기다리고 있는 것이다. 짐승몰이나 같다. 불에 쫓겨 도망쳐 나오는 짐승을 잡는 것이다. 그때 쏟아져 내려오는 적군의 살상이 시작되었다. 적은 수백이다. 그러나 이미 전의를 상실한 터라 허둥거리며 달려 내려오다가 찍히고 베인다. 사청이 옆을 지나는 적의 어깨를 칼로 찍으면서 소리쳤다.

"쫓지는 마라!"

흩어지면 안 되기 때문이다. 그러나 절반 이상이 첫 번째 기습에 당했다. 다시 적의 머리통에 칼을 찍으면서 사청이 소리쳤다.

"후군과 선봉을 불러라!"

이곳이 불덩어리가 되어 있었으니 신호를 하면 모이기는 쉬울 것이었다. 그로부터 한 식경쯤이 지났을 때 아직도 불덩어리가 되어 있는 산 아래쪽에 백제군이 모였다. 이제 불길에 비친 산 아래쪽은 시체로 덮여 있다. 거의 전멸한 적군은 감곡군의 기마군으로 비랑 고달지가 이끈 5백 기다. 건너편 산골짜기에 말을 매어두고 산중턱에서 기다렸다가 기습을 한 것이다. 감곡군 기마군은 조 태위 마을에서 도망쳐 나온 사내 하나로부터 이쪽 내막을 샅샅이 파악한 후에 매복하고 있었다. 이번 기습으로 사청은 190여 기의 적귀대 중 1백여 기를 잃었다. 선봉을 이끌었던 상태진이 전사함으로써 사청은 오른팔을 잃은 것이나 같다. 사청과 함께 중군에 섰던 조장 기중도 전사했고 이제 남은 백제군은 90여 기, 그중 30여 명이 부상자다.

"나솔, 시신을 묻겠소. 이대로 놔두고 가지는 못하겠소."

마석이 그렇게 말했을 때는 자시(12시) 무렵이다.

<2권에 계속>